LOUPS OUBLIÉS

Arbor Falls Tome 1

MAYA NICOLE

Titre original anglais : Wolf Forgotten - Arbor Falls Book 1

Couverture conçue par : Mayflower Studio

Traduit de l'anglais par Ariane Linstrumelle, Édité par Feathers and Footprints

PROLOGUE

Ivy

Enfin.

Après quatre années de licence et deux d'études secondaires, j'avais enfin obtenu mon diplôme. Ivy Taylor, diplômée en Master de Sciences de l'Environnement. Ça sonnait plutôt bien.

Ce précieux sésame m'avait demandé beaucoup de travail en six ans. Mes études derrière moi, j'allais pouvoir commencer, à vingt-cinq ans, à vivre ma vie et à sauver le monde. Rien que ça.

— Ivy !

Ma meilleure amie Riley arriva derrière moi et me serra dans ses bras.

— Félicitations !

— Je suis trop contente que vous ayez pu tous venir, dis-je en lui rendant son étreinte.

Je saluai ses trois copains dans une accolade, pris les fleurs que Blake me tendait et le remerciai.

— On est fiers de toi, Ivy.

Jax me lança un sourire sincère et pour une fois, je n'eus pas envie de lui assener un coup de genou entre les jambes.

—J'ai l'impression qu'hier à peine tu étais…

—Jax, ce n'est pas le moment des discours ridicules, dit Riley en riant.

—Attends qu'on arrive au restaurant, ajouta-t-elle en lui donna une tape sur la poitrine.

Morgan passa son bras autour de l'épaule de Riley et l'attira vers lui.

— Je croyais qu'il y avait une soirée.

Certaines choses ne changeaient donc jamais.

Je levai les yeux au ciel et regardai autour de moi.

— Tu as vu mes parents ?

— Pas encore, je leur ai envoyé un message, mais pas de réponse, m'informa Riley en se mordant la lèvre et en dansant d'un pied à l'autre. Peut-être qu'ils sont coincés dans les bouchons.

Je sortis mon téléphone de mon sac et l'allumai. Trois appels manqués de mon oncle et ma tante.

Les sourcils froncés, je les rappelai sans attendre.

~

Assise dans le bureau de mon père, je regardai autour de moi.

Quand j'étais plus jeune, il me laissait toujours m'asseoir et lire sur son petit canapé pendant qu'il travaillait. Aujourd'hui, la pièce était vide. Seuls son bureau et sa chaise étaient encore présents. Je n'avais pas pu me résoudre à les vendre.

Le jour de ma rentrée à l'université, mes parents m'avaient fait part de leurs souhaits et expliqué où trouver les documents importants en cas de besoin. J'avais trouvé ça ridicule à l'époque. Qui avait envie d'avoir cette discussion avec ses parents alors qu'ils étaient encore si jeunes ?

Ironie du sort, je leur en étais pourtant reconnaissante aujourd'hui.

J'avais toujours su que mon père avait un tiroir fermé à clé dans son bureau, mais malgré mes nombreuses tentatives pour trouver comment l'ouvrir, ça s'était toujours soldé par un échec.

Je pris la clé trouvée dans le premier tiroir droit de leur commode et ouvris le tiroir à dossier du bureau. Un grincement sonore se fit entendre, comme si le casier n'avait pas été ouvert depuis longtemps.

À l'intérieur, je n'y trouvai qu'un seul dossier. Je levai un sourcil, intriguée.

Tout à coup, j'entendis quelqu'un frapper doucement à la porte entrouverte du bureau.

— Hé, on y va. On revient demain à dix-huit heures, m'informa Riley.

Je hochai la tête, sortis le dossier et le posai sur le bureau. Bien qu'il ne semblait pas très épais, son contenu, lui, devait être précieux.

— Tu es sûre que tu ne veux pas rester avec nous cette nuit ?

Riley s'éloigna de la porte et vint près de moi.

—C'est tout ce qu'il y avait dans le tiroir ? me demanda-t-elle, une main posée sur mon épaule alors que je m'apprêtais à ouvrir le dossier.

J'en sortis un premier document, les mains tremblantes.

Certificat de Découverte de l'Enfant Inconnu.

—C'est quoi ce bordel ? s'écria Riley en me prenant le papier des mains. Tu étais au courant ?

Ma vie entière défila alors devant mes yeux.

Le document devait se tromper. Il était impossible que mes parents ne soient pas mes parents biologiques. Ils ne m'avaient jamais dit quoique ce soit à ce sujet. D'accord, mes cheveux étaient roux, les leurs non, mais la seule fois où j'avais posé la question à l'école primaire, on m'avait expliqué que certains traits génétiques pouvaient se montrer récessifs.

— Non.

Peu encline à en savoir davantage, mais en ressentant un besoin pressant, je regardai le document suivant.

— Pourquoi est-ce que mon acte de naissance les désigne comme mes parents ?

— Je pense que c'est ce qui arrive en cas d'adoption, me répondit Riley en posant sur le bureau la feuille qu'elle tenait. Il n'y a rien d'autre ?

Secouant la tête en signe d'incrédulité totale, je regardai à nouveau le document, les yeux remplis de larmes. Ça n'avait plus grande importance, mais si j'avais vraiment été adoptée, j'aurais dû en être informée bien plus tôt. Prévoyaient-ils de m'en parler un jour ?

Je mis de côté l'acte de naissance et découvris une coupure de journal de la *Gazette d'Arbor Falls.*

— Impossible.

Les mots me restèrent en travers de la gorge alors que toutes les informations s'entrechoquèrent dans mon cerveau. Je soulevai le dossier et le secouai, dans l'espoir de trouver un document invisible qui justifierait que tout ça n'était qu'une mauvaise blague.

Rien.

J'avais bien été adoptée.

À vingt-cinq ans, je découvrais seulement que ma vie n'était pas celle que je pensais être, et qu'en plus, mes parents n'avaient pas pris la peine de me l'annoncer.

Je tendis le papier à Riley pour qu'elle le lise, les larmes me brouillant la vue.

— Petite fille retrouvée abandonnée dans un buisson de lierre devant l'entrée d'une clinique. Toute personne ayant des informations est priée de contacter le bureau du shérif d'Arbor Falls.

— Ivy… Je tiens mon prénom du lierre. J'ai été abandonnée dans un putain de buisson de lierre, dis-je le visage entre les mains. Pourquoi ne m'ont-ils rien dit ? Comment ont-ils pu omettre une chose pareille ?

Riley s'appuya contre le bureau et soupira. Si quelqu'un pouvait exprimer son avis sur les secrets bouleversants, c'était bien elle.

— Est-ce que ça aurait changé quelque chose si tu l'avais su avant ?

Je relevai la tête et regardai les trois documents.

— C'est ma véritable identité. J'ai peut-être une autre famille quelque part. Il pourrait y avoir des anomalies génétiques ou des maladies à connaître, dis-je en me mordant la lèvre pour m'empêcher de fondre en larmes devant Riley.

Je l'avais déjà bien assez inondée.

— En effet, il se *peut* que tu aies une autre famille quelque part.

Elle se leva, se pencha vers moi et m'entoura de ses bras, avant d'ajouter :

— Mais est-ce une bonne idée d'essayer de les retrouver ? Surtout maintenant, après avoir perdu tes parents ?

Probablement pas, mais qu'avais-je à perdre ?

CHAPITRE 1

Ivy

Je me levai de mon siège, mon verre en l'air menaçant de répandre son liquide transparent partout. Porter un toast avec un shot n'était peut-être pas la meilleure idée.

— Ces huit derniers mois n'auraient pas été les mêmes pour moi sans l'aide de Richard. Il a été le collègue et l'ami le plus fiable qu'on puisse avoir. À ta retraite, mon vieux !

Des cris et des rires fusèrent autour de la table, puis on descendit d'un trait nos verres de tequila.

Alors que Richard commençait à faire le tour de la table pour faire ses adieux, je saisis ma bière et tentai d'apaiser la sensation de brûlure au fond de ma gorge.

Quand ce fut mon tour, il me prit dans ses bras et me souleva du sol avant de me reposer.

— Tu dois vraiment partir à la retraite ? Qu'est-ce que je vais faire sans toi ?

— Tu vas probablement te fourrer dans un tas de problèmes.

Il rit et me serra le bras avant de se frayer un chemin autour de la table vers les autres chercheurs et employés de notre établissement.

Je ne travaillais au sein de l'Alliance de Californie du Nord contre le Réchauffement Climatique que depuis huit mois, mais ça me semblait déjà beaucoup plus long. Richard était l'ingénieur en chef et le pilote de l'hélicoptère qui nous emmenait dans des endroits reculés afin de collecter des échantillons de terre pour nos recherches. Son départ à la retraite laissait un trou béant dans l'entreprise. Les pilotes qualifiés avec une formation d'ingénieur étaient difficiles à trouver. Surtout ceux qui souhaitaient travailler au milieu de nulle part pour un salaire médiocre.

À l'origine, j'avais déménagé à Arbor Falls pour découvrir qui j'étais après la mort de mes parents adoptifs dans un accident de voiture. J'avais fini par tomber amoureuse de la ville et de ses habitants, et j'y étais restée.

Je n'étais pas près de comprendre pourquoi et par qui j'avais été abandonnée. La ville comptait moins de cinq mille habitants, et personne ne savait qui avait abandonné le bébé aux yeux gris, à la chevelure rousse flamboyante et au cri assez puissant pour faire redresser les roubignoles de tout homme. J'avais beau m'y connaître suffisamment en génétique pour savoir que mes parents biologiques n'étaient peut-être pas roux eux-mêmes, ça ne m'empêchait pas de dévisager tous les rouquins que je croisais.

Au fur et à mesure que les membres plus âgés de notre équipe rentrèrent chez eux, retrouver leurs familles, il ne resta plus que trois d'entre nous, qui se trouvèrent être les trois plus jeunes, à boire inévitablement trop.

Reid passa son bras autour de l'épaule de Jessica et appela la serveuse.

— Trois autres shots de tequila et un autre pichet de bière, s'il vous plaît.

Jessica laissa échapper un petit gémissement et entrelaça ses doigts avec ceux de Reid.

—Je vais avoir une sacrée gueule de bois. La tequila ne me réussit jamais.

Reid et Jessica étaient ensemble depuis plus longtemps que je ne travaillais pour l'Alliance. Au travail, ils savaient rester professionnels, mais dès que la fin de journée touchait à sa fin, ils étaient immédiatement collés l'un à l'autre.

Étant les trois seuls sans famille et âgés de moins de trente ans, on traînait généralement ensemble après le travail, soit pour aller à la salle de sport, soit pour boire des coups, soit pour aller chez l'un ou chez l'autre.

Il m'avait fallu du temps pour m'habituer à vivre dans ce que je considérais être la campagne. Même si j'avais grandi et fait mes études dans une petite ville sur la côte californienne, tout restait accessible.

J'avais vécu un sacré choc culturel en découvrant Arbor Falls. Dans le bon sens du terme.

Le seul hic, c'est qu'il n'y avait pas d'In-N-Out, mon fast-food préféré. Une inexistence inacceptable. Je ne l'avais jamais dit à personne, mais il m'était déjà arrivé de conduire presque une heure, aller et retour, simplement pour y aller.

— Il y a un gars au bar qui ne t'a pas quittée des yeux depuis qu'on est arrivés, me dit Reid sur un air de défi alors qu'il nous distribuait nos verres.

Reid et Jessica tentaient souvent de jouer les entremetteurs, chaque fois sans succès.

—Je sais.

Sentant qu'il m'observait tout à l'heure, je jetai un coup d'œil dans sa direction plusieurs fois.

—Je n'aime pas draguer les hommes dans les bars ou les cafés, tu le sais bien.

Je descendis mon shot, puis le fis passer avec une gorgée de bière. Je ne me sentais toujours que légèrement pompette. Tout le monde se disait être jaloux de ma capacité à boire plus que le plus imposant type du bar, mais c'était en réalité une malédiction innée, un cadeau tordu de mes parents biologiques.

— Je ne vois pas de bague, dit Jessica en lançant un regard par-dessus mon épaule, puis en me regardant avec un sourire. Tu devrais foncer. Il est plutôt sexy.

— Les mecs comme lui sont soit mariés, soit dans un bar juste pour draguer.

Je devais avouer que j'étais un peu blasée de la gent masculine.

J'osai un regard dans sa direction. Ses yeux bruns me fixèrent avant de replonger sur son téléphone posé sur le bar.

Mon cœur s'arrêta de battre un bref instant. Je priai pour qu'il relève à nouveau la tête.

Les cheveux bruns, la peau bronzée, il incarnait la beauté masculine à lui tout seul. Vraisemblablement de grande taille, du moins ses bottes avaient l'air d'être d'une bonne taille, non pas qu'avoir de grands pieds signifiait quoi que ce soit.

Me regardait-il vraiment ou était-ce simplement une coïncidence ?

La main sur le front, je gémis.

— Ça fait bien trop longtemps que je n'ai pas dragué un mec, et celui-là a l'air d'être le parfait combo du bagarreur et du chaud lapin.

Avec sa barbe de trois jours, il semblait vouloir dire « ne me fais pas chier ». Il ne m'en fallait pas plus pour me mettre sur les nerfs, mais aussi me donner envie de détailler son allure. Sans parler des tatouages qui dépassaient de son haut sombre à manches longues et qui recouvraient également le dessus de ses mains.

— On ne sait jamais. Si ça se trouve, c'est le même genre

de connard que tu trouves dans tes romans à l'eau de rose, me dit Reid d'un air taquin.

Je lui lançai une serviette en papier en riant. Certes, je n'avais jamais eu beaucoup de chances avec les hommes, c'était comme si j'étais condamnée à ne tomber que sur des tarés. Mais, le vibro avait ses limites. J'en étais arrivée à un point où je ne rêvais que de passer une nuit torride avec un homme.

Je finis ma bière et repoussai ma chaise. La nuit ne faisait que commencer et j'en avais assez de regarder les deux tourtereaux se bécoter devant moi. J'aimais mes amis, toutefois j'avais toujours cette désagréable sensation d'être la troisième roue du carrosse. Je ne pouvais supporter qu'un nombre limité de baisers volés et de mains baladeuses avant que ma jalousie ne prenne le dessus.

Et puis, je n'étais pas du genre à reculer devant un défi. C'était comme si ça faisait partie de mon âme. Si ce type était marié ou psychopathe, je me promis de ne plus jamais remettre les pieds dans un autre bar pour le restant de ma vie.

Je quittai la table et marchai jusqu'au bar, me glissant sur le tabouret à côté de lui. Il pianotait sur son téléphone, sans lever les yeux.

Pas bon signe. Un type qui ne daignait même pas regarder ailleurs que sur son téléphone n'augurait rien de bon. Il devait probablement être sur une application de rencontre, ou occupé à envoyer des textos à sa femme ou à sa petite amie.

— Qu'est-ce que je te sers ? me demanda Mike, le barman.

Il essuya le bar et me posa un sous-verre en carton-pâte.

Depuis le temps, Mike connaissait ma commande par cœur, mais à chaque fois il me redemandait quand même, au cas où.

— Deux shots de ta meilleure tequila et un pichet de bière maison, bien mousseuse si possible.

Sans savoir pourquoi, j'avais l'impression que la mousse

m'aidait à absorber mieux l'alcool. Mais c'était sûrement psychologique. Ma demande suscitait souvent des regards étranges et attirait aussi l'attention avec des commentaires salaces.

— Je vais prendre la même chose. Mettez-le sur ma note, dit soudain mon voisin, toujours sans lever les yeux de son téléphone.

Sa voix était légèrement rauque et profonde ; on aurait dit qu'il venait de sortir du lit après une longue nuit de débauche. Ça rattrapait quelque peu le fait qu'il soit sur son téléphone.

— Merci.

Je tapotai des doigts sur le bar et me penchai discrètement vers lui, essayant de voir ce qui attirait autant son attention.

Il éteignit l'écran et retourna son téléphone avant de pivoter la tête dans ma direction.

— Désolé. J'ai eu une piste pour un boulot.

Ses yeux rencontrèrent les miens, puis s'arrêtèrent quelques secondes sur mes lèvres.

Oh, merde. Venait-il vraiment de regarder ma bouche, ou était-ce involontaire de sa part ?

— Tu es nouveau en ville ? demandai-je en faisant glisser les boissons vers nous après que le barman les eut posées sur le comptoir. Je ne t'ai jamais vu dans le coin.

Dans la région, les bars se comptaient presque sur les doigts de la main, et la clientèle était souvent la même.

— On va dire ça, me dit-il en me tendant la main. Je m'appelle Cole.

Alors que je lui serrai la main, sa peau étonnamment chaude envoya un frisson d'excitation le long de ma colonne vertébrale. Je ne pus réprimer un petit cri de surprise, mais réussis à le dissimuler en me raclant la gorge.

— Ivy.

— On boit ?

Il me tendit un verre et en prit un pour lui.

Mes yeux étaient rivés sur lui alors qu'on s'apprêta tous les deux à boire. Plutôt osé de payer un verre à une femme, surtout quand on est sans emploi. De la tequila premium en plus.

— Alors Cole, qu'est-ce qui t'amène à Arbor Falls ? l'interrogeai-je en traçant le contour de mon verre avec mon index.

Il m'observa faire l'espace d'un instant, puis me regarda. Ses yeux étaient de couleur brun caramel, d'une telle intensité que j'en détournai le regard. Une ruée de papillons m'envahit aussitôt.

— Je me suis dit qu'il était temps de changer un peu. Tu as grandi ici ?

J'étais comme hypnotisée par ses dents blanches éclatantes.

— J'ai emménagé ici il y a environ huit mois. Je suis de Salinity Cove à la base.

J'aurais pu lui dire que je venais vraiment d'Arbor Falls et que j'avais été abandonnée comme un vieux chewing-gum dans un buisson, mais c'était peut-être un peu tôt.

— Tu as eu l'occasion de découvrir la région ? Il y a des boutiques et des restaurants sympas dans le coin, et des randonnées incroyables près des cascades.

Sans me quitter des yeux, il but une gorgée de sa bière et m'écouta parler.

— Il faudra que j'aille faire un tour. J'ai entendu dire qu'il y a des animaux sauvages par contre.

Je haussai les épaules.

— Ils ont plus peur de nous que nous d'eux. Le week-end dernier, on est partis en randonnée et on est tombés sur un loup gris. C'est assez rare, car on ne les voit généralement pas pendant la journée. Il nous a observés de loin sans approcher. On n'a pas eu le temps de sortir nos appareils photo à temps pour le prendre.

— Dommage. Tu es sûre que ce n'était pas juste un coyote ? dit-il en se rapprochant avec son tabouret.

— Je sais différencier un loup d'un coyote.

Du moins, je l'espérais. Jessica et Reid partageaient aussi mon avis.

Soudain, son téléphone vibra, il le retourna si vite que j'eus à peine le temps de le voir faire. Il lut ce qu'il y avait d'inscrit sur l'écran et soupira avant de prendre sa bière et d'en avaler le reste d'un trait. Il essuya la mousse de ses lèvres d'un revers de main et se leva.

— Désolé de couper court, mais je dois y aller.

Sans même que je puisse dire un mot, il prit sa veste accrochée sur le crochet sous le bar, et partit en coup de vent, envoyant un effluve épicé semblable à de la cannelle dans ma direction.

Je finis ma bière en silence.

Il était peut-être temps de me tourner vers les rencontres en ligne. J'avais déjà entendu parler de belles histoires. Peut-être qu'il fallait que je redouble d'efforts pour trouver un petit ami convenable et entamer enfin une vraie relation. Arbor Falls comptait sûrement d'autres types célibataires.

Ces dernières années, j'étais sortie avec pas mal d'hommes, mais aucun ne me convenait. J'avais toujours eu cette étrange impression que quelqu'un d'autre m'attendait ailleurs. Néanmoins, je savais combien j'étais exigeante, et telle fut probablement la raison pour laquelle j'étais toujours célibataire aujourd'hui.

Je me levai pour partir quand Mike s'approcha, mal à l'aise, un papier dans la main.

— Ton ami va revenir ?

— Non, il a dû partir, dis-je en levant un sourcil. Pourquoi ?

Il me tendit une feuille de papier qui ressemblait à une

note. J'écarquillai les yeux en déchiffrant la longue liste de boissons et son total. Plus de cent dollars.

Il avait passé la journée dans ce bar, ou quoi ?

— C'est une blague ! Tu ne lui as pas demandé sa carte de crédit ?

J'avais suffisamment fréquenté cet endroit pour savoir que le propriétaire était strict sur les gens qui ne payaient pas leur note : si vous étiez le dernier de votre groupe et que personne d'autre ne payait, alors c'était pour votre pomme.

Mike me jeta un regard désolé, avant de mettre les verres vides dans une poubelle.

— Il a payé les premiers verres en liquide et m'a donné de bons pourboires. Il n'avait pas l'air méchant.

— Je ne connais même pas ce type !

Ça devait sûrement compter pour quelque chose.

— Je vais payer pour la tournée qu'on vient de prendre, mais il est hors de question que je paie pour tout ça. Quel genre de personne boit autant ?

Il avait probablement payé des coups à d'autres femmes toute la soirée.

— Paye, et la prochaine fois que tu le verras, tu récupéreras ton argent.

Je levai les yeux au ciel. Il n'avait pas compris qu'il n'y aurait pas de prochaine fois.

Le barman grimaça, puis s'éloigna.

Je devais avoir un regard meurtrier. J'allais payer, puisque je pouvais me le permettre, mais je n'allais certainement pas m'en réjouir. L'autre possibilité aurait été de laisser Mike se débrouiller avec la note, mais ça ne me semblait pas très honnête de ma part, même s'il aurait dû se montrer un peu moins négligent.

Une chose était sûre, Cole était un sacré connard.

CHAPITRE 2

Cole

J'avais dû faire un effort incommensurable pour me lever et quitter le bar. Je l'avais attendue toute la soirée, et quand elle avait fait son entrée, son odeur m'avait immédiatement submergé.

De manière générale, les loups n'ont pas de partenaires désignés ou je ne sais quelles conneries les humains ont encore inventées. Mais j'étais presque sûr que cette fille aux cheveux roux, dont la chevelure prenait une délicate teinte dorée sous la lumière, était la mienne.

Merde.

Le téléphone sur l'oreille, je me dirigeai vers mon pick-up.

— Tu avais raison. Il n'y plus l'ombre d'un doute, c'est bien une louve, mais elle n'a pas l'odeur d'une meute du coin, elle ne sent presque rien.

Il y avait environ une semaine, ma meute avait été informée de la présence de cette fille quand l'un de mes bêtas avait repéré son odeur près des chutes. On s'était lancés dans une recherche sans fin pour trouver des informations et avions découvert où elle travaillait et qu'un pot de départ était organisé au bar du coin, l'occasion idéale pour voir ce qu'il en était.

Arbor Falls était un territoire neutre, ce qui voulait dire que les loups ne fréquentaient pas la ville à moins que les deux meutes de chaque côté ne se soient mises d'accord.

Je n'allais pas laisser Silas savoir qu'une femelle non identifiée vivait dans la ville ; c'était chercher les ennuis.

À environ une demi-heure de route au sud se trouvait une ville d'environ cent mille habitants où nous faisions la plupart de nos achats et de nos affaires quand nous en avions besoin. Nous étions relativement autonomes. Il était donc rare que je m'y aventure. Et puis, je n'aimais pas les gens de la ville.

Au nord, il y avait des montagnes et des espaces où les humains pouvaient camper. De l'autre côté de la rivière, marquant la frontière nord de mon territoire, se trouvaient les fameuses cascades, appréciées des humains pour leurs nombreuses randonnées.

À l'ouest, il y avait le WAP, abréviation de West Arbor Pack, qui comptait plusieurs membres peu recommandables, dont Silas, l'Alpha. Dans notre enfance, on était inséparables, mais tout était devenu hors de contrôle depuis, il avait complètement vrillé.

Et puis, il y a ma meute, l'EAP, ou East Arbor Pack. Nous restions entre nous la plupart du temps à moins que notre espèce ne risque d'être découverte. Cette inconnue rousse représentait une menace. Tous les loups savaient qu'il fallait avertir la meute locale quand on se rendait dans une zone.

— D'après les informations que j'ai pu trouver jusqu'à présent, il semblerait qu'Ivy Taylor ait déménagé dans la région il y a environ huit mois. Un mois plus tôt, ses parents sont décédés dans un accident de voiture en allant à sa remise de diplôme. Elle travaille aujourd'hui pour l'Alliance du Nord en tant que chercheuse.

Eli, notre as de l'informatique et mon meilleur ami, m'expliqua ce que je savais déjà.

— Sur le papier, elle est inoffensive. Elle vient de Salinity Cove. J'essaie d'obtenir son dossier médical. Apparemment, elle a soumis son ADN deux fois pour retrouver ses ancêtres, mais les échantillons n'ont pas été exploitables pour des raisons évidentes.

Je m'arrêtai net, la main sur la poignée de la portière.

— Inoffensive ? Un loup étranger qui vient d'un endroit où il est la seule espèce n'est pas inoffensif, surtout s'il envoie son ADN à des entreprises pour la faire tester.

— Je suis d'accord avec toi. Mais est-il est possible qu'elle ne sache pas qui elle est vraiment ?

— Comment pourrait-elle ne pas le savoir ? répliquai-je en secouant la tête. C'est possible qu'elle couche même avec un loup.

Je réprimai un grognement à l'idée. Non, c'était impossible.

— Peut-être que c'est une solitaire, soupira Eli, je vais continuer à chercher et on en parlera demain.

On raccrocha.

Au moment où je glissai mon téléphone dans ma poche, mes oreilles dressées instinctivement me sauvèrent d'un coup de poing fulgurant. Je réussis à esquiver l'attaque soudaine, qui traversa à la place la vitre latérale de mon pick-up, envoyant des éclats de verre sur la chaussée et à l'intérieur de mon véhicule.

Alors qu'un second assaillant tenta de me lancer un autre coup, je l'esquivai avant de l'expédier au sol, puis frappai d'un coup de pied mon premier attaquant, le faisant tomber à terre.

Des loups. À l'odeur si nauséabonde qu'elle en réveillerait les morts.

J'aurais pu sentir leur présence plus tôt si je n'avais pas été aussi distrait. Ils avaient dû en profiter pour s'approcher sournoisement.

Alors qu'ils se relevèrent et me regardèrent, je sautai à l'arrière de mon pick-up et sentis mon loup trépigner.

Je serrai les poings. Me transformer en ville serait catastrophique.

— Que faites-vous ici ? leur demandai-je, les dents serrées en les regardant de haut.

Vu la façon dont ils reculèrent devant moi, je compris que j'eus affaire à des subordonnés.

— Un petit oiseau nous a dit que ta meute s'était baladée en ville cette semaine. Notre Alpha nous a envoyés voir ce qu'il se trame.

Le plus grand des deux fit un pas courageux en avant et renchérit.

— J'imagine qu'il ne va pas être content d'apprendre que *tu* te trouves là.

— C'est un territoire neutre, répliquai-je.

Je sautai de la voiture et atterris parfaitement sur mes pieds. Inutile d'attirer l'attention en restant debout dans la boîte de mon pick-up.

— *Votre* alpha est celui qui n'a pas su se mettre d'accord.

Le plus petit loup des deux grogna.

— La ville devrait nous appartenir.

Ma réponse ne se fit pas attendre : j'émis un grondement si menaçant qu'ils reculèrent jusqu'au milieu de la rue. Heureusement pour eux, vu l'heure tardive, il n'y avait plus de circulation à cette heure-ci.

— Dites à votre alpha que s'il a un problème avec le fait que je vienne boire un verre en ville, il peut m'envoyer un email. Ou mieux encore, je l'informerai de la fenêtre que vous avez cassée. Je suis sûr qu'il vous a spécifiquement demandé de ne pas vous montrer agressifs.

Comme ils ne semblaient pas inquiets à l'idée que je puisse contacter leur alpha, je poussai un nouveau grognement qui les fit fuir cette fois-ci.

Au fil des années, l'entente entre nos deux meutes était devenue de plus en plus explosive, et ce n'était pas faute d'avoir essayé d'apaiser les tensions.

Après un coup de chiffon sur mon siège pour balayer le verre éclaté, je démarrai et disparus.

Apprendre que Silas avait envoyé deux des siens brutaliser des membres de ma meute n'avait rien de surprenant. Pourtant, il était loin d'imaginer que le loup qui rôdait en ville était moi.

~

Une odeur de nourriture me tira hors du lit. Je me retournai et émis un grognement.

J'avais passé la nuit à penser à elle. Qui était Ivy ? Que faisait-elle ici ? Pourquoi avait-elle une odeur presque inexistante ?

La note impayée du bar me revint soudainement en tête. Et merde.

Après une douche rapide, je m'habillai et descendis. Mon estomac s'impatientait, je pouvais sentir le bacon à un kilomètre.

— Bonjour, Cole.

Eli était debout devant la cuisinière affairé à faire frire des tortillas de maïs coupées en morceaux.

— J'espère que tu es partant pour quelques migas.

— Toujours, dis-je en me servant une tasse de café, appuyé contre le plan de travail. Du nouveau sur la fille ?

— Elle s'appelle Ivy.

Bien entendu, je me rappelais de son prénom, mais je voulais lui faire croire que ça m'avait échappé, puisque d'habitude il lisait en moi comme dans un livre ouvert.

— J'ai piraté le bureau des registres du comté où son acte de naissance a été délivré. Elle a été adoptée ici.

Je le regardai verser les œufs brouillés sur les morceaux de tortillas frites.

— Où exactement ? demandai-je en me léchant les lèvres, l'eau à la bouche.

— Après quelques recherches approfondies, j'ai découvert qu'elle a été abandonnée devant la clinique médicale d'Arbor Falls. Aucune trace de ses parents biologiques, m'informa-t-il en éteignant le four. Tu peux sortir le bacon ?

— Tu me donnes des ordres maintenant ? dis-je en attrapant les maniques.

Son visage blêmit d'un coup. J'éclatai de rire.

— Ne te mets pas dans tous tes états. Tu devrais être habitué à mes blagues depuis le temps.

— Eh bien, non. Tu restes mon alpha. C'était déjà une chose quand ton père nous dirigeait, mais maintenant tu dois me traiter comme ton subordonné.

Avec le temps, Eli tenait de plus en plus à ce que je le perçoive comme un oméga. Je trouvais toute cette histoire de hiérarchie complètement désuète. Du moins sous ma forme humaine.

Je lui donnai une tape amicale sur l'épaule et ouvris le four pour en sortir la plaque recouverte de papier aluminium.

— Putain, j'adore le bacon.

Je pris l'assiette déjà posée sur le plan de travail et me servis la moitié du bacon. Mon geste fit soupirer Eli. Si l'on suivait les règles de la meute, j'étais censé prendre la plus grosse part.

— C'est ça, fais comme si tu ne m'avais pas entendu. Comme d'habitude.

Il versa les tortillas de maïs et les œufs dans mon assiette, puis se prépara la sienne avant de me rejoindre à la table de cuisine qui donnait sur le jardin. Le soleil commençait à peine à se lever, une journée chargée m'attendait.

Je dévorai la majorité de mon repas et lui annonçai ma décision.

— Je me rends bientôt à Arbor Falls. J'ai un entretien, dis-je au moment où Eli s'apprêta à prendre une bouchée.

— Quoi ?

Alors qu'il manqua de s'étouffer pour avaler, je poursuivis.

— J'ai indiqué ton numéro de téléphone s'ils souhaitent contacter mes anciens employeurs, et je t'ai laissé une copie de mon CV pour que tu saches quel rôle jouer à chaque appel, dis-je en prenant une gorgée de café alors qu'il toussait encore. Ça va ?

— Un travail ? Mais... quoi ?

Je souris en voyant ses lèvres retroussées et ses sourcils froncés.

— L'Alliance du Nord a besoin d'un ingénieur pilote d'hélicoptère. Je les ai entendus dire que c'était difficile à trouver, et je me suis dit que je pourrais me proposer comme pilote bénévole jusqu'à ce qu'ils trouvent quelqu'un, expliquai-je.

Il commença à ouvrir la bouche pour contester, mais je haussai les épaules et enchaînai.

— Ce sera un bon moyen d'obtenir plus d'informations sur cette fille. Et puis leur bâtiment est juste à la sortie d'Arbor Falls.

— À quand remonte la dernière fois que tu as piloté un hélicoptère ? me demanda Eli en jetant un regard noir au morceau de bacon qu'il tenait entre ses doigts.

Il pointa alors le morceau de viande gras vers moi.

— Qu'est-ce que tu ne me dis pas ?

Certes, plusieurs années s'étaient écoulées depuis, mais je n'étais pas terrifié à l'idée de m'y remettre. La majeure partie de l'entretien devait sûrement consister à montrer mes compétences de pilotage.

J'engloutis ma dernière part, puis me levai avec mon assiette.

— Il nous faut plus d'informations que ce que tu peux trouver en ligne. D'après ce que je comprends, Ivy fait en sorte de refouler sa louve, et je compte bien découvrir pourquoi.

— J'espère que tu sais ce que tu fais. La dernière chose dont notre meute a besoin c'est que celle de Silas ait vent de cette histoire.

C'était déjà le cas, mais je me gardai bien de le lui dire.

CHAPITRE 3

Ivy

Ma portière claqua dans l'air vif du mois de mars. J'étais encore en rogne après que Cole soit parti sans régler sa note. À tous les coups, il ne s'appelait même pas Cole, mais plutôt Nick. Nick Ta Mère. Ma foi en l'espèce masculine s'éteignait à petit feu, jour après jour.

On était lundi, le jour de la semaine que je haïssais le plus. J'adorais dormir, et devoir me réveiller avant le lever du soleil pour aller travailler me rendait de mauvais poil durant les premières heures de la journée. Sans parler du fait que nous n'avions toujours pas de pilote, mon moral était au plus bas.

J'ouvris la porte arrière de ma voiture et attrapai mon gros sac contenant mon ordinateur portable, ma tablette et ma tenue pour braver le froid. On avait beau être au mois de mars, quand on prélevait des échantillons de terre en haute altitude, le climat se montrait particulièrement rude.

Je pris ma tasse de café posée sur le toit de la voiture et

réussis à atteindre la porte d'entrée sans la faire tomber. Une sacrée victoire pour un jour aussi redouté.

Le réceptionniste m'accueillit avec un grand sourire.

— Bonjour, Ivy. Tu as passé un bon week-end ?

Comme chaque lundi, je remerciais intérieurement Stan pour sa bonne humeur si tôt le matin. Sa joie débordante profitait à tout le monde.

Je grognai et lui fis un petit signe de la main. Il ria. Mon regard en guise de réponse avait dû suffire à lui seul.

Une fois mes affaires déposées dans mon bureau, je me dirigeai vers la salle de conférence où nous nous retrouvions le lundi matin pour discuter des faits nouveaux et passer en revue les missions de collecte des prochains jours. La semaine risquait d'être peu remplie puisque nous n'avions toujours pas trouvé de remplaçant à Richard.

Nous avions anticipé l'arrivée de son dernier jour, toutefois nous n'avions pas trouvé le candidat adéquat, à la fois qualifié et passionné par la recherche sur le changement climatique. Richard avait proposé de rester plus longtemps, mais nous savions tous qu'il avait prévu un voyage autour du monde avec sa femme et ne comptions pas lui en priver.

Une fois dans la pièce, je m'installai confortablement dans mon fauteuil préféré. Il avait beau être le même que tous les autres, j'affectionnais celui-ci plus particulièrement.

Les autres arrivèrent au fur et à mesure, j'en profitai pour siroter mon café et les regarder arriver. Notre équipe était assez diversifiée, âgée de vingt-cinq à soixante ans. Parmi eux, j'étais la plus jeune.

Mon téléphone vibra. Une notification provenant du jeu auquel Jessica et moi jouions régulièrement sur nos appareils respectifs m'indiqua que c'était désormais à mon tour de jouer. Pour une fois, je la battais à plate couture. J'ouvris l'application, et examinai les lettres à ma disposition.

Notre chef Barbara se racla la gorge, prête à commencer la réunion.

— J'ai une très bonne nouvelle à vous partager. Hier, j'ai reçu un candidat pour le poste de pilote. Il sera avec nous en tant que bénévole jusqu'à ce qu'on embauche un employé permanent. Accueillons chaleureusement Cole Delaney. Son CV est impressionnant. Il a même été pilote chez les pompiers pendant un an.

Que venait-elle de dire ?

Mes yeux quittèrent aussitôt mon téléphone et se posèrent sur *lui*. Ses yeux intenses me fixaient. Puis, il détourna le regard vers Barbara.

Assise à côté de moi, Jessica me donna un coup de coude, sachant que trop bien ce que je pensais. Reid, quant à lui, avait la mine renfrognée.

Ils n'avaient pas été très contents d'apprendre que Cole m'avait laissé une note de plus de cent cinquante dollars au bar l'autre soir. Reid s'était emporté contre Mike le barman, qui nous avait expliqué que Cole avait payé deux tournées à une table de filles plus tôt dans la soirée.

Alors que Barbara continua de nous présenter les dernières nouvelles, Cole s'assit sur une chaise vide à l'autre bout de la table. Tout en basculant nerveusement d'avant en arrière sur ma chaise, je tentai tant bien que mal de garder mon attention sur la réunion. Mais je ne rêvais que d'une seule chose : crever les yeux de Cole.

Soudain, une voix exaspérée me tira hors de mes pensées lugubres. À en juger le ton avec lequel Barbara prononça mon prénom, je devinai qu'elle avait dû le répéter à plusieurs reprises. Rien n'était plus embarrassant que d'être surprise à rêvasser.

— Pardon. Oui ?

Je sortis de ma transe et rapprochai ma chaise de la table.

— On devrait plutôt faire ces réunions le mardi, grommelai-je.

Le reste de la table ria. J'eus même droit à un sourire en coin de Barbara, habituée à mon incapacité totale à faire face au lundi. Heureusement pour moi, elle ne tenait pas compte de ce petit défaut.

— Toi et Cole, vous prendrez l'hélico à dix heures pour effectuer des prélèvements d'échantillons. Je vous donnerai les coordonnées après la réunion.

Je me mordis l'intérieur des joues pour ne pas jurer. Elle ne l'avait embauché que depuis hier, et il comptait déjà piloter ? Avait-elle au moins vérifié ses empreintes digitales ou contacté ses anciens employeurs ?

— Est-ce qu'il a eu le temps de s'entraîner à conduire notre hélico ?

Bien qu'il fût pertinent pour nos recherches d'aller en altitude, notre sécurité était néanmoins primordiale. La dernière chose dont j'avais besoin était de mourir dans un crash aérien juste avant mes vingt-six ans.

— J'ai de nombreuses heures de vol à mon actif, avec différents hélicoptères d'ailleurs. Barbara et moi avons pris l'hélico hier, et je pense qu'elle peut attester que mes compétences sont plus qu'adéquates. D'après ce que j'ai compris, il s'agit d'une collecte urgente, je suis prêt à assurer ta sécurité, dit-il en me fixant.

Je plissai les yeux. À l'écouter, on aurait dit qu'il dirigeait les opérations. Il ne pouvait pas me garder en sécurité si on filait droit vers la mort.

Son expérience *aurait* dû me donner confiance en ses compétences de pilotage, mais quelque chose ne collait pas. Je ne connaissais pas la procédure d'approbation des pilotes d'hélicoptère, mais il me semblait bien trop rapide de laisser un inconnu piloter un engin aussi coûteux.

Je croisai les bras sur ma poitrine et reportai mon attention sur Reid, en pleine présentation d'un nouveau projet qu'il venait de lancer.

Une fois la réunion terminée, la salle se vida, me laissant avec le regard interrogateur de mon nouveau collègue. Si quelqu'un devait se méfier, c'était bien moi.

— On parle du sujet qui fâche ?

Je rassemblai mes papiers et me levai, prête à vider mon sac avant de devoir passer des heures dans un espace confiné, ma sécurité entre ses mains.

Il se frotta le menton et fronça les sourcils avant de se lever et de me suivre hors de la pièce.

— Quel sujet ?

— Je parle de l'énorme note que tu m'as laissée au bar ! J'espère que la nana que tu as retrouvée vendredi soir en valait la peine.

Quelques personnes s'attardaient dans le hall. Ils tournèrent la tête en m'entendant.

Oups.

Cole me suivit jusqu'à mon bureau.

N'aurait-il pas dû effectuer des vérifications avant le vol et s'habituer à l'appareil pour s'assurer qu'on ne mourrait pas dans un crash ? Encore une fois, si je devais perdre la vie, j'espérais simplement que ce soit après mon anniversaire.

— Ce n'était pas prévu. J'avais un appel urgent à passer. Tiens.

Il jeta trois billets de cent dollars sur mon bureau alors que je pris place dans mon fauteuil.

Je regardai l'argent avec incrédulité. Soi-disant au chômage, il était maintenant devenu pilote d'hélicoptère *bénévole*, et voilà qu'il me jetait de l'argent comme si c'était des confettis. Je n'étais pas experte en la matière, mais ça ne m'aurait pas étonnée que ce soit de faux billets.

Je levai les yeux vers lui. Son regard fixe me fit contracter le bas du ventre. J'avais vraiment besoin de trouver un homme pour satisfaire mes besoins, parce que Cole Delaney n'était clairement pas celui qui me fallait, malgré la façon dont mon corps réagissait. Et puis, il finirait probablement par me refiler une MST.

Les bras croisés, je m'appuyai contre ma chaise.

— Disons cinq cents et on est quittes.

Il leva les sourcils, puis haussa les épaules et ressortit son portefeuille. Il me jeta deux autres billets.

— J'espère que tu as donné un bon pourboire.

— Je donne toujours de bons pourboires.

Pourquoi est-ce que je perdais mon temps à parler à ce type ?

— Avec un tel retour sur investissement, préviens-moi quand tu ne comptes pas payer ta note de bar.

— Tu es bien plus agréable quand tu as bu.

Il se dirigea vers la porte, puis regarda par-dessus son épaule, un sourire en coin.

— On part dans une heure. Tu devrais prendre un café d'ici là, tu en as bien besoin.

Cet homme faisait ressortir ce qu'il y avait de pire en moi. Je me retins de lui tirer la langue. La majeure partie du temps, j'essayais toujours de me comporter de façon professionnelle au bureau, mais en l'occurrence, je bouillonnais au point de tout envoyer valser par la fenêtre.

Je n'étais pas certaine de pouvoir faire confiance à un pilote d'une telle arrogance ou qui oubliait si facilement certaines règles de bienséance. Certes, nous avions un hélicoptère qui valait plusieurs millions de dollars, mais rien ne pouvait nous sauver de mains négligentes et d'un pilote qui se croyait invincible.

Après m'être assurée que tout mon équipement était prêt, j'enfilai une épaisse chemise en flanelle par-dessus mon haut manches longues, puis une veste en polaire, et pris mes gants et mon bonnet. Une fois parée, je me rendis sur le tarmac avec mon matériel de recherche.

Reid et Cole semblaient avoir une conversation animée autour d'un certain combat d'arts martiaux mixtes à venir. Comment Reid pouvait-il déjà avoir oublié ce qui s'était passé trois jours avant ?

Ce traître. J'avais espéré qu'il se montre sans pitié avec Cole. Mais les hommes ne sont jamais rancuniers entre eux, du moins pas pour longtemps. Tout ce qui concernait ce type me donnait des démangeaisons. Était-il possible de devenir allergique à quelqu'un ? J'en avais la nette impression.

Mes yeux se promenèrent sur Cole dans sa combinaison vert foncé. Je devais admettre qu'il était terriblement séduisant. Je m'approchai sur le côté, une vue imprenable sur ses cuisses épaisses et ses fesses rondes. Avec un corps pareil, il pouvait sûrement soulever un poney sans difficulté.

Une fois mes affaires fixées à l'arrière, je pris le casque et l'oreillette que me tendit Reid et entrai dans le cockpit. Après un check des mains avec ce dernier, Cole passa par l'avant et monta dans l'engin.

— Allez, il n'est pas si méchant, me dit Reid en actionnant plusieurs leviers avant de fermer ma porte.

Je levai les yeux au ciel, puis m'attachai et mis mon casque. Je le portais rarement, ne prenant d'habitude que l'oreillette, mais ce jour-là, je sentis que c'était nécessaire. Cole, quant à lui, enfila le sien et me jeta un regard interrogatif, comme s'il ne comprenait pas la nécessité que j'en porte un.

Il mit l'hélicoptère en marche et commença à avancer vers l'héliport d'où nous allions décoller. J'essayai de me détendre et de me répéter qu'il était expérimenté. Je n'avais rien à craindre.

Je sortis mon téléphone de la poche de ma veste et mis de la musique branchée sur le système audio principal de l'hélicoptère. Avec un peu de chance, ça nous empêcherait toute conversation.

— Tu n'es pas sérieuse.

Sa voix exaspérée retentit par-dessus la musique alors que nous décollions en direction du nord-ouest.

— Je ne vais *pas* écouter ces conneries pendant trente minutes.

Il faisait référence à ma playlist pop de la fin des années 90. J'avais grandi en écoutant ces chansons, ma mère étant une fan absolue des boys bands.

Je souris et mis le son un peu plus fort. La vengeance est un plat qui se mange froid.

Il appuya sur quelques boutons, et la musique s'arrêta.

— Je préfère ne rien écouter du tout plutôt que d'écouter *ça*. Mes oreilles vont saigner.

— C'est ça de la bonne musique. Tu ne sais pas ce qui est bien, hein ?

— Reid m'a dit que tu étais têtue, mais que ça valait la peine de faire des efforts. À mon avis, il délire. À un moment donné, il va bien falloir que tu passes outre mon oubli. On est collègues maintenant, que ça te plaise ou non.

Il jeta un regard dans ma direction avant de reporter son attention sur le pilotage.

Un hélicoptère n'était certainement pas un lieu propice à la discussion, alors je décidai de capituler.

— Je suis de mauvais poil le lundi, désolée.

Je fis défiler mes playlists et mis du rock indépendant, un genre qui me correspondait plus.

— Tu es sûre que tu n'es pas tout le temps de mauvaise humeur ?

Son rire était taquin. Il augmenta le volume de la musique m'empêchant de répliquer.

Il n'avait pas tort ; mon humeur était de pis en pis dernièrement. Surtout avec le temps minable de ces derniers jours, et le fait de ne pas pouvoir sortir autant. Peu de temps après avoir déménagé à Arbor Falls, je m'étais pour la première fois sentie comme un lion en cage.

Dans ma jeunesse, je passais mon temps dehors ou à faire une activité sportive. Je savais qu'en venant vivre dans une petite ville au nord du pays, je me confrontais au manque de choses et à un climat plus difficile.

Pourtant, quelque chose au fond de moi me fit sentir que je me trouvais exactement là où je devais être.

CHAPITRE 4

Cole

Cette fille était différente. Elle était fougueuse et rendait au centuple tout ce que je lui lançais. Elle n'était clairement pas une subordonnée. En tant qu'alpha, je n'aurais pas dû me réjouir de cette nouvelle, mais malgré moi, c'était le cas et ça me perturbait. Elle aurait dû savoir qu'il ne fallait pas défier un alpha, à moins de vouloir finir sur le dos. Et pas pour se faire baiser.

Merde. J'allai trop loin. Trop tard, l'image d'Ivy allongée nue, les seins rebondissant à chaque coup de reins, marquait déjà mon esprit. Ses seins avaient l'air beaux et bien fermes, de quoi remplir une bonne prise de main. Je remuai sur mon siège pour me sentir moins à l'étroit dans mon pantalon.

C'était facile de lui lancer des regards à la dérobée, avec ce foutu casque elle n'avait aucune vision périphérique à moins de tourner la tête. Quand j'y repensais, porter un casque n'était franchement pas nécessaire pour un vol aussi ordinaire. Ma confiance en avait pris un sacré coup. Le ciel était clair, il n'y avait pas de vent et aucun feu en vue. Pas de quoi s'inquiéter.

Je me maudissais déjà d'atterrir sur le territoire de Silas. À la seconde où l'on ouvrirait les portes, s'ils rôdaient sous leur forme animale, sa meute pourrait me sentir à moins d'un kilomètre. Avec un peu de chance, la collecte se ferait loin de là où ils se trouvaient actuellement.

Une fois arrivés à destination, je fis atterrir l'hélicoptère dans une grande zone dégagée entre deux étendues de pins. Je coupai le moteur de l'engin et retirai mon casque.

— Combien de temps ça va prendre ?

Elle détacha sa ceinture de sécurité et leva les yeux vers moi.

— Pourquoi ? Tu as un rendez-vous galant ?

J'étais en train de rêver ou elle flirtait avec moi ?

Elle enleva son casque, envoyant son parfum dans ma direction. Je fermai les yeux et tentai de ne pas l'inhaler. Ça semblerait suspect. Et je souhaitais être tout sauf suspect.

La situation s'empira quand elle passa à l'arrière entre les sièges, ses fesses effleurant mon bras. Mes yeux se verrouillèrent sur la cible alors qu'elle s'accroupit pour décrocher son sac.

Ivy était une femme vraiment attirante. Épousant parfaitement les courbes de son corps, son jean était rentré dans une paire de bottes, tandis que sa chemise verte et violette en flanelle dépassait de sa doudoune noire sans manches.

Je me raclai la gorge.

— Tu as besoin d'aide ?

En plus de piloter l'hélicoptère, Barbara avait demandé à ce que je l'assiste si nécessaire une fois au sol.

Elle secoua la tête sans lever les yeux.

— Beaucoup de choses dépendent de cette collecte. C'est le dernier élément de donnée utile au rapport qui ira directement au Comité Consultatif sur le Changement Climatique.

— Ça a l'air intéressant.

Je devais davantage me renseigner sur l'Alliance du Nord pour éviter d'avoir l'air idiot quand elle me parlait du boulot. Je savais juste que l'alliance faisait partie de nombreuses entités à travers le pays qui recensaient des données environnementales.

Je sortis de l'hélicoptère en contournant l'avant. L'orée de la forêt se situait à environ soixante mètres autour de nous. Je gardai les yeux rivés vers le sud, la direction par laquelle la meute de Silas pouvait éventuellement arriver.

J'ouvris la porte arrière et tendis la main à Ivy, les siennes occupées par une tablette et une caisse d'instruments. Elle regarda ma main, puis sauta par terre sans mon aide. Je clignai des yeux plusieurs fois, puis laissai retomber mon bras sur le côté, dépité de la voir refuser mon assistance.

— Depuis combien de temps tu fais ça ? lui demandai-je en la suivant alors qu'elle marchait sur une quinzaine de mètres, les yeux rivés sur sa tablette.

Elle s'accroupit, puis posa ses instruments sur l'herbe qui commençait à montrer des signes de renaissance après la saison hivernale.

— Un moment.

— Un moment ? Tu es si jeune.

Je regardai par-dessus son épaule pour voir ce qu'elle faisait, elle leva les yeux vers moi, se protégeant du soleil.

— J'ai presque vingt-six ans, répliqua-t-elle en retournant à sa tâche, tu ne dois pas avoir plus de vingt-sept ans, j'imagine ?

Je reniflai et balayai du regard la bordure des arbres.

— J'en ai trente-quatre.

— Pourtant, tu m'as l'air et tu agis de façon bien plus immature que ça.

Je la vis sourire dans le reflet de l'écran de sa tablette.

— Je n'arriverai jamais à te faire oublier ça, hein ? En temps normal, je suis vraiment quelqu'un de sérieux.

Bon sang, je dirigeais une meute entière. Je n'aurais pas dû partir précipitamment du bar je sais, mais Eli m'avait dit de l'appeler sur le champ.

Je ne parvenais toujours pas à comprendre pourquoi elle n'avait pas encore détecté mon odeur. Peut-être qu'elle n'était pas une louve comme je le pensais. Cette possibilité me troubla, je reniflai l'air. Son effluve était encore plus puissant qu'il y a quelques minutes.

Je m'accroupis à côté d'elle tandis qu'elle plantait un instrument dans le sol et s'affairait à prendre des photos à l'aide de sa tablette. Elle retira l'outil et mit la terre qu'elle avait recueillie dans un récipient.

— J'ai bientôt fini, si tu veux retourner à l'hélico. Tu peux réviser ta pop des années 90 pour qu'on puisse chanter ensemble sur le chemin du retour.

Elle n'était pas sérieuse. Ses joues se mirent à rougir devant mon air ahuri.

— Que dois-je faire pour que tu me pardonnes de mon oubli ?

Et pourquoi as-tu une odeur de loup ?

Elle soupira et prit un autre instrument dans la boîte.

— Je déteste les lundis, alors il faudra peut-être que ce soit un mardi.

J'éclatai de rire et me levai, essuyant la saleté invisible de mes mains.

— Eh bien, si c'est ce qu'il faut...

Alors que je pris une profonde inspiration, une désagréable sensation de danger imminent fit frémir mes narines.

— Ivy. Monte dans l'hélicoptère. Maintenant.

Son dos se raidit, elle leva sa tablette pour prendre une photo. Elle la baissa lentement, la posant dans la boîte.

— Je ne reçois pas d'ordre d'un homme, me dit-elle d'un air furieux.

Ses yeux gris brillaient de colère, mais son odeur, quant à elle, était empreinte d'anxiété. Sentait-elle aussi les autres loups ou était-ce mon caractère autoritaire qui l'effrayait ?

Le regard tourné vers les arbres, je cherchai la provenance de l'odeur. Ils étaient proches, et dans quelques secondes, deux d'entre eux, les mêmes que vendredi soir, seraient présents.

— Dépêche-toi, la pressai-je d'un ton sec, ruinant par la même occasion tous mes progrès.

— Tu sais, Cole. Tu es un vrai...

Alors qu'elle releva la tête pour m'incendier, deux loups firent leur apparition à la lisière des arbres.

— Ce sont des loups ?

— Oui.

Elle aurait dû le savoir. Comment pouvait-elle ne pas les sentir ? Elle devait certainement avoir un problème d'odorat.

Une fois son instrument rapidement retiré du sol et la terre dans le bocal à spécimen, elle resta debout, les yeux toujours fixés sur les canidés arrêtés à une quinzaine de mètres. Je me plaçai devant elle et commençai à reculer, la poussant vers l'hélicoptère.

— Qu'est-ce que tu fais ? Il faut que je récupère ma boîte.

Elle essaya de se glisser devant moi, mais je tendis le bras pour l'en empêcher.

— Ce n'est pas une blague, putain. Monte.

Je ne pouvais pas être plus clair dans mes avertissements. Je me fichais éperdument de ses problèmes profonds avec les hommes qui lui disaient quoi faire. Elle était en danger.

Je la fis reculer jusqu'à l'hélicoptère et ouvris la porte.

— Monte.

Elle plissa les yeux.

— Ce ne sont que des loups. Ils ont plus peur de nous que l'inverse. Ça ne me prendra qu'une seconde.

Elle passa devant moi et se précipita vers son équipement.

Avait-elle perdu la tête ?

Je sortis mon arme cachée dans mon sac et désactivai le cran de sûreté. Je n'aimais pas la porter sur moi, mais comme Ivy restait un mystère à élucider et que j'étais en dehors de mon territoire, il était plus prudent de se protéger.

Elle revint vers moi, puis ses yeux s'agrandirent alors que les deux loups se dirigèrent vers nous, le poil hérissé, les crocs en évidence.

On était sur leur territoire et ils n'espéraient rien d'autre qu'un bain de sang.

CHAPITRE 5

Ivy

De ma vie, jamais je n'avais assisté à une telle scène. Aussi belle que dangereuse. Certes, j'avais déjà côtoyé un requin d'un peu trop près, mais entre nous, le squale sanguinaire était loin d'être le meilleur ami de l'homme.

Pendant que Cole se tint devant l'hélicoptère, j'en profitai pour sécuriser mon matériel. À quoi bon vouloir tirer sur un loup ? Je ne m'y connaissais peut-être pas beaucoup en droit, mais tenter d'abattre un animal sauvage devait probablement être contraire aux législations de protection de la faune.

Sur le point de le traiter d'idiot, j'entendis soudain des grognements derrière moi. Quelle idée de quitter les loups des yeux, ils se dirigeaient à présent vers nous.

Un troisième, plus grand que les deux autres, surgit des arbres et les rejoignit. J'eus la respiration coupée. Si les loups pouvaient parler, à en juger le regard qu'il me lançait, j'eus la conviction qu'il m'aurait traitée de tous les noms.

Il me fixait droit dans les yeux, l'air affamé.

À la fois fascinée et terrifiée, je sentis mon cœur bondir dans ma poitrine. Je n'avais jamais vu un loup d'aussi près.

Cole s'éloigna de quelques mètres et fixa le trio arrêté un peu plus loin. Le plus impressionnant des trois se tenait devant les deux autres. Jusqu'où les loups pouvaient-ils bien sauter ?

Comme s'ils échangeaient entre eux sans émettre le moindre bruit, Cole et les trois loups continuaient de se regarder en chiens de faïence. En mon for intérieur, je priai pour qu'ils n'eurent pas l'idée d'en faire leur déjeuner, car j'étais incapable de piloter un hélicoptère.

Soudain, Cole tira deux fois, puis courut vers la porte de l'engin. Les loups se lancèrent à sa poursuite. Il s'engouffra à l'intérieur de l'hélicoptère, puis claqua la porte derrière lui. Déchaînés, les loups frappèrent la porte avec une force colossale, qui fit violemment valdinguer l'hélicoptère.

Bon sang, ces loups devaient être sous stéroïdes.

— Ces putains de...

Cole eut à peine le temps de finir sa phrase que l'hélicoptère trembla à nouveau.

— Fils de pute.

Il se glissa sur le siège avant, et mit l'hélicoptère en marche.

— Putain de merde !

Pour une première journée ensemble, tout se passait comme sur des roulettes...

Sans un mot, je pris place à mon siège et mis ma ceinture et mon casque tandis que les pales du véhicule remuaient la terre et les décombres. Le hurlement des loups devenait de plus en plus faible alors que l'hélicoptère quitta le sol.

Je regardai par la fenêtre. Les loups n'étaient plus là.

Après quelques minutes, j'entendis toujours Cole respirer profondément à travers son casque, et décidai qu'il valait mieux garder le silence. Mon petit doigt me dit que je devais être dans une merde noire après le risque que je nous avais fait courir. Cole m'avait intimé de monter dans l'hélicoptère et, au lieu de ça, je m'étais précipitée dans la gueule du loup. Littéralement. Barbara allait certainement me faire un rapport, ou pire me virer.

Alors qu'on approchait du centre de recherche, Cole prit enfin la parole.

— Ne refais jamais ça. C'était complètement idiot. Tu te rends compte ?

— Tu as fait comprendre à ces loups que tu ne respectais pas leur territoire, ajouta Cole en prenant quelques grandes respirations.

Alors que les roues touchèrent le sol, j'enlevai mon casque et me tournai vers lui prête à lui lancer un regard meurtrier.

— Putain, ce ne sont que des loups, Cole. Je collectais simplement des échantillons de terre. Tu es en train de me dire qu'ils l'ont pris comme un affront parce que j'ai osé ramasser un peu de *terre* ?

— Tu sais le bruit que font les loups ? Les grognements ? C'est un avertissement pour te dire de partir. On n'était clairement pas les bienvenus.

Son ton était condescendant, comme s'il réprimandait une enfant.

— Sans parler du fait que tu as osé soutenir le regard de l'alpha ! Et pour couronner le tout, ouais, tu as osé leur prendre de la terre.

À l'entendre, il avait l'air d'un fou.

— Laisse-moi deviner, tu es expert en loup aussi, c'est ça ? C'est pour ça que Barbara t'a engagé si rapidement ? Ou bien est-ce *autre chose* qui t'a valu ce travail ? Un petit week-end coquin, peut-être ?

Je franchissais probablement une sacrée limite dans le

respect de son égal au travail, mais mon agacement était à son apogée.

Ma suggestion fit mouche, il détacha violemment sa ceinture de sécurité.

— Tu as failli te faire tuer ! Seuls contre un loup alpha et deux autres loups, on n'avait peu de chance de s'en tirer, crois-moi.

Son commentaire me fit rire jaune. Je regardai l'arme posée sur le sol entre nous, puis sortis rapidement de l'hélicoptère après avoir récupéré mes affaires.

Je claquai rageusement la porte et ne pus m'empêcher de réprimer un cri de surprise, la main sur la bouche.

Les loups s'étaient tellement acharnés sur la porte de la cabine que j'étais surprise qu'elle se soit ouverte à ma sortie. Merde. Il n'y avait plus l'ombre d'un doute maintenant, j'allais être virée. L'hélicoptère avait coûté une fortune.

Les larmes me montèrent aux yeux. Je fis le tour de l'hélicoptère, le regard vers le sol pour éviter d'avoir à croiser celui de Cole, qui ne comprenait visiblement pas l'importance de ce travail pour moi.

Une fois arrivée près de la porte arrière de l'établissement, je m'arrêtai, la main sur la poignée, et osai un regard par-dessus mon épaule. Le cockpit était vide. Cole n'était nulle part. Avait-il pris la fuite ? À sa place, c'est ce que j'aurais fait. Pour son premier jour, il revenait déjà avec un hélicoptère endommagé. J'aurais peut-être dû m'enfuir avec lui.

Avant que je ne puisse enquêter davantage, Cole retourna sur le siège conducteur et redémarra l'engin.

La porte s'ouvrit d'un coup, Reid manqua de me percuter.

— Bon sang, Ivy !

Il prit son porte-bloc et suivit l'hélicoptère alors que Cole le rentrait dans le hangar.

Après avoir échangé quelques civilités, ils firent le tour de l'hélicoptère. Une fois devant la porte de la cabine passager, le visage de Reid ne laissa rien transparaître. Je m'étais attendue à le voir perdre son sang-froid en constatant les dégâts. Au lieu de ça, je le vis donner plusieurs tapes amicales à Cole.

Avant que l'un ou l'autre ne puisse remarquer mon air béat, j'entrai dans le bâtiment et me dirigeai vers mon bureau. Bien décidée à m'y cacher pour le reste de la journée.

Une heure s'était écoulée depuis mon exil auto-imposé lorsqu'on frappa à la porte. Barbara avait probablement eu vent de mes exploits et devait avoir pris sa décision quant à mon avenir professionnel. Bon sang, quelle injustice pour quelqu'un qui appréciait vraiment son travail.

— Entrez ! lançai-je, le regard tourné aussitôt vers l'écran de mon ordinateur.

Bien que j'avais dû résister entre l'envie de faire semblant d'être malade pour rentrer chez moi et celle de pleurer, j'avais heureusement réussi à rédiger une bonne partie de mon rapport.

Après réflexion, j'aurais dû feindre la maladie.

Cole entra, ferma la porte et s'assit sur la chaise en face de mon bureau. Apparemment, une porte fermée n'indiquait pas suffisamment clairement que je tenais à ce qu'on me laisse tranquille.

Tandis que je continuais à taper frénétiquement sur mon clavier, la tension entre nous resta palpable, le cliquetis n'ayant qu'un effet minime pour me calmer. Dans l'espoir de rester concentrée, je commençai à taper la même phrase à plusieurs reprises.

Une minute s'écoula avant qu'il n'émette un bruit qui ressembla à s'y méprendre à un grognement. J'arrêtai de pianoter et le scrutai.

— Tu es venu ici juste pour te réjouir que Barbara me punisse ou me renvoie à cause de ce qui s'est passé ?

Je croisai les mains devant moi comme si j'étais sa responsable.

—Je suis curieuse de savoir ce qu'elle va dire de l'arme que tu as introduite dans nos locaux.

—Je ne vois pas de quelle arme tu parles, répondit-il, le regard vide.

Une fois de plus, le silence s'étira dans la pièce.

Je n'arrivais pas à le cerner. Au début, je m'étais dit que Cole souffrait simplement d'un complexe de supériorité. Mais à présent, il me semblait carrément dangereux.

—Tu sais quoi ? Tiens.

Je fouillai dans ma poche et sortis quatre des billets de cent dollars qu'il m'avait donnés plus tôt.

— Qui sait d'où ça vient ou même s'ils sont vrais, dis-je d'un ton mauvais en jetant l'argent à travers le bureau.

La moitié atterrit sur le sol. Raté.

Quelqu'un devait inventer de l'argent liquide plus facile à lancer sous le coup de la colère, les billets ne produisaient manifestement pas du tout l'effet escompté.

—Merci, ça sera pour mercredi, chez Morrow.

Il rassembla rapidement les billets et s'éclipsa avant que je ne puisse répondre.

Une fois la porte fermée, je laissai échapper un grognement frustré. Celui qui avait osé l'inviter chez Morrow pour mon anniversaire figurait dorénavant sur ma liste noire.

CHAPITRE 6

Ivy

On y était. Le soir de mon anniversaire.

Je me tins devant ma garde-robe, incapable de savoir quoi porter. Rien ne me faisait vraiment envie. J'avais été d'une humeur massacrante toute la semaine et je ne désirais qu'une seule chose, me pelotonner sur le canapé avec un pot de glace fourré à la pâte à cookies. Peut-être que je souffrais du fameux syndrome prémenstruel.

Lundi, vers le milieu de l'après-midi, je m'étais aventurée dans le bureau de Barbara, bien décidée à comprendre pourquoi elle n'était pas passée me voir. Or, pas une seule allusion concernant un loup, une arme, ou de quelconques dommages matériels. À vrai dire, elle m'a même affirmé que, d'après Cole, j'étais la collègue la plus professionnelle et la plus agréable qu'il ait jamais eue. Bordel, à quoi jouait-il ?

Une fois sûre de ne pas être vue, je m'étais faufilée jusqu'au hangar de l'hélicoptère pour examiner la portière.

Pas une seule éraflure. Soit je perdais la tête, soit il se passait quelque chose de louche.

Mon téléphone sonna, me tirant de mes pensées.

Jessica : *Je passe te prendre dans 30 minutes ?*

J'avais dû passer bien plus longtemps à contempler mon armoire que ce que je ne pensais. Je lui répondis succinctement puis optai pour un pantalon en simili cuir taille haute et un haut brillant violet, un combo qui mettait en valeur ma taille et les muscles de mes bras. J'enfilai vite ma paire de talons préférée, puis me rendis dans la salle de bains me maquiller les yeux.

S'il y a bien une chose dont j'étais reconnaissante envers mes parents biologiques, c'était ma peau nette sans imperfections. J'aimais mes cheveux roux, mais j'en avais assez des comparaisons avec Ariel, et de tous ces gens qui tenaient à savoir s'il s'agissait de ma vraie couleur.

Je me fis un rapide maquillage façon smokey eye, faisant ressortir mes yeux gris, et brossai ma queue de cheval, laissant retomber mes cheveux en éventail autour de mes épaules. Ces temps-ci, pour une raison que j'ignorais, ils avaient bien plus de volume que d'habitude.

Je descendis à la cuisine et bus une gorgée de ma fidèle bouteille de tequila, rien de mieux qu'un petit coup de pouce pour m'aider à me mettre en route. Et même si ça n'avait presque aucun effet, j'aimais penser que c'était le cas.

Mon téléphone sonna, je décrochai tout en me dirigeant vers la porte et attrapai ma veste en cuir. Un choix audacieux étant donné que le temps était glacial, mais je considérais qu'il fallait parfois souffrir pour être sexy, surtout le jour de son anniversaire.

J'essayai tant bien que mal de faire abstraction de la venue potentielle de Cole ce soir. Je n'avais pas demandé de confirmation à Reid, j'étais bien trop remontée pour ça.

— On est là, meuf ! Ramène ton cul ! m'agressa la voix de Jessica sur un fond de musique sonore.

J'éloignai le téléphone de mon oreille, puis lui raccrochai au nez. Une fois à l'extérieur, sous le porche allumé, je verrouillai la porte derrière moi.

Je m'affalai ensuite sur la banquette arrière du VUS de Reid et ne pus m'empêcher de rire quand Jessica me tendit une flasque.

— Faisons de cette soirée un souvenir inoubliable et servons-nous de notre journée de repos pour éponger nos gueules de bois demain.

— Ça me va.

J'avais déjà pris deux jours de ma semaine de congé.

Mon visage se crispa de dégoût, alors je pris une lampée de sa flasque. J'avais oublié à quel point Jessica n'aimait pas dépenser de l'argent pour l'alcool. C'était comme si elle n'avait pas de papilles.

— Bon sang ! Reid, il va vraiment falloir faire quelque chose pour elle.

Reid rit à gorge déployée, et prit la direction de Morrow. C'était notre bar préféré, un endroit qui ne nous décevait jamais en matière d'alcool ou d'animation. En plus, ils autorisaient les clients ivres à laisser leur véhicule sur le parking toute la nuit. Une aubaine.

Alors que la voiture avançait lentement dans le parking, le gravier crissant sous ses pneus, mon estomac se noua d'un coup. Si Cole avait le culot de se pointer, je risquais d'être furieuse. Il m'agaçait au plus haut point.

— J'espère que ça ne te dérange pas, j'ai invité Cole. Pour une fois tu n'auras pas à tenir la chandelle, dit Reid alors qu'on sortit du véhicule.

Je m'arrêtai brusquement. Ma pire crainte venait de se confirmer. Je fixai Jessica et Reid qui marchaient main dans la main vers le bar. Tout ce que je voulais, c'était m'amuser, pas écouter une énième conférence sur le savoir-vivre des canidés.

Pour qui se prenait-il ? L'homme qui murmurait à l'oreille des loups ? De toute façon, ce genre de rencontre fortuite n'arrivait qu'une seule fois dans une vie. Je ne reverrais probablement plus jamais un loup d'aussi près, à moins que ce ne soit dans un zoo, et rien que l'idée d'en imaginer un enfermé me donnait la nausée.

À l'instant où j'ouvris l'application Uber de mon téléphone, bien décidée à rentrer, le diable en personne s'approcha de l'avant du bâtiment. Un sacré beau spécimen. Cole et Reid se firent une de ces poignées de main élaborées que seuls les hommes adorent faire, puis trois paires d'yeux se tournèrent au même moment dans ma direction. J'étais toujours debout, plantée au milieu du parking, le pouce en l'air, prête à réserver le trajet qui m'emmènerait illico vers mon lit douillet et mon pot de glace.

— Tu viens ?

Jessica me jeta un regard étrange. Je ne pouvais pas lui en vouloir. Intérieurement, je priai pour que mon visage ne trahisse mes émotions réelles sous la faible lumière extérieure.

— Ouais, désolée, j'avais un caillou coincé dans ma chaussure, dis-je en relevant la jambe, feignant de retirer un gravier invisible.

Je soupirai, pris une profonde inspiration, et les rejoignis. Cole me fit un signe de tête puis avança avec Reid devant Jessica et moi. Vêtu d'un jean foncé et d'une chemise, il semblait avoir fait l'effort de bien s'habiller. Je dus admettre qu'il était irrésistible. Je le détestai encore plus.

— C'est quoi ton problème ?

Jessica parla d'une voix étouffée en passant son bras au mien.

— On dirait que tu as autant envie de rire, de pleurer que de tuer quelqu'un.

— Reid n'aurait pas dû l'inviter, dis-je à voix basse en ralentissant notre rythme pour être certaine de ne pas être entendue. Je ne le sens pas, Jess.

Elle ria et me donna une légère tape sur le bras.

— Arrête, il est inoffensif, idiote. En plus, il est canon, mate-moi ce cul moulé. Si je n'étais pas avec Reid, je me jetterais dessus.

Je la regardai avec incrédulité, une étrange sensation de possessivité me serrant la poitrine. Alors qu'on entrait dans le bar, je lançai un regard noir en direction du dos de Cole. Il les avait tous ensorcelés avec son petit numéro de charme. Avec un peu de chance, le sort serait vite rompu.

Pour un mercredi soir, le bar était plein à craquer, non pas que j'eus l'habitude de sortir dans les bars les soirs de semaine. On trouva une table sur le côté.

À peine assis, Jessica et Reid se levèrent et déclarèrent payer la première tournée. Je me retrouvai donc seule avec Cole. Quelque chose me dit qu'ils avaient tout planifié.

Une fois certaine qu'ils étaient partis, je lui lançai un regard furieux.

— On peut savoir ce que tu fais là ?

— C'est malpoli de poser ce genre de question. On m'a invité.

Son petit air suffisant me donna envie de lui en mettre une. Il était en train de jouer avec moi, et ça me rendait furax.

En temps normal, j'étais quelqu'un de pondéré, mais quelque chose chez Cole Delaney déclenchait en moi ce besoin inexpliqué de répliquer de la pire façon qui soit. Cet homme était un véritable mystère à percer, et je le haïssais pour ça.

— C'est mon anniversaire, essaie de ne pas le gâcher, rétorquai-je froidement.

Je bouillonnais tellement que j'eus la désagréable sensation d'être en sueur. Alors que je retirai ma veste et la posai sur le dossier de ma chaise, le regard de Cole glissa de mon visage, à mes épaules, avant de se poser brièvement sur mes seins puis se détourna brièvement.

Jessica et Reid revinrent avec plusieurs bières et quelques shots. Bien qu'il m'eut coupé net l'envie de boire, je me forçai à prendre au moins un verre qu'ils m'avaient gentiment offert. Le problème avec eux, c'était que ce n'était jamais assez.

Les heures qui suivirent passèrent à une vitesse folle, l'alcool commençait enfin à faire son effet.

À moins que Reid ne s'adressât à lui, Cole restait silencieux, ce qui me convenait amplement.

Alors que je commençais à me sentir éméchée, deux hommes entrèrent dans le bar. Mes poils de bras se hérissèrent d'un coup et mon rythme cardiaque accéléra légèrement.

Ivre, je remarquai à peine Cole qui se leva silencieusement et les suivit. Je les observai attentivement alors qu'ils échangèrent quelques mots. À en juger par la tension dans les épaules de Cole, la conversation ne semblait guère amicale. Les deux hommes se retournèrent, les yeux rivés sur moi, puis s'éclipsèrent.

— Putain, c'était bizarre, dis-je à Jessica.

Sa tête était posée sur l'épaule de Reid, elle avait l'air KO.

— Quoi ?

Elle leva la tête et grimaça. Apparemment, elle avait encore essayé de me faire concurrence. Rien à faire, elle ne retenait pas la leçon, personne ne pouvait boire plus que moi.

— Je crois que je vais devoir rentrer à la maison avant que je vomisse.

— Tu veux qu'on te commande un Uber aussi ?

Reid sortit son téléphone et tapa sur son écran. On vivait

dans des quartiers opposés de la ville, il était donc moins cher de faire le trajet séparément.

— Je vais la ramener, dit la voix de Cole sur un ton déterminé comme si je n'avais pas mon mot à dire.

Je le regardai, puis regardai son verre de bière à moitié vide, posé au même endroit depuis des heures. Je n'avais même pas remarqué qu'il avait à peine touché son verre.

Avant même de pouvoir exprimer mon inquiétude quant à ma sécurité, Reid et Jessica étaient déjà sortis du bar. J'avais dû avoir une phase d'absence pour ne pas réaliser qu'ils n'écoutaient déjà plus.

Alors que je pris mon téléphone, Cole me l'arracha des mains. Cet enfoiré attrapa ensuite mon sac et ma veste, et m'aida à l'enfiler.

Je l'observai avec méfiance, tout en glissant mes bras dans les manches qu'il me tendait. Ses doigts effleurèrent ma clavicule alors qu'il lâcha le vêtement. Je frissonnai et sentis mes tétons durcir.

Bon sang. Mon corps n'était certainement pas censé réagir comme ça quand j'étais ivre et, qui plus est, en manque d'affection.

Plus que jamais sous l'emprise de l'alcool, je le suivis hors du bar. Je n'arrivais même plus à marcher droit et me sentais désorientée.

— Pour information, je te laisse me ramener chez moi pour la simple et bonne raison que je suis trop saoule pour m'en soucier.

Mes propos me semblant légèrement confus, je décidai de garder pour moi le reste de mes pensées. Pour le moment.

— Charmant, me dit-il en prenant ma main.

Je baissai les yeux sur nos deux mains jointes.

— Ça te dérange ?

— Non.

Si.

— Tu as la main hyper chaude.

Je parie qu'elle serait encore plus agréable sur mon corps.

Après avoir traversé plusieurs pâtés de maisons, on arriva près d'une voiture de sport grise. Il m'ouvrit la porte-passager. Bouche bée, je m'arrêtai et scrutai le véhicule quelques instants avant de m'installer sur le siège en cuir souple.

— Je croyais que tu avais un pick-up.

J'observai l'intérieur. Cuir gris foncé et accessoires haut de gamme.

— J'en ai un aussi.

Alors qu'il démarra en s'éloignant du trottoir, je lui jetai un coup d'œil. Sa mâchoire forma une moue si sexy que je fus tentée de passer un doigt sur sa barbe. J'avais décidément trop bu.

— Comment as-tu réparé l'hélicoptère ?

Je craignais de lui poser la question.

— Il n'était pas si endommagé. J'ai frappé plusieurs fois la portière avec mon poing et la tôle s'est redressée. Parfois, sous le coup de l'émotion, les choses semblent pires qu'elles ne le sont en réalité.

J'étais presque sûre d'avoir vu ce que j'avais vu.

Je reposai ma tête contre le siège puis fermai les yeux. Le ronronnement du moteur me berça doucement.

Soudain, mon esprit sortit de sa torpeur alcoolisée, mes yeux s'ouvrirent brusquement. Je ne lui avais pas dit où je vivais.

— Où est-ce que tu m'emmènes ?

Je regardai par la fenêtre et constatai que nous nous approchions de l'est, plus exactement à la limite de la ville. J'habitais au sud.

— Laisse-moi sortir. Maintenant.

Il me regarda, puis observa le rétroviseur.

— Tu vois ces lumières derrière nous ?

Je scrutai le rétroviseur latéral et vis les phares d'un camion.

— Ouah, un autre véhicule sur la route à minuit. Incroyable.

— Ce sont les deux types du bar. Ils nous suivent.

On avait atteint la sortie de la ville, l'autoroute à deux voies s'ouvrait sur l'inconnu.

Son téléphone en main, Cole envoya un message sans même regarder l'écran, une démarche qui demandait une certaine habileté.

— Tu es malade.

Je regardai autour de moi, essayant de trouver mon téléphone, puis tentai d'ouvrir la portière.

Fermée.

Me voilà piégée avec un fou furieux.

Mon cœur battit à tout rompre. Serais-je capable de l'affronter une fois arrivés là sur place ?

Cole accéléra soudain à une vitesse fulgurante. Je m'accrochai et regardai les phares qui nous suivaient. Le compteur de vitesse continuait de grimper. Peut-être que nous étions réellement suivis par les deux types du bar.

— C'est quoi ce bordel ?

Une multitude de pensées et de scénarios traversèrent mon esprit de toute part tandis que je gardai les yeux fixés sur les phares derrière nous, plus proches que jamais.

— Ça va sembler fou, dit Cole en serrant les dents. Mais je ne suis pas censé être à Arbor Falls. Et puis il y a toi...

Il avait l'air complètement dingue, mais ça, je le savais déjà.

— Moi ? Quoi moi ?

Alors que le paysage défilait à toute vitesse, je m'accrochai à la poignée de la portière comme si ma vie en dépendait.

— Tu es... différente.

Agrippées au volant, ses jointures devinrent blanches sous la pression.

— Qui es-tu ?

— Qui suis-je ?

J'étais complètement perdue.

Alors que je me préparai à répliquer, le camion heurta soudain l'arrière de la voiture. Ma tête fit un bond en avant. Bien que Cole parvint à garder le contrôle du véhicule, le camion percuta une seconde fois la voiture de sport. L'arrière fit une telle embardée que notre automobile décrivit une série de tonneaux, envoyant ma tête s'éclater contre la vitre latérale.

Ce qui me sembla être une éternité ne dura probablement que quelques secondes. Je voulus hurler, mais aucun son ne sortit de ma bouche. Les poumons de plus en plus lourds, je toussai avec difficulté.

Mes oreilles sifflèrent, ma vision se troubla. Je perdis connaissance.

CHAPITRE 7

Eli

Quand Cole m'avait annoncé qu'il sortait encore après son « travail », j'avais failli m'étouffer avec mon morceau de steak. Cole n'était ni du genre à sortir ni du genre à travailler. Du moins pas dans le sens traditionnel du terme. Il était plein aux as, tout comme le reste de la meute, qui s'en sortait bien aussi.

Même s'il n'était pas millionnaire, Cole n'avait nullement besoin de travailler puisque les alphas géraient les opérations quotidiennes de la meute. Surtout quand on savait tous les secrets qu'il y avait à garder.

Allongé sur le canapé du salon avec un bouquin, je reçus un message sur mon téléphone interrompant ma soirée paisible remplie d'histoires palpitantes d'ennemis devenus amants.

Cole : Deux loups de la meute de Silas viennent d'entrer dans le bar et m'ont fait comprendre qu'ils allaient passer à l'action. Clairement une menace. J'ai déjà écrit à Dante pour avoir plus de renforts et je vais convaincre Ivy de venir avec moi.

Chef bêta de notre meute, Dante était chargé d'assurer la protection de notre territoire. Si Cole l'avait contacté, ça voulait dire que c'était du sérieux.

J'éteignis ma liseuse, la posai sur la table basse, puis me levai pour m'étirer, le corps endolori par une séance de lecture bien trop longue.

Je traversai la pièce, et m'approchai de nos immenses fenêtres qui donnaient sur la forêt. La lune brillait dans le ciel et diffusait une lueur argentée sur les arbres vert foncé.

J'entendis soudain la voix de Cole à travers sa connexion alpha. S'il utilisait sa connexion, c'est qu'il devait se trouver assez loin dans notre fief.

Ils nous suivent avec un camion. Je vais tenter d'aller aussi loin que possible sur notre territoire. Eli et Sara, soyez prêts si jamais les choses tournaient mal.

Sara était ma sœur jumelle. Elle et moi étions les plus polyvalents de la meute, mais aussi les plus faibles, Sara étant plus haut placée que moi, car j'avais décidé de lui laisser les rênes. Et puis, elle avait suffisamment à faire sans être en plus oméga.

Sans attendre, je m'activai et attrapai la chemise que j'avais jetée plus tôt sur une chaise, et courus dans l'entrée jusqu'au garage. Chaussures au pied, je me glissai furtivement dans l'énorme VUS que nous utilisions d'habitude pour le transport médical. Une rangée de sièges avait été enlevée pour que tout l'espace arrière puisse être équipé de matériel médical et de barres au cas où un loup deviendrait fou.

À peine la porte du garage ouverte, je fis marche arrière. Sara m'attendait déjà sur la route au bout de la longue allée de graviers qui menait jusqu'à la maison de nos parents.

—Joli bas de pyjama. Je parie que les femmes raffolent de Bébé Yoda.

Sara mit sa ceinture de sécurité et sortit son téléphone portable de son sac, ouvrant l'application qui traçait tous nos véhicules.

—Quelle voiture a-t-il pris ?

—L'Audi, dis-je en m'engageant sur l'autoroute.

Il était un peu plus de minuit, un soir de semaine, la circulation était faible.

— C'est à environ cinq minutes d'ici. Ils ne bougent pas, donc soit ils se sont arrêtés soit...

— Ils ont eu un accident, terminai-je le pied sur l'accélérateur.

Le temps était précieux. S'ils étaient blessés, il fallait qu'on y soit avant l'intervention des humains.

—Ils sont sur la gauche.

Je décidai alors de prendre la voie en sens inverse pour arriver directement de l'autre côté. La voiture retomba lourdement sur le sol, Sara s'agrippa à la poignée de la voiture non sans laisser échapper un juron, ce qui me fit sourire.

Alors que nous nous approchions de l'endroit où était localisée la voiture endommagée, je ralentis le véhicule et troquai rapidement mon sourire par une moue. C'était pire que prévu. Plusieurs membres de notre meute étaient déjà sur place, soit venus avec leurs propres véhicules, soit en train d'enfiler à la hâte les vêtements que nous avions stockés par précaution dans nos coffres.

—Je ne les vois pas.

Alors que Sara ouvrit sa porte, l'odeur du sang et du loup me frappa instantanément.

À moi.

J'agrippai le volant fermement, mon loup trépignait avec force pour sortir.

—Ferme la porte, dis-je en grognant.

Elle haleta et claqua la porte. En temps normal, je n'étais pas un loup agressif. Grogner ne me ressemblait pas. Même enfants, quand on se chamaillait, on ne grognait jamais.

Je fermai les yeux. Au moment où Sara ferma la porte, un autre effluve de femelle, cette fois-ci, titilla mes narines. Ma compagne ? Impossible.

— Eli, qu'est-ce qui ne va pas ?

Sara posa timidement sa main sur mon bras. Je sentis la tension me quitter instantanément.

— Il faut qu'on aille les aider. Je suis sûre qu'ils vont bien. Ils sont probablement juste un peu amochés vu l'état de la voiture.

Une fois le véhicule accidenté repéré, j'eus le souffle coupé. Personne ne pouvait survivre à un tel incident. À part peut-être Cole sous sa forme animale. Mais il lui faudrait une nuit de repos pour se remettre de ses blessures.

Je hochai la tête et sautai hors du VUS avant de perdre à nouveau mon sang-froid. Je pouvais y arriver, peu importe *ce* que c'était. J'attrapai mon sac d'urgence à l'arrière et courus vers Dante, occupé à donner des instructions au camion à plateau pour remorquer la voiture. Notre meute était rodée.

— Où sont-ils ? demandai-je d'un ton plus sec qu'ordinaire quand je m'adressais à un membre de la meute.

Dante grogna et montra du doigt l'orée des arbres non loin de là.

— Il ne laisse personne s'approcher d'elle. Il a aussi coupé toute communication. Peut-être que tu peux faire entendre raison à cette tête de mule.

Sara se lançait déjà dans cette direction. Elle devait probablement avoir utilisé son flair, pour ma part, je faisais de mon mieux pour ne respirer que par la bouche.

Je la rattrapai rapidement.

— Ça peut être dangereux...

Un grondement nous coupa dans notre élan, je poussai

Sara derrière moi. Sous sa forme de loup, Cole était différent que lorsqu'il était humain et à tout moment, il pouvait s'en prendre à l'un d'entre nous ou aux deux en même temps.

— Alpha, je vais avoir besoin que tu nous laisses faire notre travail. On est ici pour t'aider.

Il se tenait au-dessus du corps sans vie d'Ivy, les oreilles en arrière et les babines retroussées dans un grognement. Je laissai tomber mon sac par terre. Je n'aimais pas son comportement agressif si près de ma compagne.

— Eli, qu'est-ce que tu...

La voix de Sara s'interrompit alors que mon loup prit le dessus et que je me mis à quatre pattes.

— Putain ! Dante, viens là !

Voir ma compagne allongée dans la saleté me donna encore plus de courage que d'habitude. J'avançai, prêt à me battre avec Cole s'il le fallait. Son grognement s'intensifia, ses dents claquèrent en signe d'avertissement. Il n'hésiterait pas à me lacérer la gorge.

Tant pis, je m'élançai.

On se retrouva enchevêtrés alors que nous roulions sur le sol plein de terre. Mon instinct me dicta de me mettre sur le dos et de lui montrer mon ventre, mais je ne l'écoutai pas. À la place, je lui assenai un coup de crocs dans l'arrière-train. Ce qui me valut d'être finalement retourné sur le dos, mon cou bloqué entre ses mâchoires. Il exerça juste assez de pression pour me montrer combien il était sérieux.

Pendant toutes ces années, Cole ne m'avait jamais forcé à me mettre dans une telle position de soumission.

Du coin de l'œil, je vis Sara se précipiter près d'Ivy. Ses cheveux étaient couverts de sang, et ses pattes tremblaient. Elle était vivante, mais gravement blessée.

J'avais toujours le cou emprisonné dans la gueule de Cole. J'émis un geignement. Il lâcha sa prise, mais garda son museau près du mien, grognant en signe d'avertissement, puis se retourna vers Ivy. Je fis une roulade et me transformai à nouveau sous ma forme humaine. Le cou endolori, je me frottai la nuque.

Je refoulai mes émotions qui menaçaient de déborder. Apparemment, Cole devait avoir besoin d'évacuer son agressivité. Il venait tout juste de voir une femelle blessée juste devant ses yeux alors qu'il conduisait à toute vitesse.

Après s'être transformé à son tour, Cole s'agenouilla à côté d'Ivy et caressa son museau. Il se tourna ensuite vers moi.

— Tu vas m'aider ou pas ?

À l'instant même où je m'apprêtai à prendre mon sac, elle se transforma et poussa un cri de douleur, puis s'évanouit. Je me mis à genoux à ses côtés et commençai à évaluer ses blessures.

— Je vais rapprocher la voiture.

Sara courut vers le VUS aussi vite qu'elle le put.

— Elle est déjà en train de guérir de ses os cassés et de ses dommages aux organes internes. Je ne comprends pas pourquoi elle s'est transformée. Son corps n'aurait pas dû en être capable dans cet état.

Je sortis une couverture de survie de mon sac et la couvris avec. Entre loups, bien qu'on fût habitués à la nudité des membres de notre meute, je sentis bien que mon loup n'appréciait guère voir sa compagne nue à la vue de tous.

— Que s'est-il passé ?

— On a eu un accident.

Cole la souleva du sol en trébuchant légèrement.

Je regardai son visage de plus près.

— Tu es salement amoché, Cole, lui dis-je en essayant de la lui prendre des bras.

Il grogna.

— Tu vas la laisser tomber et la blesser encore plus qu'elle ne l'est déjà.

Sa mâchoire se contracta, je fronçai les sourcils en signe d'incompréhension. Jamais, il n'avait agi de la sorte avec moi, comme si j'étais inférieur. Je voulus l'arracher de ses bras et la faire mienne, mais ce n'était ni le moment ni l'endroit.

Sara se gara à côté de nous et ouvrit le coffre. Cole déposa Ivy sur des couvertures et monta dans la voiture. Je maugréai intérieurement. D'habitude, seule la personne qui s'occupait des blessés devait se trouver à l'arrière avec eux.

Néanmoins, une louve aussi gravement blessée qu'elle était normalement toujours sous sa forme animale et non sous sa forme humaine.

— Il y a quelque chose... d'anormal, dis-je en vérifiant le pouls d'Ivy. Ça va lui prendre plus de temps pour guérir comme ça.

Cole caressa ses cheveux roux, sans quitter des yeux son visage pâle maculé de terre et de sang.

— Ça devait être sa première transformation.

Je sortis des lingettes alcoolisées et commençai à nettoyer son visage.

— Mais c'est impossible.

— Je sais.

Il soupira et me prit la lingette pour lui nettoyer à son tour le visage.

— Elle s'est partiellement transformée dès qu'on a arrêté de rouler, puis elle a continué à se transformer dans les deux sens jusqu'à rester finalement sous sa forme de loup. Je l'ai mise à l'abri dans l'éventualité où des humains arriveraient les premiers sur les lieux.

— Qu'est-ce qui est arrivé au camion qui vous suivait ? demandai-je en prenant la main d'Ivy, dans l'espoir que mon contact lui apporterait du réconfort.

— Ils ne se sont même pas arrêtés.

Il pencha la tête, et fit un mouvement de droite à gauche.

— Il faut que je me soigne. Merde.

— Je vais m'assurer qu'elle soit en sécurité, alpha.

Mes yeux rencontrèrent les siens. Je soutins son regard.

— Prends soin d'elle. Sinon, je te tue.

Il se transforma et se roula en boule à côté d'elle, la tête sur son ventre.

— Tu agis comme si c'était ta compagne, chuchotai-je.

Impossible. C'était la *mienne*.

Cole ne réagit pas et ferma les yeux. Il s'endormit en quelques secondes, sa respiration devenant plus régulière et profonde.

Quelques minutes plus tard, le véhicule entra dans le garage. Sara ouvrit le hayon.

— Emmenons-la au sous-sol, m'ordonna-t-elle en ouvrant la porte de la maison avant de revenir au VUS. Tu peux la porter tout seul ?

— Au sous-sol ? Je ne pense pas que ce soit vraiment nécessaire.

Je pris doucement ma compagne dans mes bras, en prenant soin de ne pas réveiller Cole.

— C'est le protocole. Ce n'est pas parce que c'est une femme qu'elle n'est pas dangereuse. Et pour le coup, je pense qu'elle l'est. Soi-disant, elle vient d'arriver à Arbor Falls ? Je n'y crois pas.

Sara commença à marcher, puis s'arrêta et se retourna vers moi.

— C'est un loup roux, Eli. C'était son sang. C'est ça ?

J'étais tellement focalisé sur Cole, qui m'avait presque arraché la gorge, et sur le fait que j'avais une compagne, que je n'avais pas prêté attention à son pelage.

Les sourcils froncés, je regardai la femme dans mes bras et contemplai ses cheveux la tête penchée. Étaient-ils teints ? Pourtant, sa chevelure présentait d'intrigantes nuances dorées et cuivrées.

— Tes yeux ont dû te jouer un tour. Les loups roux métamorphes n'existent pas.

Je suivis Sara à l'intérieur, puis jusqu'au sous-sol.

— Mais tu as raison. Étant donné qu'elle se transforme de façon imprévisible et qu'on n'est pas sûrs d'où elle vient, il vaut mieux qu'on la mette en sécurité pour éviter qu'elle ne se blesse elle-même ou quelqu'un d'autre.

Sara alla jusqu'à une armoire et en sortit quelques vêtements, les posant juste à l'extérieur de la cage, qui ressemblait plus à une cellule de prison, dans laquelle j'avais installé Ivy. Elle me jeta aussi un pantalon de jogging, que j'enfilai rapidement.

— Est-ce qu'on lui donne une couverture ou un oreiller ?

Savoir ma compagne mal installée ou se réveiller sur un sol froid me mit hors de moi. Je ne l'étais pas d'ordinaire de par mon statut. Même mon loup n'était pas du côté obscur de la force. Pourtant, il semblait à présent prêt à tout pour la protéger.

— Elle va les déchirer si elle se transforme.

Sara s'accroupit et commença à attacher ses jambes avec des chaînes.

— On n'a pas besoin de l'enfermer comme ça, Sara, dis-je en m'approchant.

Elle tourna la tête.

— Je veux dire, si elle ne s'est jamais vraiment transformée avant, elle ne comprendra pas, ajoutai-je rapidement.

Si on utilisait des cages, c'était pour de bonnes raisons, dont celle de tempérer un loup hystérique. Ça n'arrivait pas souvent, mais quand c'était le cas, il fallait qu'on soit préparés, autrement on risquait de s'exposer aux humains.

Si ces derniers apprenaient notre existence, les conséquences en seraient dramatiques. On nous chasserait jusqu'à tous être enfermés ou pire, morts.

Je me retournai et pris une profonde inspiration. Voir ma

sœur enchaîner Ivy au sol me donna envie de la dépecer. Elle ajusta la couverture de survie, puis ferma et verrouilla la cage.

— Je vais laisser la clé de la chaîne sur la pile de vêtements, d'accord ?

Elle posa la clé et me jeta un coup d'œil sévère.

— Qu'est-ce qui t'arrive ?

— Rien. C'est juste que je n'aime pas voir une femme souffrir.

Surtout quand il s'agit de ma compagne.

CHAPITRE 8

Ivy

— Emmenons-la au sous-sol, dit une voix féminine alors que je reprenais peu à peu mes esprits.

Je ne ressentais et ne voyais plus rien.

Oh mon Dieu. Je suis morte. La morgue devait se situer dans le sous-sol de l'hôpital. Était-ce ce qui arrivait quand on mourait ? Gardait-on une part de lucidité avant que la dernière étincelle ne s'éteigne à jamais ? J'en eus bien peur.

J'étais forcément morte. Comme paralysée, je ne pouvais même plus sentir mon petit doigt. Et si j'étais toujours en vie, je n'étais pas sûre de vouloir encore vivre. La voiture était allée si vite. Pouvait-on vraiment survivre à un tel accident ?

Tout à coup, une décharge de douleur m'envahit, mes os semblèrent se briser un à un, ma peau se déchirer en lambeaux. Je basculai à nouveau dans le néant.

Quand je repris connaissance, mon corps entier était endolori. Avec cette désagréable sensation d'avoir été passée au sèche-linge en même temps qu'un tas de pierres tranchantes, ma peau brûlait comme si elle avait été lacérée de milliers de petites entailles.

Nue. J'étais entièrement nue.

Je me frottai les yeux en me relevant, et émis un gémissement. Alors que mes yeux s'adaptaient à la lumière tamisée, mon pouls remonta en flèche. Je me trouvais allongée dans une cellule sur un sol en béton, une fine couverture argentée étalée sur le corps.

Tandis que je me traînai vers la porte, une lourdeur pesa sur mes bras et mes jambes. Ma respiration accéléra. Je tirai sur les chaînes qui m'attachaient les poignets et les chevilles. Une remontée acide me brûla l'estomac quand je pris conscience de ma captivité.

Kidnappée. Je n'avais jamais pensé qu'une telle chose pût m'arriver à l'âge adulte. En même temps, qui le pourrait ? Je deviendrais sûrement une énième portée disparue, à jamais tomber dans l'oubli. Je ne priais jamais, mais peut-être allais-je devoir m'y mettre.

Les yeux baignés de larmes, je rampai de l'autre côté de la cage où je pus à peine atteindre les barreaux. Une pile de vêtements, un sandwich emballé dans du plastique et une bouteille d'eau m'attendaient. Je ne touchai pas au sandwich, terrorisée à l'idée de manger quelque chose que mes ravisseurs m'avaient laissé.

Ils comptaient visiblement me garder en vie. Qu'avaient-ils prévu ? Du cannibalisme ?

Alors que je m'emparai des vêtements, une clé tomba sur le sol, le son du cliquetis résonnant dans mes oreilles. Les jambes flageolantes, j'essayai de déverrouiller la porte, mais la clé refusa de tourner. Je réprimai un cri étranglé, malgré tous mes efforts de garder le silence. Quelle bêtise d'avoir cru qu'ils me laisseraient la clé pour sortir de la cage.

Je commençai à paniquer, des larmes coulèrent sur mon visage, me brouillant la vue. Ma respiration devint de plus en plus faible et rapide. J'allais rester enfermée ici jusqu'à la fin de mes jours. Était-ce les types du camion qui m'avaient enlevée ou Cole ?

Je sortis la clé de la serrure et me concentrai sur les chaînes attachées à mes bras et à mes jambes. Une fois la clé glissée dans la première serrure, celle-ci tourna facilement. La chaîne en métal tomba lourdement sur le sol.

Sous les menottes, ma peau était rouge et à vif, comme si j'avais passé mon temps à tirer dessus. Je me libérai rapidement des chaînes et enfilai les vêtements.

Bien que le pantalon de survêtement et le T-shirt soient trop grands, je ne me fis pas prier pour les porter. J'enfilai le jogging gris et le roulai à la taille pour le maintenir en place. Le T-shirt, quant à lui, m'arrivait à mi-cuisse, il était doux et sentait bon l'assouplissant.

Le simple fait d'être habillée et dépourvue de chaînes m'apporta une nouvelle clarté et un léger regain de confiance en moi. Je n'allais certainement pas survivre si j'abandonnais aussi facilement à m'apitoyer sur mon sort. Il me restait encore tant de choses à vivre, même si les séquelles de cette épreuve altéreraient probablement ma vie de façon irréversible.

J'attrapai une des chaînes fixée par deux boulons au sol en ciment, et tirai dessus. Je vérifiai chaque chaîne, puis je soupirai, dépitée. Les chaînes ne menaient nulle part.

Après avoir fermé la menotte au bout d'une des chaînes, je la saisis à environ trente centimètres. Si je la balançais assez fort et que je visais juste, peut-être que j'arriverais à assommer quelqu'un. Je ne savais pas du tout ce dans quoi je me lançais, mais c'était la meilleure arme en ma possession.

Épuisée par l'effort, je m'assis par terre et observai le sous-sol pour me familiariser avec l'espace.

C'était une grande pièce occupée par trois autres cages comme celle dans laquelle je me trouvais. De l'autre côté, une porte ouverte semblait mener à une pièce sombre équipée de moniteurs de sécurité.

Mon estomac gargouilla. Je regardai le sandwich qui me narguait dans son emballage en plastique. Qui sait depuis combien de temps j'étais enfermée ou depuis combien de temps ce sandwich était resté là ?

Succombant à la tentation, je le pris, le déballai et inspirai. Quelle ne fut pas ma surprise quand je découvris en une seule inspiration ses différentes odeurs. Du pain au levain garni de rosbif et de mayonnaise. Je bavai presque en avalant une première bouchée.

Et s'ils l'avaient empoisonné ?

Je secouai la tête, ne prenant pas garde à la voix intérieure qui m'avertissait, et pris une seconde bouchée. C'était succulent. Si quelqu'un voulait m'empoisonner, il ne gaspillerait certainement pas un rosbif aussi bon.

Je fronçai les sourcils en regardant le sandwich et continuai de manger, préoccupée par mon encas. Ils pouvaient très bien avoir glissé un somnifère dedans. Cette pensée me fit déglutir avec difficulté. Je décidai de jeter le reste du sandwich vers les escaliers. Si mes ravisseurs marchaient dessus, j'aurais au moins le mérite d'avoir réussi à gâcher leur journée. Cette idée me fit rire.

Je perdais la tête.

À part entendre le bourdonnement des ordinateurs dans la pièce du fond, rester assise dans le silence ne faisait qu'empirer les choses. Il fallait faire quelque chose. Je pouvais rester assise et attendre comme une proie facile ou donner à mes ravisseurs une raison de venir me voir. Et, en toute franchise, je préférais être préparée à leur arrivée plutôt que d'être prise au dépourvu.

— À l'aide ! criai-je d'une voix éraillée.

Merde.

Je pris la chaîne la plus proche de la porte et commençai à frapper les barres métalliques. Mon but était d'assommer celui ou celle qui ouvrirait la porte. Je continuai à taper les barreaux, le bruit du métal contre les barres fit résonner une douleur lancinante dans ma tête.

J'entendis enfin des pas à l'étage. Comme un bruit de parquet. Quelqu'un courait et ne souhaitait visiblement pas que je fasse du bruit dans l'éventualité où les voisins m'entendraient ou se soucieraient de ce qui se passait.

Je me laissai rapidement tomber au sol, me recroquevillant sur le côté face à la porte avec mon arme dans ma main droite. Je fouillai dans la poche de mon sweat et pris la clé dans ma main gauche.

J'ignorais comment je comptais m'échapper, mais je n'étais pas du genre à abandonner. Je n'avais pas conscience de la merde dans laquelle j'étais. J'avais activé le mode survie.

Je me tins le ventre et gémis comme si j'étais prise des pires crampes du monde. Bien que je ne connaissais pas l'intelligence de ces gens, je me dis qu'il devait leur rester une once d'humanité pour m'avoir laissé de la nourriture et des vêtements.

La porte menant au sous-sol se déverrouilla, puis s'ouvrit d'un coup sec. Des pas martelèrent les escaliers. Je gardai les yeux fermés, ne sachant pas si je serais capable d'attaquer quelqu'un si je devais le regarder s'approcher.

Je gémis à nouveau et resserrai ma prise autour de la chaîne. J'espérai avoir l'air d'être à l'agonie.

— Putain.

J'eus brièvement l'impression de reconnaître mon ravisseur, puis chassai cette pensée de mon esprit à l'instant où je l'entendis déverrouiller la porte de la cage.

Déterminée à lui laisser croire que je n'étais qu'une femme impuissante paralysée par une douleur débilitante, je hurlai de plus belle. Une véritable actrice.

Alors qu'il m'enjamba, j'ouvris les yeux, et ne vis que ses bottes noires.

Putain de merde, je comptais m'échapper, quelles que soient les conséquences.

À peine s'était-il accroupi devant moi que je bondis et le repoussai, pleine de rage, lui balançant la chaîne dessus, sans viser précisément. La fureur me brouilla la vue, tout devint flou.

Mon lancer de menotte parvint à le toucher à l'estomac, il grogna, mais ne parut pas vraiment affecté. Mes yeux s'arrêtèrent alors sur son visage. J'en eus le souffle coupé.

Non. Pas toi.

Un profond sentiment de trahison parcourut tout mon être, sans que je ne puisse l'expliquer. Cole ne représentait strictement rien pour moi, je le connaissais à peine, mais découvrir qu'il était mon ravisseur me brisa intérieurement.

Il battit des paupières, agacé par ce retournement de situation, et bloqua un autre coup de chaîne imminent. Bien que ma tentative de lui faire mal échouait lamentablement, je n'étais pas prête à abandonner, surtout après avoir découvert l'identité de mon tortionnaire.

Il saisit la chaîne et me l'arracha des mains, la laissant retomber sur le sol.

— Je ne vais pas te faire de mal, Ivy.

Je laissai échapper un mélange de rires et de pleurs étouffés et me ruai vers la porte. Cole était d'une telle rapidité qu'il me bloqua la sortie. Je réussis de justesse à m'arrêter avant de lui rentrer dedans.

— Je veux rentrer chez moi, dis-je le menton tremblant,

essayant de toutes mes forces d'empêcher les larmes qui menaçaient de couler à flots.

— Tu es chez toi.

Sa voix déterminée fit jaillir en moi une dernière poussée d'adrénaline.

Dans un hurlement, je me jetai sur lui et lui griffai la joue avec la clé. Bien que ça ne le blessa pas gravement, il tomba en arrière sous le choc, et j'en profitai pour me précipiter vers les escaliers.

Je contournai le sandwich, visiblement toujours intact, et l'entendis marmonner derrière moi alors que je montais les escaliers aussi vite que je le pus malgré mon état et mon pantalon de survêtement trop grand.

À l'instant où j'atteignis le haut de l'escalier, je discernai un grognement ainsi qu'une longue série de jurons. Je fis volte-face et le vis secouer son pied en bas de l'escalier. Si j'avais su qu'un sandwich pouvait me réjouir autant... !

Je claquai la porte et fis glisser le verrou dans l'espoir de gagner un peu de temps.

Musclé et très remonté, Cole pouvait probablement défoncer la porte sans difficulté.

Je me retrouvai dans un couloir aux murs crème et au parquet marron foncé. J'eus du mal à imaginer un kidnappeur vivre dans un décor pareil, mais qu'en savais-je ? Aller en direction d'où provenait la lumière me parut être la meilleure solution, je me dirigeai alors vers les fenêtres.

À peine arrivai-je dans le salon au bout du couloir que j'entendis le bruit de la porte du sous-sol se fracasser. Mon sang ne fit qu'un tour. Il allait me tuer. Je le savais.

La maison semblait onéreuse, avec d'immenses fenêtres donnant sur un petit bois. J'aurais pu m'extasier devant ce genre de demeure si je n'étais pas poursuivie par un psychopathe. Je les attirais décidément comme un aimant.

Après avoir dérapé sur le sol brillant dans ma course effrénée, je me dirigeai vers l'une des portes menant à l'extérieur, située de l'autre côté de la cuisine. Une autre grande pièce lumineuse.

J'eus du mal à débloquer le loquet de la porte coulissante en verre, mais parvins finalement à l'ouvrir, et heureusement, réussis à atteindre la terrasse avant que Cole n'eût le temps de traverser la cuisine.

Je dévalai quelques marches, mes pieds nus touchèrent le sol encore gelé par la rosée et accélérai vers les arbres situés à quelques mètres. Si je pouvais arriver jusque là-bas, je pourrais ensuite me cacher.

Je sentis mes poumons brûler alors que je traversais à toute vitesse la cour latérale, passant devant une dépendance, jusqu'à l'entrée de la forêt.

Comment pouvait-on avoir survécu à un tel accident la nuit dernière ? Mon état physique surpassait celui de l'époque où je jouais au volley-ball au lycée et à l'université.

Alors que je m'enfonçai dans la forêt, je regardai par-dessus mon épaule et contemplai l'immense maison. Tel un chalet contemporain, sa structure était faite de bois, de verre et de pierre. Époustouflant.

Où était donc parti Cole ? La terreur m'envahit. J'étais seule dans ce combat pour ma vie. Je poursuivis ma course à travers les arbres.

Mes pieds étaient si gelés par le froid et l'humidité du sol que je dus ralentir le rythme. Soudain, mon adrénaline redescendit en flèche, me faisant presque tomber à genoux.

La réalité me frappa de plein fouet. Je n'avais nulle part où aller et personne n'était au courant de ma disparition quelques jours plus tôt.

Pourtant, je devais continuer à avancer. Je décidai de ramper derrière un tronc d'arbre épais et glissai par terre, camouflée par les buissons environnants.

Même si je parvenais à m'enfuir, j'étais en forêt sans

chaussures ni veste. Toujours mieux que d'être échouée au milieu de l'océan, cela dit.

Je laissai les larmes couler sur mes joues. Sentir mes sanglots réchauffa légèrement ma peau glacée. J'étais vraiment dans la merde.

Un mouvement brusque dans le feuillage attira mon attention. Je vis un loup gris marcher dans ma direction.

Convaincue que cette cachette suffirait, je me plaquai contre l'arbre. Il s'approcha lentement, la tête légèrement baissée, ses yeux ambrés rivés sur les miens. Je voulus détourner le regard, mais restai figée sur place.

Je m'en rappellerais de ces vingt-six ans.

La tête sur le côté, il s'arrêta à un mètre cinquante, puis renifla.

J'avais eu ma dose en termes d'animaux sauvages avec les deux loups croisés lundi, pourtant celui-ci ressemblait plus à un chien, et les chiens-loups étaient des animaux de compagnie.

Peut-être que celui-ci appartenait à Cole ou aux voisins. Il était magnifique, avec son pelage gris couvrant la majeure partie de son corps et ses poils plus clairs autour de son museau.

Il haleta et trotta en avant de quelques pas. Pourquoi ne m'attaquait-il pas ? Était-ce uniquement en cas de provocation ? Je savais qu'il fallait se montrer particulièrement prudent avec les ours, mais qu'en était-il des loups ? Mes diplômes universitaires ne m'avaient en rien préparée à cette situation.

Je tendis une main timide, j'étais déjà dans la merde de toute façon. Si me lier d'amitié avec un loup était la dernière chose que je devais faire dans ma vie, qu'il en soit ainsi.

Le loup baissa la tête sous ma main et me laissa caresser le sommet de sa tête. Il était doux et sentait légèrement l'assouplissant. Étrange pour un loup, mais moins s'il s'agissait d'un animal de compagnie après tout.

Soudain, un grognement surgit sur ma droite. Je sentis mon corps se raidir alors que le loup gris devant moi se retourna et laissa échapper un grondement. Un autre loup, plus grand, se rapprochait, vraisemblablement prêt à attaquer. *Ce n'était clairement pas des chiens.*

Je me relevai et m'éloignai d'eux alors qu'ils commençaient à se tourner autour, les crocs en évidence. Ils étaient sur le point de s'étriper, et je ne comptais pas rester là à les regarder.

Pourtant, une infime partie de moi me poussa à rester.

Pour quoi faire ? Je l'ignorais. Ce n'était pas comme si je pouvais me jeter entre les deux canidés.

Dès qu'ils bondirent l'un sur l'autre, je courus d'où j'étais venue. Une route devait forcément passer non loin d'ici, puisqu'il y avait une maison. Je pourrais alors peut-être atteindre l'autoroute et faire signe à un automobiliste.

La demeure apparut à nouveau. Je traversai la cour au pas de course. Je n'en revenais toujours pas de la grandiosité du lieu. Si je n'étais pas en train de me sauver, je me serais sans doute arrêtée pour la contempler.

Je m'arrêtai net alors que je m'apprêtais à contourner la maison. La voiture dans laquelle on se trouvait la nuit dernière occupait un camion à plateau dans l'allée. Enfin, ce qu'il en restait, du moins, le véhicule ressemblait désormais plutôt à un accordéon.

C'était quoi ce bordel ?

J'aurais dû être morte à l'heure qu'il est.

Je me regardai, puis observa à nouveau le camion. Le véhicule était si accidenté que je n'arrivais pas à comprendre comment j'avais pu survivre sans une seule égratignure. Étais-je dans le sous-sol depuis plus d'un jour ? Et quand bien même c'était moins, j'aurais dû me trouver dans un hôpital, et certainement pas capable de courir partout.

Je scrutai à l'intérieur d'une des portes du garage restée grande ouverte. Cinq véhicules étaient stationnés dans l'immense pièce. En voler un me parut être la meilleure solution. Je me faufilai dans la pièce.

Même si on avait beau se trouver au milieu de nulle part, aucune voiture n'avait à l'évidence les clés sur le contact. J'aurais pu rentrer dans la maison et tenter de trouver les clés, mais je n'avais aucune idée d'où Cole se trouvait ou s'il y avait d'autres ravisseurs.

Une étagère remplie de chaussures se tenait près de la porte menant à la maison. À mon grand regret, je n'y trouvai que des pointures d'homme risquant plus de me freiner dans ma course qu'autre chose. Je me résolus à rester pieds nus et à faire face à la douleur et aux conséquences plus tard.

De l'autre côté du garage, un long établi muni d'outils accrochés sur des patères occupait un pan de mur. J'optai pour un marteau et sortis du garage.

La maison se situait tout au bout d'une route de graviers qui s'étendait à perte de vue. Je courus à découvert jusqu'aux arbres situés de l'autre côté, et priai pour que personne ne m'ait vue.

Je pouvais y arriver.

Une fois hors de vue sous les arbres, je me ruai vers la route malgré mes pieds douloureux et mon mal de tête. J'avais terriblement faim et soif. Les quelques bouchées de sandwich n'avaient visiblement pas suffi.

Je ralentis la cadence et serrai le marteau fermement. Sous chacun de mes pas, les feuilles et les branchettes semblaient résonner dans l'immensité de la forêt. Un frisson parcourut mon épine dorsale. Les deux loups me retrouveraient-ils ? Et Cole ?

Arrivée sur une route plus étroite que la première, je regardai en contrebas. Victoire, une habitation.

Poussant presque un cri de joie, je me précipitai vers la bâtisse, sans prêter attention aux cailloux et aux brindilles qui me griffaient les pieds.

Je devais trouver un téléphone au plus vite et appeler les flics.

Il était temps d'en finir.

CHAPITRE 9

Ivy

Bien que la maison au bout de la rue étroite ressemblait plus à une demeure familiale traditionnelle que le manoir où vivait supposément Cole, le style était similaire. Façon chalet en bois et pierres apparentes, avec un grand porche à l'entrée aménagé d'une balançoire et de quelques chaises.

Je gravis le perron et sonnai plusieurs fois. Mon cœur battait à tout rompre. Je jetai un rapide coup d'œil par-dessus mon épaule pour m'assurer que personne ne m'avait suivie.

Une femme d'à peu près mon âge apparut derrière la porte. Elle mit ses lunettes sur sa tête, sa bouche formant un O me voyant. Je ne voulus même pas savoir ce qu'elle pensait, vu le piteux état dans lequel je devais être.

—J'ai besoin d'aide.

Je lançai à nouveau un regard derrière moi, en poussant un soupir de soulagement.

— On m'a enfermée dans une cave, il faut que j'appelle la police.

Mon esprit me jouait peut-être un tour, mais je jurai avoir vu un regard amusé se profiler sur son visage au moment où elle recula et me fit signe d'entrer.

J'hésitai un instant. Elle me semblait bien prompte à me laisser entrer chez elle.

— Tu entres ? me demanda-t-elle, ses yeux bruns foncés posés sur moi. Tu ferais mieux de rester hors de vue.

Elle avait raison. C'était ridicule. J'avais regardé trop de films et de séries policiers. Et puis, je la dépassais de quelques centimètres. À tout moment, je pouvais prendre le dessus, surtout avec mon marteau en poche.

Hochant la tête en signe d'approbation, j'entrai à l'intérieur. Elle ferma, puis verrouilla la porte d'entrée, qui s'ouvrait directement sur le séjour où plusieurs fenêtres donnaient sur une terrasse arrière et un jardin bordé d'arbres. Le mobilier semblait usé, mais confortable.

— Moi, c'est Sara.

Elle me précéda dans le salon, puis prit son téléphone portable sur le canapé avant de s'y affaler.

— Assieds-toi. Tu as l'air épuisée.

Je m'assis sur le bord d'un fauteuil surdimensionné tandis qu'elle porta son téléphone à l'oreille, repoussant ses longs cheveux châtain foncé derrière cette dernière. Elle semblait gentille, mais les gens aimables étaient parfois ceux dont il fallait le plus se méfier.

Le marteau sur les genoux, je n'étais nullement prête à le lâcher. Sara ne cessa de le regarder du coin de l'œil. Serais-je capable de lui défoncer le crâne en cas de nécessité ? Pas sûre, mais ça me ferait gagner du temps.

— Bonjour. J'ai accueilli chez moi une femme qui dit avoir été enfermée dans une cave.

Entendre quelqu'un d'autre l'expliquer à haute voix rendait ma mésaventure encore plus invraisemblable.

Peu à peu plus à l'aise, je sentis tout mon corps devenir lourd d'un seul coup, sentant la pression m'abandonner progressivement. J'eus envie de fondre en larmes.

J'allais m'en sortir. La police arriverait d'une minute à l'autre, et je serais bientôt blottie dans mes draps.

Elle raccrocha.

— Je peux t'apporter quelque chose à manger ou à boire ?

— Tu ne leur as pas donné l'adresse.

La panique remontant en flèche, je me levai et tins le marteau devant moi.

— Pourquoi tu ne leur as pas donné l'adresse ? répétai-je le cœur battant à mille à l'heure, la main tremblante.

Je commençais de nouveau à paniquer. S'arrêter à la première maison venue n'avait peut-être pas été une si bonne idée. Elle m'avait pourtant semblé suffisamment éloignée pour la considérer comme sûre.

— Ne t'en fais pas. Ils ont identifié mon adresse grâce à mon numéro de téléphone.

— On est assez loin ici, ajouta-t-elle en se levant du canapé et en glissant son portable dans sa poche arrière. Ça peut leur prendre un certain temps avant d'arriver. J'ai un reste de ragoût dans le frigo avec du très bon pain au levain si tu as faim.

Quelqu'un qui me voulait du mal était-il prêt à me donner à manger ? Bien sûr que oui. Cole m'avait bien laissé un sandwich dans le sous-sol. Néanmoins, cette fille ne se doutait pas que je viendrais jusqu'à chez elle, donc elle n'avait pas pu empoisonner la nourriture à moins d'être médium.

Sur le point de refuser son invitation pour rester fidèle à mon instinct, mon estomac émit un grognement tonitruant.

— Ça serait super. Avec de l'eau aussi, s'il te plaît.

Toujours sur la réserve, je décidai de mettre mes doutes de

côté un instant. Elle ne me ferait pas de mal et si elle essayait, elle le regretterait bien assez vite. Armée de mon précieux marteau, je ne craignais pas d'invoquer mon Thor intérieur.

Je la suivis dans la cuisine, soucieuse de la voir préparer mon repas, puis pris place sur un des tabourets de bar installé autour de l'îlot entre la cuisine et le salon. Après avoir posé mon marteau devant moi, je la regardai s'affairer à sortir un récipient en verre du réfrigérateur.

— Notre eau du robinet est filtrée depuis un puits, m'expliqua-t-elle en me tendant le verre qu'elle venait de remplir. Joli marteau. Tu as l'intention d'éclater le crâne de quelqu'un ?

J'eus un petit rire amusé, puis bus une longue gorgée d'eau. Je n'avais même pas réalisé à quel point j'étais assoiffée.

— J'ai attrapé la première chose que j'ai vue et qui pourrait me servir d'arme. En y repensant, j'aurais dû choisir la tronçonneuse.

Elle ria, déposa le récipient en verre dans le micro-onde et le mit en marche.

— Comment t'es-tu enfuie ?

— J'ai frappé le type qui m'a kidnappée avec une chaîne, puis je l'ai griffé au visage avec une clé, dis-je en grimaçant.

De manière générale, je n'aimais pas faire mal, même si la personne en question le méritait.

— J'imagine que ça a dû l'énerver.

Le micro-onde émit un bip, elle sortit le plat sans prendre de maniques, et le posa devant moi. J'avais rêvé ou elle ne semblait pas s'être brûlée ?

— Vas-y.

Je pris la cuillère qu'elle me tendit et commençai à manger pendant qu'elle découpait plusieurs morceaux d'une miche de pain. Je n'avais jamais mangé de ragoût aussi bon de ma vie. Une véritable explosion de saveurs en bouche, la viande était tendre, les légumes et le bouillon parfaitement cuisinés.

À peine eus-je terminé mon plat qu'un bruit retentit vers

la porte d'entrée. Le verrou se déclencha, la porte s'ouvrit en grinçant. Je laissai tomber ma cuillère dans un bruit sourd et renversai le tabouret sur lequel j'étais assise. Prise de panique, je me jetai sur mon marteau et partis de l'autre côté de la pièce.

— Ivy.

Cole et un autre homme que je ne connaissais pas franchirent la porte, ils ne portaient ni haut ni chaussures. Bizarre, car il me semblait que Cole en portait lorsqu'il m'avait poursuivi.

— Laisse-moi t'expliquer.

Sans lui laisser la chance de se justifier, je me retournai et courus vers la porte en verre coulissante. Je bataillai avec la serrure, puis parvins à l'ouvrir. Au même moment, une main se referma sur mon épaule. Je fis volte-face, et balança le marteau droit sur le visage de l'autre homme.

Il laissa échapper un cri perçant et me laissa partir. Dans la précipitation, le marteau tomba par terre, je ne pris pas la peine de le ramasser. Le temps m'était compté. Sans parler du fait que les deux hommes semblaient plus en forme que jamais. Non seulement ils démontraient une force spectaculaire, mais leur rapidité et puissance l'étaient tout autant.

Une fois de plus, je cavalai vers les arbres. Cette fois, avec une violente envie de vomir à cause du ragoût et de l'eau ingurgités à la hâte, la faim m'ayant tiraillé l'estomac. J'aurais dû me méfier de Sara. La sororité ne signifiait-elle plus rien ?

Quel cauchemar. Cole avait-il élaboré ce plan depuis notre rencontre au bar ? Ou était-ce même une conspiration bien plus vaste dont Barbara était l'instigatrice ? De nos jours, plus personne n'était digne de confiance.

Mon esprit s'emballa alors que je courus à perdre haleine. Soudain, le silence. J'osai un regard derrière moi. Mes pieds se prirent dans une branche, je trébuchai et tombai en avant sur les mains.

Après m'être redressée et essuyée les paumes sur mon survêtement, j'entendis un gémissement faible dans la direction où j'étais arrivée.

Un loup. Ou plutôt une louve se tenait près de moi.

Sans savoir réellement comment, je sus que c'était une femelle. Elle sautilla vers moi sur trois pattes, s'assit, puis me regarda avec affection. Qu'est-ce qui se passait avec tous ces loups solitaires autour de moi ?

— Ivy.

Cole surgit soudain derrière les arbres. Je ne l'avais même pas entendu.

Alors que je me mis debout, prête à m'enfuir, la louve se leva et prit place entre nous, faisant face à Cole qui avançait, et moi qui en profitai pour reculer vers un arbre.

Il jeta un bref coup d'œil à la louve avant qu'elle ne s'éloigne en clopinant. Confuse, je la regardai partir. Je devais halluciner. Ou bien les loups réussissaient à me tempérer à leur façon.

— Je ne veux pas te faire de mal. Je vais tout t'expliquer pour que tu comprennes.

Il leva les mains en signe de reddition et fit quelques pas vers moi.

— Ce n'est pas ce que tu crois, poursuivit-il.

— Alors, dis-moi ce qui se passe. L'accident a-t-il vraiment eu lieu ? Combien de temps m'as-tu gardée enfermée ?

Je voulus à nouveau m'enfuir, mais ma cheville douloureuse me rappela à l'ordre. Et puis, il m'aurait rattrapée en un instant.

— La fille a appelé les flics. Ils seront là d'une minute à l'autre.

— Sara m'a appelé moi.

Il s'interrompit, la main sur le visage, et poursuivit.

— On a bien eu un accident. Aujourd'hui, on est samedi.

— Samedi, répétai-je en secouant la tête. Je suis enfermée dans une cage depuis mercredi soir ?

— Oui.

Il fit un autre pas vers moi, mes yeux s'élargirent. Puis il recula à nouveau.

— Je reste là, céda-t-il.

Je regardai mon corps, puis le détaillai de la tête aux pieds.

— Comment peut-on être encore en vie ? On aurait dû mourir tous les deux. J'ai vu la voiture dans l'allée. Dis-moi plutôt que quatre ou cinq samedis se sont écoulés depuis l'accident. On ne peut pas se remettre d'un accident pareil en seulement deux jours.

— Pourtant, ça ne fait que deux jours. Nous ne sommes pas humains. Retournons à la maison et je t'expliquerai tout, s'il te plaît.

Il m'observa attentivement, prêt à bondir si je tentais de fuir à nouveau.

— Pas humains ? demandai-je, interloquée.

Je regardai mes mains, puis me tournai vers lui.

— Ne me dis pas que je suis une sirène, et toi un triton.

Dit comme ça, mon commentaire semblait étrange, pourtant ma meilleure amie était bel et bien une sirène et ses trois petits amis des tritons.

Sa tête se pencha sur le côté, un petit sourire au coin des lèvres, avant qu'il ne reprenne son sérieux.

— Tu n'es pas une sirène, non. On peut rentrer chez moi pour en parler ?

— Je pense que je vais rentrer à pied. L'air frais me fera le plus grand bien. On ne doit pas être loin d'Arbor Falls.

Je fis un pas sur le côté et me tournai dans la direction que je pensais être celle de la ville.

Avant que je puisse faire quoique ce soit, il s'avança brusquement, plus vite qu'un serpent à sonnette, et m'entoura de ses bras dans une étreinte semblable à celle d'un ours avec son pot de miel. Je sentis mon corps se soulever de quelques centimètres du sol.

— Lâche-moi !

Je me débattis et lui assenai un coup de pied, mais ne rencontrai que sa musculature solide. Autant se heurter à un mur de briques. Soudain, une douleur provenant de ma cheville se propagea le long de ma jambe, m'arrachant un cri de surprise.

Il me fit tourner dans ses bras, mes mains se retrouvant sur sa poitrine nue, et dans un sourire, me posa brièvement avant de me positionner sur son épaule comme si je ne pesais rien. Ses bras se verrouillèrent sur l'arrière de mes cuisses sans me lâcher malgré mon agitation.

— Pose-moi par terre !

Je cognai son dos à l'aide de mes poings aussi fort que je le pus, lui arrachant uniquement quelques grognements. J'essayai même de lui donner des claques, mais ne parvins qu'à lui laisser des marques rouges et à me brûler les mains.

D'une force surhumaine, il ne semblait pas ressentir la douleur. Pour rien au monde, je ne retournerais dans ce sous-sol, même si c'était la dernière chose que j'accomplissais avant de mourir.

La forêt derrière nous, on s'approcha de la maison où je m'étais précipitée pour demander de l'aide.

Sara.

J'aurais dû me douter que quelque chose clochait quand elle avait raccroché avec ceux que je pensais être la police.

Je me libérai de son étreinte, conservant le peu d'énergie qui me restait. Tout mon corps me faisait mal. Je sentis la bile dans mon estomac remuer, alors que j'essayais de reprendre mon souffle.

À mi-chemin dans la cour, mon anxiété et mes craintes refirent surface. Mon corps était assailli par la sensation d'avoir tous les os brisés et en feu. Étrangement, cette impression ne m'était pas inconnue, j'avais déjà ressenti ça auparavant. Je m'étais simplement évanouie et ne me souvenais pas de ce qui avait suivi la douleur.

Je hurlai et me débattis contre Cole. Mon cri se brouilla et se transforma en hurlement à l'instant où Cole me mit au sol.

— Putain ! s'écria Cole en reculant. Eli ! Sara !

Avec la sensation que mon corps tout entier était tiré dans tous les sens, je roulai sur le ventre, essayant de ramper vers les arbres. J'avais cette impression surréaliste d'être à l'extérieur de mon être et de regarder cette scène tragique se dérouler : une femme agrippée sur la terre, essayant d'échapper à un prédateur musclé.

Deux loups apparurent à l'orée des arbres. L'un était la femelle à qui il manquait une patte, et l'autre ressemblait au loup que j'avais caressé lors de ma première évasion.

Une dernière vague de douleur me transperça le corps, puis vint une étonnante sensation de plénitude et de chaleur. J'entendis un bruit derrière moi et sautai sur mes quatre pattes.

Quoi, quatre pattes ?

J'étais sûre à quatre-vingt-dix-neuf pour cent d'avoir perdu la tête. J'avais des pattes.

Je les observai et clignai des yeux. Sara m'avait-elle servi un ragoût avec des champignons hallucinogènes ? Oui, ça devait être ça. Elle m'avait empoisonnée et, à présent, mon cerveau nageait en plein délire.

Je sentis quelque chose effleurer mes fesses. Je tournai rapidement sur moi-même, pour essayer de comprendre.

Une queue ?

D'accord, une putain de queue. Et des pattes. On était dans *Jumanji* ? Il fallait que je lance à nouveau le dé.

J'étais certaine d'être en rupture totale avec la réalité.

Je me tournai vers Cole. Derrière moi ne se tenait plus un homme, mais un loup en train de retirer des lambeaux de vêtements de son corps. Bordel, venait-il vraiment de se transformer en loup ? Et moi aussi ?

Je fis marche arrière et regardai les vêtements déchiquetés à mes pieds. Je savais que la panique pouvait provoquer des réactions corporelles et mentales bizarres, mais là c'était encore autre chose.

Cole inclina la tête en arrière et hurla. Les deux autres loups firent de même. J'eus envie de les rejoindre, mais mon moi lucide m'en empêcha. Hurler serait la cerise sur le gâteau.

Je pris la fuite, mon instinct me conduisant vers le bois de l'autre côté de la propriété. Bien que les arbres entouraient la maison, quelque chose me disait que c'était la direction à prendre.

J'entendis les autres derrière moi, mais m'efforçai de les ignorer. J'avais une légère avance et j'étais aussi rapide qu'eux, sinon plus.

Putain, j'étais un loup et Cole aussi.

Merde.

Je luttai avec moi-même.

La louve en moi voulait s'arrêter, tandis que l'humaine me poussait à continuer de courir. Cette sensation me terrorisait, je gémis. Un geignement qui ne m'était pas familier et qui semblait si faible.

Finis les gémissements. Sois forte.

Ma louve semblait avoir son propre esprit.

Ma louve.

Je sentais que j'avais la capacité de la contrôler dans une certaine mesure, mais elle essayait, malgré tout, de prendre le dessus. Impossible de la laisser faire.

Oh, mon Dieu, j'allais rester coincée. Je ne pourrai plus jamais me tenir sur mes deux jambes. Je ne conduirai plus jamais. Je ne sentirai plus jamais le contact d'un homme. Merde, j'allais devoir faire mes besoins comme un chien.

J'arrivai près d'une clairière, dont l'herbe autrefois inexistante commençait à verdir après le passage de l'hiver. Une odeur vint me chatouiller le nez, je m'arrêtai brusquement. Près de la lisière des bois opposée, je vis une biche sur le chemin entre moi et un autre carré d'arbres.

Une vision magnifique. Hélas, je n'admirai pas l'animal de la même façon que si j'eus été sous ma forme humaine. En l'occurrence, j'avais devant les yeux un repas particulièrement appétissant. Mon corps entier y était sensible. J'entendis son souffle haletant, conscient de courir un danger imminent, ses yeux s'agrandirent, ses muscles se contractèrent sous son pelage fauve.

Elle resta figée, les yeux fixés sur moi, évaluant son meilleur espoir de fuite. La scène entière ne dura qu'une seconde. J'essayai de me retenir, mais ma louve l'emporta. En deux bonds géants, j'achevai l'animal.

Tuer.

Je mordis instinctivement son cou alors qu'elle se débattait sous mon emprise, désespérée de prendre la fuite. Elle avait beau être plus grande que moi, ça n'avait aucune importance. J'étais le prédateur et mes crocs mon arme.

J'essayai tant bien que mal d'éloigner ma louve de la biche, mais la faim prit le dessus, entravant tout raisonnement. Je me délectai de ce pauvre Bambi jusqu'à en avoir l'estomac gonflé. Sans même l'avoir vu de mes propres yeux, je savais que j'étais la plus petite des trois loups, et pourtant, je venais d'engloutir ce qui aurait pu être notre repas pour trois.

Ma louve sembla repue. Sur une échelle allant du hot dog bon marché au bœuf de Kobé japonais, je considérais cette biche comme un bon steak trois étoiles.

Rien que l'idée d'avoir une telle pensée me répugna au plus haut point.

Je baissai les yeux sur mon massacre. Une image que je ne risquais pas d'oublier de sitôt. L'animal avait perdu la vie à cause de moi. Et si elle était maman de petits faons désormais devenus orphelins ?

Je n'étais qu'une meurtrière.

Alors que ma conscience humaine continuait à vouloir se faire entendre, je m'éloignai de la biche en trébuchant, une culpabilité intense menaçant de faire remonter mon festin. Je m'affalai lourdement et gémis de défaite.

Une pression soudaine envahit ma tête, mon corps fit un bond en avant alors que je retrouvais ma peau humaine. Les chaînes et la cage prenaient tout leur sens maintenant. Je ne pouvais pas contrôler cette nouvelle facette de ma personnalité. Une partie de moi dont j'ignorais l'existence jusqu'à présent.

J'étais un monstre.

CHAPITRE 10

Eli

Cole avait beau être l'alpha, je ne devais pas être constamment d'accord avec lui. Après la première nuit qu'Ivy avait passé enfermée au sous-sol, j'avais suggéré de l'installer dans la chambre d'amis à l'étage, car ne s'étant jamais transformée auparavant, la dernière chose qu'on lui souhaitait était de se réveiller dans une cage.

Il m'avait affirmé qu'elle irait bien, car la cage était là pour une bonne raison. Elle se métamorphoserait plusieurs fois, mais passerait la majeure partie du temps sous forme humaine. L'accident l'avait vraiment mis dans un sale état. En plus, elle appartenait à la famille des loups roux, une espèce rare dont nous ignorions la signification.

J'avais hoché la tête au fur et à mesure qu'il énumérait les différentes raisons pour lesquelles elle devrait rester au sous-sol. Ses arguments étaient valables, mais on avait affaire à une femelle. Comment pouvait-elle se révéler dangereuse ?

Quand elle s'était enfuie de la maison, je l'avais immédiatement suivie, J'étais occupé dans le jardin et avais senti sa peur à peine avait-elle ouvert la porte.

Vu sa réaction face à moi dans les bois, j'avais compris qu'elle n'avait aucune idée de l'existence de notre monde. Cole me l'avait déjà fait remarquer après leur rencontre avec les deux loups du clan adverse.

Comment une métamorphe avait-elle pu passer autant d'années sans connaître sa véritable identité ?

Nous l'avions suivie alors qu'elle s'échappait de la maison de mes parents. Elle m'avait bien amochée le visage avec son marteau. Je ne pouvais m'en prendre qu'à moi-même ; j'avais voulu la rattraper alors qu'elle pensait clairement qu'on manigançait un sale coup.

Ensuite, elle s'était arrêtée dans une clairière pour tuer à une vitesse fulgurante une biche qui devait probablement peser deux fois plus que son propre poids.

Ivy était plus petite que les louves de notre meute, et plus mince qu'un loup en bonne santé. Pourtant, elle avait éventré l'animal comme si elle s'apprêtait à dévorer son premier repas depuis des années. Je n'avais pas pu m'empêcher d'avoir l'eau à la bouche rien qu'à sentir l'odeur de la viande fraîche.

Je tressaillis et regardai Cole, qui contemplait la scène. Elle allait se rendre malade si elle ne ralentissait pas.

Cole fit un pas en avant. Je l'imitai, mais il grogna.

Reste en arrière.

Je baissai la tête et reculai, heurtant Sara qui venait d'arriver. Elle me jeta un regard agacé et s'allongea.

Parfois, j'aurais voulu que l'alpha ne soit pas le seul à pouvoir communiquer avec chacun d'entre nous. Ça aurait été plus pratique pour partager une conversation privée avec ma sœur.

Dans un souffle, Ivy se remit sur ses mains et ses genoux. Cole se transforma, mais garda ses distances, alors que la jeune femme réalisa soudain qu'elle était à la vue de tous, et essaya de couvrir son corps.

Cole s'accroupit à côté du cerf et l'examina avant de regarder Ivy, tremblante. Soucieux de la réconforter, je me transformai et m'approchai, tout en ignorant Cole qui secoua la tête en signe de désapprobation.

Je t'ai dit de rester en arrière.

Il était visiblement en colère, mais ça m'était égal. Elle avait besoin d'une présence, et certainement pas de la sienne. Ivy était *ma* compagne.

— Ça va ? demandai-je d'une voix que je voulus aussi douce que possible.

Je m'accroupis près d'elle et posai une main sur son dos.

Elle tressaillit et se leva, le dos tourné. Mon cœur se serra. Elle avait peur de nous. Je ne pouvais pas lui reprocher de s'éloigner, puisque j'avais accepté qu'elle soit enfermée.

Cole s'éclaircit la gorge et me lança un regard qui me fit sentir mes couilles se rétracter. À ne pas écouter un seul de ses ordres, je dépassais les bornes.

— Je sais que tout ça est effrayant et déroutant. J'aurais aimé pouvoir te le dire plus tôt, mais je n'étais même pas sûr de ce que tu étais, commença Cole, d'une voix anormalement douce et sincère.

— Ce que j'étais ? C'est toi qui m'as fait ça !

— J'allais parfaitement bien jusqu'à ce que je te rencontre ! ajouta-t-elle en lui jetant un regard noir par-dessus son épaule. Qu'est-ce que tu m'as fait ?

Il leva les mains en signe de défense et recula de quelques pas.

— Rien, Ivy. Tu es une louve métamorphe. Tu l'es depuis ta naissance.

— C'est impossible, répliqua-t-elle, les sourcils froncés.

Elle leva les yeux comme pour chercher dans ses souvenirs, puis éclata de rire.

— C'est peut-être pour ça que les chèvres et les moutons me fuient. Ou qu'on ne pouvait jamais avoir de chats.

Je ne pus m'empêcher de rire en retour. Son regard cinglant se tourna vers moi. Mon estomac se tordit, je détournai le regard.

C'est quoi ce bordel ? Nous devons découvrir d'où elle vient et qui sont ses parents.

Cole se frotta l'arrière du cou.

C'est aussi la femelle la plus dominante que j'ai rencontrée.

Mon loup, lui, veut lui montrer son ventre et avoir des gratouilles.

J'aurais probablement dû garder ça pour moi parce que ça allait causer des problèmes. C'était une chose d'être forcé à me mettre sur le dos, mais de vouloir *en plus* des gratouilles ? Mon loup était sérieusement mal barré.

Les yeux de Cole s'agrandirent puis se plissèrent alors qu'il s'approcha d'Ivy.

— Qui t'a envoyée ?

— Qui m'a *envoyée* ? Tu te fous de moi. Tu m'as kidnappée, puis enfermée, tu as déjà oublié ?

Elle se retourna et mit un bras sur ses seins et un autre sur son pubis pour cacher sa nudité.

Je me mordis la lèvre pour m'empêcher de sourire. J'aimais la façon dont elle ne craignait pas Cole et lui donnait du fil à retordre dont il ne savait que faire. N'importe quelle autre femme aurait déjà fini à même le sol, son loup à la gorge.

Cole rit et la regarda de haut en bas.

— Ta nudité ne nous dérange pas. Et bientôt, elle ne te dérangera plus non plus.

Il se retourna vers la maison.

— Allons-y, ajouta-t-il le dos tourné.

Ivy lui lança un regard noir et le suivit à quelques pas derrière, sur le chemin d'où nous venions.

Puis, elle tourna la tête vers moi.

— Tu peux marcher devant moi.

— Je ne regarderai pas.

Du moins, je ne pensais pas le faire. J'étais un loup respectable, pas un vulgaire chien.

— Écoute-moi bien... Comment tu t'appelles ? me demanda-t-elle, le sourcil levé.

— Elias, mais tout le monde m'appelle Eli. Tu m'appelles comme tu préfères.

Elle pouvait m'appeler « enfoiré » si ça lui chantait, ça m'irait très bien.

— Eli, peu importe si tu dis que tu ne regarderas pas. Je veux que tu marches devant moi, les yeux sur le cul de ton pote et pas sur le mien. Compris ?

Sara sourit, Ivy la regarda.

— Ça vaut pour toi aussi, je m'en fous que tu sois une femme.

— Qui va protéger tes arrières ?

Je me positionnai en face d'elle.

— C'est le point le plus vulnérable.

— Je peux me protéger toute seule. Merci beaucoup.

Cole renifla et secoua la tête alors que nous retournions vers la maison. Il aurait été plus rapide de se transformer et de revenir en courant, mais vu la réaction d'Ivy en découvrant sa vraie nature, ce n'était peut-être pas judicieux.

Le retour à pied prendrait environ vingt minutes considérant la distance que nous avions parcourue pour venir jusqu'ici.

À mi-chemin, je m'arrêtai et portai Sara. J'ignorais pourquoi elle ressentait le besoin de courir après nous, alors que c'était trop loin et trop rapide pour elle.

— Ça va ? m'interrogea Ivy, juste derrière moi. Pourquoi ne s'est-elle pas transformée ?

— Elle va bien. Elle n'est pas habituée à courir si loin. Sa prothèse est à la maison et marcher avec une seule jambe dans la forêt n'est pas évident.

Sara émit un bruit agacé.

— Elle n'a rien pour sa louve ?

Ivy tendit une main hésitante vers l'avant.

— Est-ce que je peux la caresser ?

— À vrai dire, on se caresse rarement. C'est un geste intime.

Je souris à l'idée de pouvoir la caresser un jour.

— Quant à aider sa louve... Elle ne veut pas parce que ça la fait paraître faible.

— Oh.

Elle laissa tomber sa main et se mit à côté de moi.

— Ça importe tant que ça ?

— Oui. On a une certaine hiérarchie à respecter.

Je soupirai et regardai droit devant moi.

— Ce sera intéressant de voir où tu te situes.

— Et Cole ? C'est le connard de la meute ? répliqua Ivy en riant.

J'eus envie de passer mon bras autour d'elle et d'embrasser son front. Cole pouvait parfois se montrer irritable, mais il était aussi le premier à donner sa vie pour protéger les membres de sa meute.

Le dos de Cole se raidit, il serra les poings. J'étais satisfait de voir qu'il retenait ses instincts d'alpha, car la dernière chose dont nous avions besoin était qu'elle soit encore plus effrayée qu'elle ne l'était déjà. Tout bien considéré, elle gérait assez bien la nouvelle de sa nouvelle vie.

— Cole est l'alpha. C'est le membre dominant de la meute, tout comme son père l'était avant de prendre sa retraite.

Être alpha représentait beaucoup de travail et de stress. Loin de moi l'envie de maintenir la paix et de veiller à ce que notre espèce entière ne soit pas découverte.

— Donc un connard. J'ai compris. Et toi, tu es quoi ? Un bêta ?

J'étais obligé de lui répondre ? Lui annoncer que j'étais l'oméga, c'était comme recevoir un coup de pied dans les couilles. Il m'avait fallu du temps pour m'adapter au fait d'être le soutien émotionnel de la meute, mais l'alternative était inacceptable.

Sara était la véritable oméga, et si la plupart me reconnaissaient dans ce rôle, quelques-uns faisaient connaître leur opinion dès que nous étions sous nos formes animales. C'était l'une des nombreuses raisons pour lesquelles Sara détestait être une louve.

— Il est le cœur de la meute.

Cole tourna la tête juste assez pour dévoiler une partie de son visage, mais il ne regarda pas Ivy.

— Sans lui, on serait dans le pétrin.

Mon visage s'empourpra, je frottai l'arrière de mon cou.

— La meute s'en sortirait très bien.

La demeure familiale apparut. Je poussai un soupir de soulagement, la conversation prenant fin. Je n'avais pas honte de ma position dans la meute, mais je ne souhaitais pas que ma compagne me perçoive comme faible avant même d'avoir compris quel était mon rôle.

Lorsqu'on arriva à la porte arrière, Ivy s'arrêta brusquement, baissa les yeux sur le marteau, puis me regarda.

— Attends, je ne t'ai pas frappé à la mâchoire avec ce marteau ?

Je posai Sara à côté de sa prothèse. Ma sœur se transforma et éclata de rire.

— C'était la scène la plus drôle que j'ai vue depuis longtemps. Dommage, je n'ai pas eu le temps de la filmer.

Ivy attrapa mon bras alors que j'entrai et me fit tourner face à elle. J'écarquillai les yeux alors qu'elle passa sa main sur ma mâchoire en la caressant.

— Vous, les loups, vous devez vraiment travailler sur votre

manière d'aborder les nouvelles recrues. Vraiment désolée de t'avoir frappé avec ce marteau.

— Je... euh... d'accord.

Je restai sans voix alors que sa main chaude continuait à me caresser le menton. Savait-elle que nous étions faits l'un pour l'autre ?

— Tout va bien... Ma mâchoire. Elle va bien.

— Oh, merde à la fin.

Sara se leva d'un coup.

— Allons te chercher une robe de chambre.

— Oui, des vêtements ne seraient pas de refus.

À peine arrivée dans la maison, Ivy s'empara d'une couverture sur le canapé.

— Sara a déjà préparé chez moi un tas de vêtements pour toi. Elle est beaucoup plus menue, donc elle en a emprunté aux autres femmes jusqu'à ce qu'on puisse récupérer tes vêtements.

Cole attendait déjà à la porte d'entrée, les bras croisés sur sa poitrine.

Ivy attrapa la robe que lui apporta Sara de sa chambre.

— Je vais faire comme si je n'avais rien entendu.

— Quoi ?

Qu'est-ce que Cole pouvait être idiot parfois.

— Sara est tellement plus menue que moi...

Ses yeux pétillaient alors qu'elle prenait un malin plaisir à le taquiner.

— Je voulais juste dire que...

Il se pinça l'arête du nez.

— Bref, allons-y.

Elle prit les tongs qu'on lui tendait et suivit Cole à l'extérieur.

— Je rentre plus tard, les informai-je.

Il fallait que je parle à Sara de mes sentiments et de ce que je devais en faire.

Après avoir fermé la porte, je me retournai vers une Sara souriante qui me jeta un short au visage.

— Je n'ai jamais vu aucun de vous deux être aussi troublé par une fille.

— C'est ma compagne, Sara, dis-je en enfilant mon short. Mon loup en est sûr.

Ses yeux s'élargirent soudain. Elle s'assit lourdement.

— Aucun de nous n'a de partenaire.

Bien que je n'étais pas un grand buveur, je me dirigeai vers l'armoire à liqueurs et en sortis une bouteille de whisky. Prendre conscience que mes sentiments n'étaient pas rationnels me fit l'effet d'un coup de poing dans le ventre. Elle était différente aussi, et ne rien savoir à son sujet me mettait sur les nerfs.

Je pris une gorgée et grimaçai, la gorge en feu.

— Je ne sais pas quoi faire.

— Eh bien, c'est pourtant clair, fit Sara en se levant.

Elle me prit la bouteille des mains et la rangea dans l'armoire.

— Si c'est vraiment ta compagne, tu dois agir le plus tôt possible. Cole a des cœurs pleins les yeux, chose qui n'arrive jamais.

Je levai les yeux au ciel.

— Ça m'étonnerait. Il va probablement vouloir l'enfermer de nouveau dans la cave.

Sara ronchonna.

— Vous, les hommes, vous ne vous rendez compte de rien.

Elle m'emmena vers le canapé, où on prit place.

— Il est doux avec elle, la laisse dire des conneries sur lui, et quand elle ne l'écoutait pas, il la regardait comme s'il était prêt à déplacer des montagnes pour elle.

— Qu'est-ce que je suis censé faire ?

Mon expérience avec les femmes était médiocre. Je n'avais pas fait en sorte d'être un éternel célibataire, aucune femme ne voulait du seul et unique oméga de la meute. Même si j'étais attirant, intelligent, drôle et affectueux.

C'est exactement pour cette raison que j'étais sorti en cachette avec une humaine pendant quelques mois.

Sara eut un regard rêveur sur le visage.

— Ce que tu vas faire, c'est la courtiser.

CHAPITRE 11

Ivy

Alors qu'on retournait chez Cole, je ne pus m'empêcher d'admirer ses fesses et ses mollets musclés. Bon sang, je pourrais faire rebondir une pièce de monnaie sur ses muscles saillants. J'ai toujours eu un faible pour les hommes qui prennent les squats et les haltères au sérieux.

Sur son dos, je remarquai le portrait tatoué d'un loup, qui devait être le sien. Du moins, il lui ressemblait fortement et semblait fixer le moindre de mes mouvements.

Entièrement nu, Cole devait vouloir m'imposer la vue de son corps, il n'avait même pas pris la peine de trouver quelque chose pour se couvrir, ne serait-ce que la taille.

Ou alors comme il l'avait si bien dit… Ça faisait partie de leurs habitudes d'être nus.

Pourquoi les mecs les plus séduisants étaient-ils toujours de tels abrutis ? Un sacré pied de nez pour les femmes dans mon genre.

Il fallait que je me concentre. Mater l'ennemi n'était pas une bonne idée. Je devais apprendre à me transformer en loup aussi vite que possible, pour espérer ensuite me tirer de là.

Bien que je sois déjà au courant de l'existence des non-humains, j'ignorais que les loups faisaient partie de l'équation. Quand ta meilleure amie et ses copains sautent dans l'eau pour ensuite transformer leurs jambes en queue de poisson, rien ne devenait surprenant.

Mais moi, louve ? J'avais toujours pensé n'être qu'une simple humaine. Était-ce pour ça que Riley et moi étions devenues aussitôt meilleures amies ? Avions-nous inconsciemment senti l'altérité de l'autre ?

Il devait y avoir un remède. Je n'étais pas née comme ça, si ?

Cole ralentit jusqu'à ce que je me retrouve à sa hauteur. Son odeur m'envahit, je retins ma respiration aussi longtemps que possible. Tout sentait différemment et plus... Fort. Mais certaines choses n'avaient clairement *pas* besoin d'être senties.

Il resta à environ un mètre de moi, mais j'eus quand même l'estomac noué par cette proximité. Impossible de savoir pourquoi exactement.

Je serrai les poings, il leva les yeux au ciel.

— Tu es différente.

Comme si j'avais besoin de quelqu'un pour me le dire.

— Sans déconner. Tu crois ? Je suis une louve. Ou bien tout ça n'est peut-être qu'une hallucination due à une lésion au cerveau. Peut-être que je suis dans le coma ?

Je divaguais et me parlais à moi-même. S'il ne me prenait pas pour une folle avant, ce serait sûrement le cas maintenant.

Je regardai droit devant moi, m'efforçant de ne pas zieuter son anatomie. Ça faisait un moment que je n'avais pas été avec un homme et Cole était séduisant. L'envie de le contempler était plus forte que jamais.

— Le camion qui nous a fait nous écraser. Qui est derrière tout ça ?

Je n'avais pas le souvenir d'avoir énervé quelqu'un dernièrement, donc ils ne devaient logiquement pas être après moi.

— L'autre meute. Ce sont les deux mêmes qui ont attaqué notre hélicoptère l'autre jour.

Génial. En plus de devoir me soucier de mes transformations imprévisibles, je devais aussi me préoccuper de celles des autres… Prêts à me tuer.

Mon Dieu, essayaient-ils de me sauter pour me faire ce truc de lien sacré dont j'avais entendu parler chez les canidés ?

À l'instant où la maison apparut devant nous, je réalisai que Cole n'était pas simplement devenu pilote d'hélicoptère bénévole pour le plaisir. Connaissait-il depuis le début ma vraie nature et avait-il décroché ce travail rien que pour m'observer ? Était-ce si important ?

Maintenant que je ne cherchais plus à m'échapper, je pus observer la maison dans toute sa splendeur. Aménagée sur deux étages, la demeure comprenait de grandes fenêtres, plusieurs colonnes faites de pierre et de bois le long de sa façade, et disposait d'un porche idéal pour siroter son café le matin en regardant le monde s'éveiller.

Le garage se situait entre la maison et un autre grand bâtiment à l'esprit plus industriel, doté de portes roulantes à l'avant et dissimulé par les arbres.

Cole releva mon regard et pointa le menton dans la direction.

— C'est là que ma meute se réunit et s'entraîne. Ils vont vouloir te rencontrer.

— Me rencontrer ?

Je tiquai, incrédule. Il était hors de question que j'entre dans ce hangar pour faire la connaissance d'une meute de loups. Même si je m'étais transformée en l'un d'eux, les loups restaient des animaux sauvages et je comptais bien faire en sorte que ça ne se reproduise pas à nouveau.

— Tu crois vraiment que je vais rester ?

Alors qu'on gravissait le perron, il s'arrêta deux marches plus haut que moi, et me fit face. Mes yeux s'écarquillèrent, je regardai sur ma gauche où se tenait un buisson sur lequel poussaient des bourgeons. Mais Cole ne comptait certainement pas me parler des bourgeons en pleine éclosion.

— Je peux t'accompagner chercher des affaires chez toi. Mais sinon, oui, tu restes ici, dit-il en croisant les bras sur sa poitrine.

Je relevai les yeux vers lui. Il poursuivit.

— Les loups ne peuvent pas vivre à Arbor Falls.

— J'ai vécu là-bas pendant huit mois et je n'ai jamais eu aucun problème jusqu'à ce que tu te pointes ! Je ne suis même pas une louve. C'était une illusion d'optique. J'arrondis mes fins de mois comme magicienne, lançai-je en le bousculant pour passer. Dès que je suis habillée, je rentre chez moi.

— Tu es surtout une jeune louve qui ne sait pas comment se contrôler. Comment comptes-tu te rendre chez toi ? Tu as déjà essayé à deux reprises, et regardes où ça t'a menée.

Quelle idiotie d'être retournée là où j'avais été enfermée en cage. À ce moment-là, il semblait que je n'avais guère le choix. Dès que le moment viendrait, je prendrai la fuite et ne me ferai *pas* intercepter. Et puis ensuite, j'irai à l'hôpital me faire soigner.

À la seconde où je mis le pied à l'intérieur, la tension ressentie plus tôt diminua d'un coup, malgré les tentatives désespérées de mon cerveau de me dire de faire demi-tour et de fuir. Mon corps, lui, avait autre chose en tête, ou peut-être était-ce *l'autre moi*.

Décorés entièrement dans des tons chauds, oscillant entre des teintes brunes et crème, le salon et la cuisine ouverte se distinguaient par leur immense mur de pierre construit du sol au plafond. Ce dernier, particulièrement haut, était soutenu par des poutres en bois foncé, et décoré d'un grand luminaire en bois, matériau qui semblait vraisemblablement appartenir à ceux d'un cerf. Un autre pan de mur du salon dévoilait des baies vitrées donnant sur la forêt.

Dommage qu'il y ait des cages au sous-sol.

—J'ai une chambre aménagée pour toi à l'étage. Viens, me dit Cole dans l'escalier, détournant mon attention de la vue magnifique.

— Euh, peut-être que je devrais monter la première, comme ça je n'ai pas à regarder tout ça, marmonnai-je en faisant un signe de la main dans sa direction.

Je passai devant lui, le regard posé partout sauf sur lui.

Il rit.

— Tu n'aimes pas la vue ? J'aurais juré avoir senti tes yeux sur mes fesses en revenant ici.

J'apprécie un peu trop la vue, c'est plutôt ça le problème.

Je m'arrêtai sur le palier, divisé en deux ailes. Dans une direction, une grande porte à doubles battants, de l'autre un couloir avec plusieurs pièces.

Il me montra le chemin et s'arrêta devant une pièce ouverte, dans laquelle je vis une petite pile de vêtements posée sur un grand lit. Une commode et un bureau, tout en bois blanc assorti, occupaient également la pièce.

— Il y a des serviettes et tout ce dont tu pourrais avoir besoin dans la salle de bain. Quand tu auras fini, on continuera notre conversation.

J'eus du mal à interpréter son regard. Un semblant d'air mélancolique, mais venant de lui, je devais probablement divaguer.

Après quelques secondes de silence embarrassant, il se tourna et se dirigea vers les doubles portes. J'entrai dans ma chambre et verrouillai la porte derrière moi, un réflexe inutile puisqu'il pouvait à tout moment la défoncer d'un coup de pied rapide de sa jambe musclée.

J'examinai la pièce, appréciant la grande fenêtre et la literie blanche. L'ensemble était propre et confortable. Je fus tentée de me glisser sous les draps, mais réalisai que j'empestai bien plus que je ne le pensais.

Agréable, la salle de bain disposait d'une grande cabine de douche. Je laissai tomber mon peignoir et osai jeter un coup d'œil dans le miroir. Je ne pus m'empêcher de retenir mes larmes en découvrant mon apparence. Mon corps était tellement recouvert de saletés et de sang séché que je pus à peine voir ma peau. Mes cheveux ressemblaient à un gros nid de rat, je tressaillis en anticipant la douleur que je risquais de subir en les démêlant.

Sur le meuble se trouvait une brosse que j'utilisai avant d'allumer la douche. Je n'aurais pas dû m'en préoccuper autant après avoir vécu l'enfer, mais une petite partie de la dignité qui me restait s'était éteinte à l'instant où mon regard s'était posé sur mon reflet dans le miroir. Ils m'avaient tous vue comme ça.

Je brossai mes cheveux emmêlés, puis me glissai sous la douche. Lorsque je sentis la chaleur de l'eau chaude sur ma peau, je fermai les yeux et laissai l'eau couler sur mon corps pendant plusieurs minutes avant d'entreprendre mon décrassage.

Peu importe l'énergie que je déployais à me frotter vigoureusement, rien ne pouvait guérir la crasse qui m'habitait. J'avais tué un animal de mes dents, puis déchiqueté sa chair. Ce n'était *pas* la même chose que de manger un steak juteux ou un hamburger, car on ne sentait pas la nourriture rendre son dernier souffle.

Enroulée dans une serviette douce après m'être séchée, je regardai les vêtements laissés sur le lit. Il y avait quelques leggings, des T-shirts trop grands et des sous-vêtements neufs. Avec un peu de chance, je porterais bientôt mes propres vêtements.

Habillée de l'un des hauts, noué sur le devant, je retournai dans la salle de bain me brosser les dents.

Je retroussai mes lèvres et examinai mes dents. Elles avaient la même apparence qu'avant, mais semblaient légèrement plus blanches. Avec une vision désormais plus nette, peut-être avaient-elles toujours été très blanches. Mes yeux paraissaient quant à eux presque surnaturels, plus brillants. Comme si une fine pellicule les avait depuis toujours recouverts et qu'ils se révélaient désormais sous un nouveau jour, plus éclatants que jamais.

Soudain, le souvenir de mes crocs plantés dans cette pauvre biche refit surface. J'agrippai le bord du lavabo. À contrecœur, je réalisai que j'avais trouvé ce festin... Délicieux.

Puis, prise d'un vif pincement dans la bouche, je contemplai à nouveau mes dents.

— Non, non, non ! m'écriai-je.

Je passai ma langue sur mes canines pointues, puis serrai ma poitrine, comme si mon cœur était sur le point d'exploser. Je n'arrivais plus à respirer. Comment pouvais-je en même temps avoir des crocs et me tenir sur mes deux jambes ?

Je repris mes esprits, puis me précipitai dans le couloir. Hésitante, je tambourinai à la porte de la chambre de Cole. Pas de réponse.

Je décidai alors de rentrer, puisque la porte n'était pas fermée à clé.

J'entendis la douche en marche et de la musique provenir de la salle de bain. Je n'aurais jamais imaginé Cole être le genre de personne à écouter de la musique en se lavant. Dansait-il et fredonnait-il en même temps ?

J'essayai de garder mon calme et m'assis sur le bord du lit. Bien qu'il méritait qu'on lui ruine son intimité et sa dignité, inutile de faire irruption dans la salle de bain. Je ne pus rien distinguer d'où j'étais, même la porte entrouverte.

Le moment aurait pu être idéal pour m'échapper, mais je n'avais aucune idée de l'endroit où se trouvaient les clés des véhicules ou de quand se déclencherait ma prochaine transformation et potentielle agression. Mon pouls augmenta en pensant à l'éventualité d'attaquer quelqu'un.

Putain de merde. Et si je me transformais en conduisant ?

Il fallait vraiment que je fasse quelque chose avant de partir en crise d'angoisse. Je me levai et allai vers la table de nuit, me mordant la lèvre avant de l'ouvrir. Je ne connaissais pas Cole si bien que ça, et il était de coutume de voir les gens cacher leurs petits secrets dans leur table de nuit.

Mon regard tomba d'abord sur une petite boîte de préservatifs, détail qui me fit grincer des dents. Je sentis aussitôt le goût cuivré du sang remplir ma bouche. Je jurai à voix basse. Pourquoi me sentais-je mal ? Malgré moi, je ne pus m'empêcher d'imaginer Cole en pleine partie de jambes en l'air. L'image me donna envie de hurler.

À côté se trouvait un couteau à l'aspect dangereux rangé dans un fourreau. Je m'en emparai. Il devait aussi avoir une arme à feu quelque part. Aucun homme n'en apportait une pour son premier jour de travail sans en avoir d'autres à la maison.

Je vérifiai sous les oreillers et passai ma main sous le bord du matelas. En général, c'est à cet endroit qu'ils les cachaient dans les films. Et puis, comme j'avais l'air d'être dans une fiction, raison de plus.

Une fois de l'autre côté du lit, mes doigts effleurèrent la poignée d'une arme. Je la sortis avec précaution. C'était un pistolet. C'était à peu près tout ce que je savais. Ma connaissance des armes étant uniquement liée aux jeux vidéo.

Le bruit de la douche s'arrêta net. Je sentis mon rythme cardiaque accélérer, et décidai de glisser le pistolet et le couteau dans la taille de mon legging, priant pour qu'ils ne tombent pas. Je dénouai ma chemise et la laissai retomber sur ma taille. Heureusement, le vêtement était suffisamment ample pour dissimuler la bosse formée par les armes.

Je me tins au pied du lit et gardai les yeux rivés sur le miroir de la salle de bains. Lorsque son corps mouillé apparut, j'étouffai un soupir de satisfaction. Quelque chose ne tournait décidément pas rond chez moi.

Ses yeux rencontrèrent les miens dans le miroir. Il enroula une serviette autour de sa taille, puis entra dans la chambre, l'eau ruisselant sur son corps. Mes yeux se fixèrent sur une goutte coulant le long de sa poitrine musclée, puis jusqu'au bord de sa serviette.

— Qu'est-ce que tu fais ici ?

Il me regarda, puis tourna la tête vers la porte, et me regarda à nouveau.

— Tu as frappé ?

— Tu me poses sérieusement la question après m'avoir enfermée *nue* dans une cave ? Tu as de la chance que je ne sois pas entrée et que je ne t'aie pas coupé les...

Il fit un geste de la main comme pour me faire taire.

— Qu'y a-t-il ?

Je déglutis, puis passai ma langue sur mes dents, heureusement revenues à la normale.

— Mes dents sont-elles censées... sortir quand je me regarde dans le miroir ?

Ses yeux s'agrandirent. Il passa sa main sur son visage, puis la passa dans ses cheveux.

— Les louveteaux ont ce problème.

Les louveteaux ? Ils appelaient leurs enfants des louveteaux ? Je ne savais pas si je devais être horrifiée qu'ils prennent leur statut de loup aussi sérieusement ou m'extasier devant la mignonnerie de la chose.

— Et les adultes ?

— Ceux qui perdent la tête.

Il alla jusqu'à sa commode et en sortit un caleçon noir.

— Tu pensais à la biche ?

Il ne m'aidait pas du tout.

— Oui, je me sens terriblement coupable de l'avoir tuée.

Il enfila son boxer sous sa serviette, puis la jeta sur le meuble de la salle de bain.

— Tu t'y habitueras. Ça va juste te prendre un peu de temps.

Il se glissa dans un jean, qui me fit saliver en voyant la façon dont il lui épousait le corps si parfaitement, avec ses muscles en V et sa légère toison de poils sombres. Véritable œuvre d'art, son corps était puissant et musclé, sans être trop volumineux, et tatoués sur ses pectoraux et ses bras.

— Combien de temps ? J'ai un travail et une vie. Les gens vont se demander où je suis.

J'étais contente d'avoir pris deux jours de congé pour mon anniversaire. Dommage cependant de les avoir passés enfermée et évanouie.

— Je sais que tu n'as pas envie d'entendre ça, mais il serait dans ton intérêt de rester ici. Arbor Falls n'est pas une ville sûre pour toi, et je ne voudrais pas que l'autre meute te mette la main dessus, m'expliqua-t-il depuis son dressing.

Il en ressortit avec une chemise grise. Cette couleur lui allait si bien, je me mordis la lèvre.

— Et cette meute est meilleure que l'autre ? Qui a dit que je voulais être dans une meute ? Peut-être que ma transformation ne s'est produite que deux fois à cause du danger.

— Raison de plus pour rester ici. Tes transformations sont incohérentes. Tu devrais en avoir le contrôle total, que tu sois effrayée, en colère, ou que tu veuilles juste aller gambader.

Il s'approcha, alors que je reculai vers la porte.

— Tu ne partiras pas, Ivy.

Avant que je ne puisse reculer davantage, il me coinça

contre la porte fermée. Étonnement, quelque chose m'empêcha de lui mettre un coup de genou dans les couilles et de m'enfuir.

— Pourquoi est-ce ça t'intéresse, de toute façon ? chuchotai-je.

Il approcha ses lèvres de mon oreille.

— Parce que tu es ma compagne.

CHAPITRE 12

Ivy

— Allez, Ivy. Ouvre la porte.

Cole était devant ma chambre depuis plusieurs minutes, essayant de me convaincre de lui ouvrir. J'étais surprise de voir qu'il ne l'avait pas déjà enfoncée.

Après m'avoir déclaré que je ne pouvais pas partir et que j'étais sa compagne, j'avais couru dans ma chambre temporaire et m'étais enfermée à l'intérieur. J'avais aussitôt caché le pistolet et le couteau sous le matelas, sans même savoir pourquoi je les avais pris.

Je fis les cent pas devant la fenêtre, réfléchissant à mes différentes options. Tout se passait si vite, et pour couronner le tout, Cole Connard Delaney disait être mon compagnon.

Si être la compagne de quelqu'un rimait avec ce besoin de crier sa frustration, alors les auteurs de romances paranormales avaient tout faux. N'étais-je pas censée voir la vie en rose et avoir cette envie irrépressible de déchirer ses vêtements ?

Cette idée me plaisait de plus en plus.

Je me cachai les yeux avec mes mains et gémis. Penser à lui nu n'était pas la solution. Je devais plutôt trouver comment accepter l'idée d'être devenue une tueuse de Bambi sans pitié.

Le souvenir de la biche me traversa à nouveau l'esprit, des larmes perlèrent au coin de mes yeux. J'avais beau détester pleurer, les larmes ne s'arrêtaient pas.

Je tirai les couvertures sur le lit et me glissai dans le cocon chaud et douillet, prête à rester cachée jusqu'à me réveiller de ce cauchemar. Au moins Cole n'était plus là, mais il n'avait toujours pas disparu de mes pensées. J'étais attirée par lui de façon incontrôlable, tel un papillon de nuit vers une flamme, telle une biche par des phares de voiture.

Une biche.

Quelqu'un toqua à la porte. J'avais dû dormir un moment, car la nuit était tombée. Je gémis et mis un oreiller sur ma tête, en espérant que ça couvrirait les coups et la voix irritante de l'autre côté de la porte.

— On va dîner si tu veux te joindre à nous.

Cole cessa de frapper, puis partit.

Je grognai en entendant mon estomac gargouiller. Il fallait que je mange de la vraie nourriture pour avoir de l'énergie et garder mon esprit clair.

J'arrangeai rapidement mes cheveux en un chignon et sortis.

Assis à la table de la cuisine, Cole et Eli levèrent la tête au moment où je descendis l'escalier. Je m'étais presque attendue à les voir manger devant la télévision.

Je traversai la pièce et m'efforçai de ne pas regarder ces divines créatures. Un supplice. Un énorme supplice.

Tous les deux très attirants, ils l'étaient d'une manière complètement différente l'un de l'autre. Cole dégageait une espèce d'aura dangereuse, du genre « ne me cherche pas », tandis qu'Eli semblait plus affectueux. Plus grand, plus mince, et plus jeune que Cole, il pouvait aussi se vanter d'une incroyable musculature. Eli avait une peau hâlée comme s'il passait tout son temps au soleil, des cheveux courts, couleur noir de jais, et une barbe de trois jours.

Ses yeux marron foncé étincelèrent lorsqu'ils rencontrèrent les miens.

L'odeur de la viande me titilla les narines. Je réprimai un grognement.

Tout doux, ma fille.

Je m'assis à la table circulaire entre Cole et Eli et fixai mon assiette. Alors que j'inhalai profondément le fumet, je réussis à identifier chaque ingrédient. Une venaison saignante accompagnée d'une réduction de mûres parfumées. Je n'hésitai pas une seconde et m'emparai de mes couverts tellement les effluves du plat sentaient bon.

Non sans me demander s'il s'agissait de la biche que j'avais tuée le matin même.

Alors que je dégustai la première bouchée, je ne pus empêcher de laisser échapper un petit gémissement. Les deux hommes me fixaient du regard.

— Un problème ? demandai-je en sachant très bien la raison.

S'ils voulaient me retenir contre ma volonté, je ne comptais pas leur faciliter la tâche.

Cole commença à manger, Eli prit une gorgée de vin, mais ne toucha pas à son assiette. Le silence me pesait, en partie car mon esprit bouillonnait de questions. Notamment celle de savoir qui était le cuisinier. J'avais besoin de m'en attirer la sympathie.

Je soupirai, mangeai ma dernière bouchée, puis m'adossai contre ma chaise. Par chance, mon corps semblait encore accepter de la nourriture cuite.

— Tu en veux encore ? m'interrogea Eli en montrant son assiette.

Était-ce la raison pour laquelle il avait attendu ? Je n'étais pas une spécialiste en loup, mais c'était le genre de chose que faisait un oméga : attendre que la meute ait fini de manger. Seulement, je ne faisais pas partie de leur meute et aucun de nous trois ne s'était transformé.

— Ça ira. Mais c'était délicieux.

Alors que je m'essuyai la bouche avec ma serviette, Eli commença enfin à manger. Je décidai de porter mon attention sur lui, puisqu'il n'était pas celui à proclamer que j'étais sa compagne.

— Mes amis et mes collègues vont s'inquiéter si je ne rentre pas lundi.

Cole prit un verre de ce qui semblait être du whisky, puis s'éclaircit la gorge.

— Eli a envoyé un email depuis ton téléphone pour demander des congés pour raisons personnelles. Y a-t-il quelqu'un d'autre à contacter ?

— Mon téléphone fonctionne toujours ? Je veux le récupérer.

Je regardai Eli, ses yeux rivés sur son assiette.

— Eli, aide-moi.

— Je ne peux pas.

Il grimaça et leva ses longs cils en me regardant. Merde, sa timidité le rendait tellement mignon.

— C'est trop risqué, trancha Cole en remplissant mon verre de vin sous le regard agacé d'Eli.

Je le fixai, ahurie, comme si dix têtes et une queue de singe venaient de lui pousser du corps.

— Trop risqué ? On parle de bouleverser ma vie entière ! En quoi me laisser parler à des gens que je connais est-il un risque ? Je ne compte pas leur dire.

Sauf à Riley. Peut-être.

J'attrapai le verre de vin et le descendis d'un trait. J'aurais dû lui prendre la bouteille des mains et la boire cul sec.

— On écrira aux gens à ta place. On pourrait leur dire que tu es partie te ressourcer dans une retraite de bien-être ou bien que tu es en cure de désintoxication pour un problème d'alcool, dit Cole en haussant les épaules comme si ça n'avait pas d'importance. Ça aurait été trop suspect si on s'était arrêtés de travailler en même temps. Même si je ne suis que bénévole, j'ai promis à Barbara que je resterais jusqu'à ce qu'elle trouve un nouveau pilote.

— Un problème d'alcool ?

J'attrapai la bouteille de vin et bus directement au goulot, sans pouvoir résister.

— Tu n'as pas répondu à ma question.

— Je ne te fais pas confiance quand tu dis que tu ne vas pas nous exposer.

Cole me prit la bouteille et la posa.

— On ne sait rien de toi.

Invraisemblable. Ma patience à bout, j'attrapai mon couteau, sans savoir quel était réellement mon but. Une voix dans ma tête, qui devait appartenir à celle de ma louve, m'encourageait à passer à l'action. Je n'allais pas le poignarder avec.

Cole se leva brusquement et me regarda fixement, les yeux flamboyants.

— Essaie.

Comme suspendu dans les airs, le défi resta un long moment sans réponse, avant qu'Eli ne s'approche et ne retire le couteau de ma main.

— Allons, allons, les enfants. Essayons de nous entendre. Peut-être qu'un jeu vidéo violent vous soulagerait.

Il rit, mal à l'aise, et posa le couteau de l'autre côté de son assiette.

— Assieds-toi, avertit Cole, son regard toujours fixé sur le mien.

Son ton autoritaire et exaspérant était de retour.

— Non, ripostai-je, les bras croisés.

Pour qui se prenait-il à me donner des ordres comme si j'étais une enfant ?

Eli intervint.

— Pourquoi est-ce qu'elle…

— Tais-toi, cracha Cole, la serviette qu'il tenait dans son poing jetée dans son assiette.

Il prit son verre et se dirigea droit vers le couloir où se trouvait la porte du sous-sol. Je sursautai au moment où la porte claqua.

Adossée sur ma chaise, je soufflai, attrapai la bouteille de vin, et en bus une autre gorgée.

— D'où sort cet énorme balai qu'il a dans le cul ?

Comme si son loup prenait le dessus, Eli inclina légèrement la tête sur le côté, ses yeux brillèrent d'un éclat ambré pendant un moment.

— Cole est l'alpha de notre meute et tu es sur son territoire. Tu ne devrais pas le défier comme tu le fais, même sous ta forme humaine. S'il te dit de t'asseoir, tu t'assieds.

Je renâclai bruyamment, sceptique.

L'histoire des loups, d'accord. J'étais un loup, et eux aussi. Mais accepter cette hiérarchie ? Je n'étais pas sûre de pouvoir gérer le fait de recevoir des ordres ou d'être une fille… soumise.

— Tu pensais que je le défiais là ? Je ne fais que commencer.

— Tu joues avec le feu alors.

Eli se leva et commença à débarrasser la table.

— Peut-être que j'aime quand ça brûle, marmonnai-je en serrant la bouteille de vin contre ma poitrine.

Un vin rouge millésimé qui avait probablement dû coûter un bras et une jambe, et j'avais bien l'intention de le boire en entier.

Il fredonna en rinçant les assiettes qu'il avait mises dans l'évier.

— Je pense que ce dont on a besoin, c'est d'une bonne soirée film. À moins que tu ne sois fatiguée.

— Je ne suis pas fatiguée. J'ai fait une sieste assez longue, répondis-je en me levant pour l'aider à débarrasser la table.

— Tu vis ici aussi ?

— Oui. J'ai une chambre en bas. Cole est mon meilleur ami, et je m'assure qu'on s'occupe bien de lui. La meute passe beaucoup de temps ici aussi, surtout à l'arrière ou dans le repaire et la salle de sport à côté. Cole leur a dit de rester à l'écart jusqu'à ce qu'on soit sûrs que tu n'es pas enragée.

— Ouah, merci,

Je lui tendis le reste des plats.

— Au fait, Cole déteste quand la vaisselle reste dans l'évier. On va regarder un film ? fit Eli en laissant toute la vaisselle dans l'évier, un sourire en coin.

J'étais contente de constater qu'il aimait aussi le taquiner. Regarder Cole perdre son sang-froid me plaisait beaucoup. J'avais beau avoir vingt-six ans, ça ne voulait pas dire que je devais agir comme une adulte tout le temps.

Eli s'assit sur le grand canapé, qui semblait pouvoir accueillir facilement dix personnes, et alluma l'écran plat au-dessus de la cheminée. Je m'assis à bonne distance de lui, et posa la bouteille de vin sur la table basse, un coussin serré contre ma poitrine.

J'étais en plein conflit intérieur. D'un côté, je savais que je n'avais pas d'autres choix que de rester avec eux. De l'autre, je voulais retrouver ma vie d'avant et prétendre que tout ça n'était qu'irréel. Mais c'était réel. Je n'étais pas dans le déni. Adolescente, j'avais vu de mes propres yeux qu'un autre monde existait sous l'océan. Il était donc logique qu'il y en ait un aussi sur Terre.

Pas vraiment concentrée sur la comédie romantique qu'Eli venait de lancer, j'étudiai mes différentes options et essayai de deviner où ils pouvaient avoir caché mon téléphone.

Après environ une heure, j'eus la sensation que le monde écrasait ma poitrine.

— Est-ce qu'il y a une salle de bain ici que je peux utiliser ?

Je me levai et m'étirai.

— Troisième porte sur la gauche. Tu veux que je mette sur pause ? dit-il sans quitter l'écran des yeux.

Il semblait plus à fond dans le film que je ne le pensais.

— Non. Je l'ai déjà vu, mentis-je.

C'était faux, mais ça n'avait pas d'importance puisque j'avais déjà raté la moitié du film.

Je traversai le couloir, passant devant la porte défoncée du sous-sol et m'efforçai de me souvenir si Eli avait dit la troisième porte à droite ou la troisième à gauche.

J'ouvris la porte à côté du sous-sol, et au lieu de trouver la salle de bain, je tombai sur le garage. J'avais déjà vécu dans une grande maison plus jeune, mais elle n'avait rien à voir avec celle-ci. Le garage aurait probablement pu contenir encore plus de voitures si elles avaient été avancées complètement et garées pare-chocs contre pare-chocs.

La collection était impressionnante. Je n'avais jamais pensé que des garages de cette ampleur existait à part ceux dans les manoirs démesurés. Je vis un énorme VUS, une moto, deux voitures de luxe, et assez de véhicules toutterrains pour une demi-douzaine de personnes. Sans compter le camion avec la voiture accidentée dans l'allée.

Cole devait être un sacré dealer pour se permettre toutes ces choses. Je ne m'y connaissais pas beaucoup en voitures de sport, mais elles devaient coûter une fortune. Certaines devaient appartenir à Eli.

Je pénétrai dans le garage, et refermai doucement la porte derrière moi pour ne pas risquer d'attirer l'attention. J'avais pensé réussir à faire face à cette situation difficile, mais la réalité m'avait sauté aux yeux alors que j'essayais de me détendre dans le salon. J'étais tellement tendue ces temps-ci que lorsque j'avais finalement lâché prise, ne serait-ce qu'un instant, mon esprit m'avait rattrapée.

J'avais besoin de dormir dans mon lit et de porter mes propres vêtements. Peut-être que je n'acceptais pas la situation aussi bien que j'essayais de m'en persuader.

Je m'approchai timidement des voitures et regardai à l'intérieur, sans savoir vraiment ce que j'espérais y trouver. Rien n'avait pourtant changé depuis ce matin, mais une faible lueur d'espoir m'animait intérieurement.

Ne trouvant aucune clé, mon dernier élan de courage me quitta instantanément, me laissant échapper un cri de frustration. Je m'assis sur le sol dur en ciment et m'appuyai contre une voiture, les genoux contre ma poitrine. J'enfouis mon visage dans mes bras et me laissai aller à un moment de faiblesse.

Alors que je pleurais durant ce qui me semblait être une éternité, je sentis soudain le poids d'un regard. Je levai la tête et vis Cole, adossé contre une voiture, les bras croisés.

Il était bien la dernière personne que je souhaitais voir. En plus, il me trouvait dans un état pitoyable, à pleurnicher.

— Pourquoi es-tu là ?

L'espace d'un instant, j'eus l'impression de voir ses yeux

briller d'inquiétude, mais une seconde plus tard, tout avait disparu.

— Pourquoi *toi* tu es là ? répliquai-je.

Je me relevai du sol et gardai la tête haute malgré mon visage rouge et bouffi.

— C'est *mon* garage.

Il se releva en s'aidant de sa hanche et me bloqua le chemin vers la porte alors que je m'apprêtais à passer devant lui.

Il sentait le whisky et la cire de carnauba, un mélange qui donna à ma louve envie de glapir de joie. Elle l'aimait un peu trop à mon goût. C'était un sentiment étrange d'avoir quelque chose en moi avec ses propres sentiments et pensées.

— Eh bien, puisque c'est le tien, je suppose que je devrais partir.

J'essayai à nouveau de passer devant lui, mais il continua à se mettre en travers de mon chemin.

— Laisse-moi partir, Cole.

Je n'étais pas contre me battre pour pouvoir passer. Ma louve et moi en avions assez de ses démonstrations fréquentes de domination.

— Il faut qu'on parle.

Évidemment, il voulait discuter de choses dont je ne tenais justement pas à parler, et au pire moment qui soit.

— Peut-être demain, dis-je en le poussant.

Il enroula son bras autour de ma taille et me fit tourner. Instinctivement, mes canines sortirent de leur cachette. Il m'attira contre sa poitrine, une main derrière ma tête, je ne pus m'empêcher de grogner.

Mais que fabriquait-il ?

Il retira l'élastique de ma queue de cheval et enfouit son visage dans mes cheveux, je sentis sa poitrine gronder contre ma joue.

— À moi.

À l'aide de grandes respirations, je tentai de me calmer et de ne pas réagir, mais l'odeur de sa chemise me fit frotter ma joue de façon incontrôlée contre sa poitrine.

J'avais envie de lui.

Je m'éloignai d'un coup et me précipitai dans la maison.

Une fois dans la salle de bain, je fermai la porte à clé, complètement dépassée par les événements.

CHAPITRE 13

Ivy

J'eus l'impression que les murs se refermaient sur moi. Il fallait que je sorte de la maison immédiatement. J'avais beau attendre dans la salle de bains, mes crocs refusaient de se rétracter. Je percevais toujours le son du film en fond, et n'avait pas entendu Cole quitter le garage.

Pourquoi ma louve semblait-elle affamée alors que je venais de manger ? Était-ce normal ? Elle avait dévoré une biche il y a douze heures, mon dîner avait été copieux, et maintenant elle en voulait plus ?

J'examinai la fenêtre de la salle de bain, puis regardai mes pieds nus. Ils me laissaient un peu d'air ; l'occasion parfaite pour m'enfuir.

Je fis basculer le loquet de la fenêtre et le poussai vers le haut. Je sentis ma louve, impatiente, glapir en signe d'approbation. Quelle sensation étrange d'avoir quelque chose d'autre en moi et de l'entendre comme si elle était juste à côté de moi.

Elle, elle ne voulait pas s'échapper. Elle voulait Cole, Eli et tous les cervidés de la forêt. Y repenser fit naître un grognement dans ma gorge. Peut-être qu'un petit encas la calmerait.

Oh mon Dieu, mais à quoi étais-je en train de penser ?

Je poussai la vitre et la laissai tomber sur le sol à l'extérieur. C'était la première fois que je m'enfuyais par une fenêtre. Rien de plus périlleux que de se tenir sur les toilettes et d'essayer de sortir son corps par l'ouverture sans tomber sur la tête. Le nombre d'étudiants que j'avais entendu raconter les fois où, plus jeunes, ils s'étaient faufilés par la fenêtre de leur chambre, comme si c'était facile à faire. En l'occurrence, je ressemblais plutôt à une contorsionniste.

Après un atterrissage réussi sans me briser la nuque, je me déshabillai rapidement et posai mes vêtements sur le rebord de la fenêtre, pressée de me transformer pour pouvoir courir plus vite. Je la sentis s'asseoir et pencher la tête sur le côté. Rien ne se passa, j'étais toujours humaine. Je ne pouvais pas la visualiser, je *savais* simplement que c'était ce qu'elle faisait.

Quel était le fonctionnement ? Après plusieurs minutes de frustration, à souffler et à haleter sans parvenir à me transformer en loup, je remis mes vêtements et me ruai vers les arbres.

Je humai l'air. Une odeur alléchante m'appâta, je décidai de la suivre. C'était si incongru de renifler l'air à la recherche d'un animal à tuer, mais mon cerveau était submergé par ce besoin irrépressible de ma louve. Pourtant, je la sentis s'asseoir et attendre.

Je m'arrêtai et respirai profondément. Un énorme troupeau de cerfs et de biches se trouvaient dans les parages.

Je jetai un coup d'œil derrière un arbre et repérai deux cerfs côte à côte, semblant se reposer malgré leurs yeux ouverts. À peine ma louve avait-elle pris conscience de leur présence, qu'elle me fit attaquer. Aucune des deux proies n'eut le temps de réagir. Je bondis sur le plus grand des deux cerfs, et me transformai à l'instant où mon corps rencontra le sien.

Alors que je lacérai son corps, mon esprit se déconnecta totalement. J'aurais pu essayer de me retenir, mais à quoi bon ? J'aurais de toute façon fini par attaquer un autre animal plus tard.

Une fois mon festin terminé, je laissai échapper un rot satisfait, et sans même y penser, me transformai à nouveau. Je détournai le regard, en m'éloignant de la scène macabre. Mes canines s'étaient rétractées, mais un sentiment de dégoût m'envahit le corps entier.

Je tombai à genoux, le visage en pleurs.

— Je suis tellement, tellement désolée.

Je savais que la bête ne risquait pas de m'entendre, puisqu'elle était morte, mais ça me soulageait un peu d'une certaine manière.

Ma louve était incontrôlable.

Putain. Je ne pouvais pas rentrer chez moi comme ça. Et si je me transformais et tuais quelqu'un parce que je ne trouvais pas de cerfs à proximité ? J'étais ici maintenant, et l'autre option était de rentrer chez moi et de me transformer en loup sans le vouloir. Même si c'était dur à admettre, je me devais de rester. Au moins pour un moment.

Je détestais me sentir impuissante et je haïssais ne pas savoir comment j'en étais arrivée là. Quelqu'un de la meute de Cole ou de l'autre meute m'avait-il abandonnée ? Pour quelle raison auraient-ils fait ça ? Y avait-il quelque chose de mauvais en moi ?

Accepter de devoir compter sur Cole pour m'aider était difficile à avaler. Je ne voulais pas céder si facilement, mais le cerf sans vie, gisant à trois mètres de moi, me forçait à l'admettre.

Je me levai et essuyai la saleté de mes genoux. Pour la deuxième fois aujourd'hui, je dus m'imposer cette marche de la honte nue jusqu'à la maison. Je ne savais pas si les loups suivaient un protocole spécifique en matière d'enterrement, mais je n'avais de toute façon pas le matériel adéquat pour enterrer le cerf.

Je me décidai à revenir sur mes pas. Les lumières de la maison étaient encore loin. Alors que je mis mes bras autour de moi pour me réchauffer, j'entendis des grognements. *Quoi encore ?*

Je fis volte-face et couvris mon corps nu du mieux que je pus. Face à moi se tenaient deux loups, différents des trois autres que je connaissais. Ils grognèrent et se baissèrent près du sol, comme prêts à me traquer.

Après une légère secousse, je tombai en avant, puis réalisai soudain que je me transformai. Mes jambes me rattrapèrent de justesse. Alors qu'ils s'approchaient doucement vers moi, telle leur proie, je grognai en retour. Me battre avec des loups était la dernière chose qu'il me fallait, mais l'idée de les remettre à leur place m'excitait au plus haut point. Avec leurs crocs en évidence, ils me manquaient clairement de respect.

Je me tournai vers le plus grand mâle dans un grondement, les canines sorties. Ma queue se dressa, mes poils se hérissèrent. Prête à attaquer, je m'accroupis, puis m'élançai en avant en même temps que lui.

On s'affronta violemment en grognant et en se mordant mutuellement. L'autre loup recula et se recroquevilla, intimidé par l'affrontement. Après avoir roulé sur le sol, on se sépara, puis se tourna autour. Ma patte arrière saignait, mais je pouvais déjà là sentir guérir.

Assez. Il est de la meute.

J'entendis soudain une voix, semblant venir de nulle part. Un loup gris s'approcha en grondant.

Cole. Alpha. Compagnon. À moi.

Je lui répondis sèchement, et m'accroupis, prête à riposter s'il me parlait de la mauvaise façon. Peut-être que j'avais à nouveau besoin d'être enfermée après tout.

Ne me cherche pas Ivy, je ne veux pas me battre avec toi.

Avant que je puisse retenir ma louve, je bondis et le percutai dans le flanc, la tête la première, l'envoyant voler. Furieux, il grogna, puis se releva rapidement.

Je t'avais prévenue.

Il chargea. On chuta tous les deux.

Son loup plus imposant, me plaqua au sol, et me grogna au visage. Mon cœur se serra, je reculai devant lui, mais refusai de regarder ailleurs. Je sentis ma louve prête à baisser les yeux, mais je ne la laissai pas faire.

Je suis l'alpha de cette meute et tu dois apprendre à montrer du respect.

Sa voix gronda dans ma tête.

La première chose que tu vas faire est de t'excuser auprès de Manny et Dante. Ensuite, toi et moi allons retourner à la maison et établir quelques règles de base.

Il devait plaisanter.

Ce sont eux qui sont venus vers moi en grognant. Je me protégeais !

Enfin, en quelque sorte.

Tu défiais un de mes bêtas !

Il rugit et me fit tressaillir sous ses pattes puissantes, ses griffes s'enfonçant légèrement dans mes épaules.

Et puis tu as osé me défier devant eux. As-tu la moindre idée de ce que je fais habituellement aux loups qui me défient ?

Se faire sermonner par un loup dans sa propre tête se révélait très troublant.

Tu leur fais l'amour ?

Pris de court par ma réplique, il changea de position. Je m'extirpai de son emprise dans une roulade avant qu'il ne pût réagir.

J'ai gagné, mon petit loup. Attrape-moi si tu peux.

Je laissai échapper plusieurs glapissements victorieux et quelque peu dérangés et détalai à toute vitesse vers la maison. Ma louve et moi allions très bien nous entendre. Il semblait que plus nous acceptions l'existence l'une de l'autre, plus nous étions en phase.

Je l'entendis derrière moi. Que comptait-il me faire subir après mon petit spectacle ? De façon surprenante, une bouffée d'excitation m'envahit en y pensant.

Soudain, je trébuchai et tombai la tête la première par terre, reprenant peu à peu ma forme humaine. Il devait forcément y avoir un secret pour le faire sur commande, parce que je n'étais vraiment pas douée.

Affalée la tête dans les feuilles, je poussai un gémissement et pivotai la tête pour en recracher une. Des pieds nus apparurent devant mes yeux, je tendis la main pour tapoter le dessus de son pied.

— S'il te plaît, dis-moi que ma punition est une fessée.

Je levai les yeux vers lui, son visage à peine visible malgré la lumière de la lune. Je pus quand même discerner son regard flamboyant.

Il se baissa, puis me tira par le bras avant de me relâcher et de partir en direction de la maison. Sa tête était livide, mais ses yeux brûlants de désir.

Je courus après lui, préoccupée par son silence. À chaque fois qu'on se parlait, une partie de moi s'emballait. Et puis, ma louve détestait le voir s'éloigner.

— J'avais faim.

Ma peau se hérissa tandis que je le suivis dans la maison chaleureuse, espérant que ma vague explication suffirait à susciter une réponse. Malheureusement, ce ne fut pas le cas. Il se dirigea vers les escaliers.

— Dis quelque chose, Cole.

Le salon était vide, la quasi-totalité de la maison plongée dans la pénombre, et Eli avait disparu.

Une petite étincelle inexpliquée et inattendue parcourut mon corps alors que je suivis Cole nu dans les escaliers. J'avais terriblement envie de lui, comme si la survie de mon âme en dépendait.

Au moment où il ferma la porte de sa chambre sans un regard dans ma direction, ma louve poussa un geignement.

Je fixai le plafond tout en repensant aux événements de la journée. J'aurais dû avoir une envie assommante de dormir, mais mon esprit ne voulait pas se calmer. À l'instant où je réalisai mon indéniable attirance pour Cole, un nœud se forma dans mon estomac. Plus j'étais autour de lui, plus ça empirait.

Peut-être était-il vraiment mon compagnon.

Avant de me décourager, je sortis du lit et traversai le couloir jusqu'à sa porte. Il était un peu plus de trois heures du matin, et au lieu de dormir, je ne pensais qu'à lui.

Je frappai doucement à sa porte. Pas de réponse.

Il devait déjà dormir. Me mordant la lèvre inférieure, je pris une grande inspiration et ouvris la porte, me glissant à l'intérieur. Sans réellement savoir ce que je faisais, l'envie d'être auprès de lui était plus forte que moi.

Allongé sur les couvertures, sur le ventre, il remua sans se réveiller au moment où je pénétrai dans sa chambre. Il paraissait bien moins intimidant affalé en caleçon sur son lit. Je ne pus m'empêcher d'apprécier la façon dont son sous-vêtement lui moulait les fesses.

— Cole ?

Il grogna et roula sur le côté. Je fis quelques pas supplémentaires vers le lit.

Je me baissai à côté de lui, observant son visage si paisible. Je regrettai presque d'être entrée et de l'avoir dérangé. Il devait probablement être encore furieux et n'hésiterait pas à me tuer pour l'avoir réveillé.

Incapable de me retenir, je tendis la main et caressai sa barbe de trois jours. Il ouvrit les yeux et me regarda avec ses yeux bruns endormis.

— Il n'est pas sage de se glisser dans la tanière d'un loup au milieu de la nuit, murmura-t-il d'une voix douce et rauque. Tu es venue t'excuser ?

Pourquoi fallait-il qu'il gâche ce moment ? Je regardai brièvement sa bouche, puis à nouveau ses yeux. Mon souffle se coupa au moment où je sentis sa main s'enrouler autour de mon dos et m'attirer vers lui.

— Parce que si tu es ici dans mon lit pour t'excuser...

Il me serra contre lui, ses lèvres contre mon oreille. Putain de merde, si je m'étais attendue à ça. Peut-être qu'il était encore assoupi.

— Commence par t'excuser, alors.

Alors que sa bouche se posa sous mon oreille, j'émis un gémissement incontrôlé. Il continua à effleurer mon cou de ses lèvres, rendant ma respiration de plus en plus difficile. Sans savoir comment, nos jambes se retrouvèrent entremêlées. Une envie folle de presser mon corps contre le sien me prit, tandis que sa bouche, au niveau du col de ma chemise, me mordilla légèrement la peau.

— Cole... dis-je d'une voix qui ressemblait à celle d'une mégère obsédée.

Il poursuivit son exploration le long de ma peau, puis glissa sa main sous ma chemise.

— Cole, dis-je plus fermement.

— Mhm ?

Ses lèvres se rapprochaient dangereusement de ma

bouche, et sa main se trouvait déjà à mi-chemin sur mon ventre.

— Tu as dit qu'on devait établir quelques règles de base, soufflai-je, ses doigts effleurant ma poitrine.

Il ne savait que trop bien comment me rendre folle. Ses lèvres glissèrent alors sur les miennes avant que je ne puisse à nouveau dire quelque chose, me faisant oublier les règles en question.

J'oubliai tout. Même mon prénom. Le monde s'écroulait autour de nous. Il n'y avait plus que nos deux êtres, connectés pour la toute première fois.

Son autre main derrière ma tête, il intensifia son baiser. Mes mains en profitèrent pour atteindre le bord de son caleçon. Il poussa un gémissement contre mes lèvres.

Mon cerveau prenait seulement conscience maintenant de ce qui se passait.

J'étais en train d'embrasser Cole.

Il arrêta soudain son baiser, retirant ses lèvres des miennes. Sa mâchoire se contracta, ses yeux brillèrent, laissant transparaître ceux de son loup.

— J'accepte tes excuses. Maintenant, sors de ma chambre.

Je sentis mon estomac s'affaisser. Je tentai de lever la main pour toucher son visage, mais il bougea la tête pour l'éviter.

— Quoi ? bredouillai-je confuse, tu... nous...

— Ne t'avise plus jamais de me défier.

Il se retourna, le dos face à moi.

— Bonne nuit, Ivy.

À contrecœur, je décidai de me lever et de me diriger vers la porte avant de perdre la face devant lui. Je sentis ma louve plus contrariée par ce rejet que je ne l'étais réellement. Mais si elle était, alors je l'étais aussi.

— Je pensais que j'étais ta compagne.

J'ouvris la porte, prête à sortir, puis m'arrêtai. Je rassemblai toute la force que je pus pour empêcher ma voix de trembler et déclarai :

— Tu ne seras jamais mon compagnon ou mon alpha.

Je claquai la porte et étouffai un sanglot en retournant dans ma chambre.

CHAPITRE 14

Cole

Putain.

Je roulai sur le dos une fois la porte claquée et fixai le plafond. Pourquoi n'existait-il pas de mode d'emploi pour les femmes ? Bien qu'ils furent mérités, ses derniers mots m'avaient blessé.

Je n'aurais pas dû l'embrasser ni encore moins lui tourner le dos. Mon loup, quant à lui, était hors de contrôle. C'était à la fois sa compagne et son adversaire.

Quel merdier.

Je me passai une main sur le visage et me redressai. Impossible de me rendormir après l'avoir touchée, puis vexée de cette façon.

J'enfilai un pantalon de survêtement et ouvris ma porte. Je n'avais aucune idée de ce que je comptais faire, mais la culpabilité me torturait l'esprit. En temps normal, un Alpha ne culpabilisait pas de punir sa meute quand elle dépassait les bornes. Mais faisait-elle réellement partie de la mienne ?

Ivy devait forcément être *spéciale*, puisque j'arrivais à lui parler à travers ma connexion alpha. Elle avait peut-être accepté de faire partie de la meute sans même s'en rendre compte.

Je me dirigeai vers la chambre d'amis, et posai mon oreille contre la porte en fermant les yeux. De l'autre côté, j'entendis des reniflements. Ma poitrine se serra en réalisant j'en étais le responsable.

Je frappai, puis ouvris la porte. Je la vis allongée de dos. Un désir profond emplit ma poitrine. Était-ce ce que l'on ressentait quand on avait une compagne ?

Je fermai la porte derrière moi et soupirai.

— Écoute, j'ai été con.

Elle laissa échapper un grognement, entre le rire et les larmes.

— Je ne sais pas comment gérer ça. Tout ça. C'est tout nouveau pour moi. Je suis désolé.

Elle s'assit, s'essuya les joues, et se tourna vers moi. Je m'adossai à la porte, prêt à encaisser le coup, vu les flammes qui dansaient dans ses yeux.

— Tu ne peux pas t'attendre à ce que je connaisse toutes les règles qui régissent une meute de loups. Je ne savais pas ce que je faisais là-bas. Ils ont commencé à grogner, je me suis simplement défendue de la meilleure façon que je connaisse. En me battant. Au lieu d'être en colère contre moi, tu devrais peut-être toucher deux mots aux mâles de ta meute. Oser approcher une femelle bien plus petite, nue et seule, ça craint.

Elle se déplaça vers le bord du lit et croisa les bras sur sa poitrine.

— Et ensuite tu m'as houspillée comme une enfant. Je n'aime pas que les hommes me donnent des ordres. Je m'étais juré à dix-huit ans que je ne laisserais plus jamais un homme profiter de moi.

— On t'a fait du mal ?

Si quelqu'un s'en était pris à elle, je devais le trouver et le tuer de mes mains.

Elle se mordit la lèvre.

— Il a eu son compte. Ce n'est pas le problème. Je ne ferai pas partie d'une meute qui utilise un système hiérarchique pour maltraiter les autres.

Je repoussai la porte et pris place à ses côtés sur le lit, lui laissant assez d'espace pour qu'elle ne se sente pas mal à l'aise.

— Chaque loup a son propre esprit.

— C'est une excuse merdique. Je ne connais ma louve que depuis une journée, et je sais déjà que je finirai par être cheffe.

J'esquissai un sourire.

— Tu es une sacrée dure à cuire toi, hein ?

— Seulement quand il le faut.

Elle se glissa sous les couvertures.

— Et maintenant ?

Je me levai et baissai les yeux sur elle. Sa chevelure rousse éparpillée sur l'oreiller me donna envie de m'allonger à côté d'elle et d'y passer mes doigts. C'était certainement trop tard.

— Tu apprends à devenir une louve digne de ce nom.

~

Alors que nous roulions sur la route de graviers en direction de l'autoroute, je jetai un rapide coup d'œil à Ivy. La tête dans sa main, le bras posé sur le rebord de la fenêtre du côté passager, elle regardait le paysage défiler.

Après m'être excusé à plusieurs reprises la nuit précédente, un instant gênant s'était immiscé entre nous avant que je lui tapote la tête et que je retourne dans ma chambre. Qui donne une tape sur la tête d'une femme aussi attirante ? Un idiot, voilà qui.

Je ralentis le camion, alors qu'on arrivait vers une bande d'adolescents de la meute qui jouaient au ballon au milieu de la route.

— Combien êtes-vous ? me demanda Ivy sans me regarder.

Au moins, elle parlait.

Silencieuse tout au long du petit-déjeuner, elle avait montré peu d'enthousiasme lorsque je lui avais annoncé qu'on allait chez elle récupérer les affaires dont elle avait besoin. Je m'étais attendue à ce qu'elle soit ravie de ce rameau d'olivier.

— Trois cent vingt-six, toi comprise.

On était l'une des plus petites meutes depuis le conflit qui nous avait divisés. Certains avaient choisi leur camp et d'autres étaient partis vivre dans d'autres meutes moins prises de tête.

Je ne pouvais pas leur en vouloir. Si j'avais eu le choix, je serais parti aussi.

— Comment faites-vous pour ne pas épouser vos cousins ? m'interrogea-t-elle le plus sérieusement du monde.

Je ris et m'arrêtai au bout de la route, attendant d'être sur l'autoroute pour lui répondre.

— Quand ils sont jeunes, chaque membre d'une meute se déplace dans différentes meutes pour aller à l'université ou pour se rapprocher d'un travail adapté aux métamorphes. Et puis il y a cette application de rencontre appelée Hounder.

Elle s'agrippa à la poignée de la portière.

— C'est une blague ?

— Non.

Je lui jetai brièvement un coup d'œil.

— Tout va bien ?

— La dernière fois que tu étais au volant, on a eu un accident.

Elle prit plusieurs longues respirations, puis relâcha sa prise.

— Et si quelqu'un de ta meute tombe amoureux d'un membre de la meute adverse ?

Je grommelai dans ma barbe. Elle tourna finalement la tête pour me regarder et haussa les sourcils. Elle n'avait probablement pas envie d'entendre parler politique. Bon sang, même moi j'en avais marre de toutes ces conneries.

— Je ne veux pas t'ennuyer avec ça. Les relations au sein de la meute étaient un sujet sensible qui me rendait dingue. En soi, ce n'était pas difficile de s'entendre avec les autres, même si on ne les appréciait pas. Ce qui rendait les choses difficiles, c'était quand quelqu'un pensait que l'autre lui avait causé du tort, à tort.

— Ça ne m'ennuie pas. Ils ont essayé de nous tuer, non ? C'est normal que je sache pourquoi.

Elle avait raison.

— Avant, il n'y avait qu'une seule meute avec un seul alpha. Mon père et le père de Silas étaient ses bêtas. Quand on a eu huit ans, l'alpha a été assassiné, et ils se sont accusés mutuellement de son meurtre.

Je secouai la tête, en repensant à la guerre qui avait éclaté entre mon père et celui de Silas.

— Ils ont accusé mon père de l'avoir fait pour pouvoir devenir l'alpha de la meute.

— Et tes deux pères, où sont-ils maintenant ? demanda-t-elle avec prudence.

Je compris où elle voulut en venir.

— À la retraite. En vieillissant, les loups s'affaiblissent et c'est en général au fils bêta que revient la position d'alpha. Le loup plus fort de la meute est celui qui a le plus de connexions avec les autres loups.

— Et si l'alpha n'a pas de fils ?

Je ne pus m'empêcher d'émettre un grognement à sa question, certain qu'elle aurait son opinion sur la façon dont les choses se passaient.

— Même si je n'avais qu'une fille, elle ne pourrait pas être l'alpha. Les louves peuvent être puissantes, mais pas suffisamment pour diriger une meute. Donc, le règne passe au bêta ou au fils du bêta.

— Évidemment, dit-elle, l'air moqueur.

Il fallait que je choisisse mes mots avec soin.

— Ça c'est pour les loups, pas pour les humains. Une femme cheffe de meute ? Bien sûr, il y a une cheffe, plus forte que toutes les autres femmes, mais il pourrait y avoir des dizaines d'hommes plus forts qu'elle sous leur forme de loup. C'est la nature.

— Eh bien, la nature, ça craint.

Elle regarda de nouveau par la fenêtre.

— Et mes parents ? Mon pelage est différent de celui de tous les loups que j'ai vus jusqu'à présent.

— En effet, approuvai-je en allumant la radio. Il n'existe pas de loups roux.

— Donc, je suis un monstre. Super.

Elle croisa les bras sur sa poitrine.

— Ce n'est pas ce que j'ai dit.

En fond jouait la chanson *River* de Leon Bridges.

— Ce n'est pas parce que tes cheveux sont d'une couleur différente de celle du reste du groupe que tu es moins loup que nous le sommes. Une fois que tu seras installée, on cherchera à connaître tes origines.

— Sors là.

— Quoi ?

Il me fallut un moment pour réaliser qu'elle insinuait « *sors de l'autoroute* », et non d'une partie de mon anatomie.

Je gloussai discrètement. J'avais beau aller sur mes trente-cinq ans, je riais toujours aux allusions sexuelles, qu'elles soient intentionnelles ou accidentelles.

— Pour le coup, tu as manqué cette occasion hier soir, malheureusement, dit-elle avec une once de taquinerie dans la voix, les joues légèrement roses.

Je pris la sortie en direction du centre-ville. À part la radio et ses indications de temps en temps, on resta silencieux jusqu'à chez elle.

Arrivés à destination, je fis marche arrière dans l'allée située devant sa maison. Une demeure qui ne ressemblait pas à ce que j'avais en tête. Je m'étais attendu à un appartement ou peut-être un loft. Au lieu de ça, elle vivait dans une maison classique, avec une pelouse bien entretenue.

— Tu vis seule ?

Je coupai le moteur du camion, sortis du véhicule, puis attrapai les cartons et le scotch entreposés à l'arrière.

— Oui, je l'ai achetée dès que j'ai emménagé ici pour de bon.

Elle monta les marches du perron et déverrouilla la porte. Par chance, on avait retrouvé son sac à main intact dans l'épave de ma voiture et récupéré ses clés, son portefeuille et son téléphone.

Je la suivis à l'intérieur et inspirai. Son odeur ambiante était si forte que je dus réprimer un gémissement. À l'étroit dans mon jean, je sentis mon sexe tressaillir et dus le dissimuler à l'aide des cartons pour qu'elle ne voie pas mon érection grandissante.

Bien que rénové, l'intérieur présentait encore tous les éléments d'une maison traditionnelle, avec des poutres en bois apparentes, des armoires encastrées, des colonnes et des moulages aux fenêtres. Je sentis aussi mon loup gémir fébrilement alors qu'on découvrait la tanière de notre compagne.

— C'est plutôt impressionnant pour seulement vingt-six ans.

Je la talonnai dans les escaliers, en essayant de ne pas

respirer davantage son parfum ou de ne pas regarder la façon dont ses fesses se balançaient dans son legging.

Son odeur me submergeait d'une façon complètement inédite. J'avais beau avoir eu ma dose de copines, aucune d'entre elles n'avait suscité ce genre de réaction viscérale en moi ou en mon loup. Ressentait-elle la même chose ? Ou rien du tout ?

— Tu peux attendre dans le salon. Je dois vider le réfrigérateur de tout ce qui va périmer, si tu veux m'aider.

Elle s'arrêta à la porte de sa chambre, puis se retourna pour me faire face.

— Qu'est-ce qui ne va pas ? Tu as l'air… de souffrir.

Elle me prit les cartons et le scotch des mains. Alors que nos doigts se frôlèrent, je sentis une décharge de désir me courir le long des bras, sur le cœur, puis sur mon membre. Sa main en l'air quelques instants, elle se retourna et entra dans sa chambre.

— Rien, des trucs de loup.

Je la suivis et observai la pièce. À première vue, une chambre typique, mais je savais au fond de moi que c'était tellement plus que ça. Là où elle s'était reposée chaque nuit, et où elle avait probablement accueilli des hommes. Je refoulai un grognement.

Son lit défait avait assez d'oreillers pour étouffer accidentellement quelqu'un. Un livre était posé sur une chaise dans un coin, un verre de vin vide trônait sur une petite table à côté. Et son odeur… Omniprésente.

Je fermai les yeux et humai l'air à nouveau.

— Tu es vraiment en train de sentir ma chambre ? me demanda-t-elle, l'air amusée en scotchant le fond d'un carton. C'est bizarre.

— Les odeurs révèlent beaucoup de choses. Tu devrais essayer.

Ne sachant pas trop quoi faire pour l'aider, je me dirigeai

vers la chaise et pris le livre, en observant la quatrième de couverture.

— « Harem inversé » ?

— Oui.

Elle me le prit et le jeta dans le carton.

— Il n'y a rien de tel qu'une femme qui met plusieurs hommes à genoux.

Je grognai silencieusement et m'assis, la regardant jeter ses sous-vêtements et ses chaussettes dans le carton vide. Je me sentais inutile, mais il valait mieux pour moi que je ne touche pas à ses affaires.

— Que t'a révélé ton odorat alors ?

Elle ouvrit son armoire, et son odeur me submergea à nouveau. Je remuai sur ma chaise, puis décidai d'écarter les jambes et de me pencher en avant, les avant-bras sur les genoux. Ça pourrait cacher ce qu'il faut.

— Qu'il n'y a pas eu d'homme dans cette pièce.

Elle posa une valise sur son lit et l'ouvrit.

— Eh bien, à vrai dire, il y en a eu.

— Pas pour le sexe.

— Un point pour toi.

Elle retourna dans son placard et en ressortit avec une brassée de vêtements sur des cintres, qu'elle mit dans sa valise, avant d'ajouter :

— Quoi d'autre ?

— Tu fais des cauchemars.

— Tu peux déterminer une chose pareille simplement en respirant ? Merde, ne sens pas mes draps alors, dit-elle en riant nerveusement.

Je n'avais pas besoin de sentir son lit pour tout savoir.

— Je vais commencer par vider le frigo, comme ça tu pourras prendre tout ce dont tu as besoin dans ta table de nuit, lançai-je en quittant la chambre alors qu'elle me fixa, bouche bée.

CHAPITRE 15

Ivy

Partagée entre me sentir horrifiée et intriguée par la mention du contenu de ma table de nuit, dès que je l'entendis descendre les escaliers, j'inspirai profondément pour comprendre son allusion. Je m'étais retenue de le faire devant lui, ne souhaitant pas lui donner la satisfaction de constater mon impatience d'apprendre sa technique.

La première odeur, et la seule qui comptait pour ma louve était celle de Cole. Un parfum chaud et épicé, presque comme de la cannelle, qui me donnait envie de me rouler en boule et de la sentir toute la journée, et faisait aussi naître en moi un désir ardent le long de ma colonne vertébrale, puis dans mes tripes.

Je finis rapidement d'empaqueter quelques vêtements, chaussures et articles de toilette et apportai les cartons et la valise devant la porte de la chambre. Je n'arrivais pas à me débarrasser de l'odeur de Cole. Forcément, j'avais passé la journée à ses côtés, et même dans son lit, mais inhaler profondément son effluve réveillait autre chose en moi.

Je portai ma valise jusqu'en bas, et entrai dans la cuisine pour trouver Cole à côté du réfrigérateur grand ouvert.

— Il n'y a pas grand-chose à jeter ici. Je t'ai mis quelques trucs au congélateur.

Il ferma la porte et se retourna pour me regarder.

— Tu as fini de faire tes bagages ?

Alors que je fis un pas vers lui, envahissant son espace, il recula contre le réfrigérateur.

— Oui.

Mes mains se posèrent sur sa taille, mon visage s'enfouit dans son cou. J'inspirai profondément. Cole avait la taille idéale pour se blottir, il me suffisait simplement de lever légèrement le menton pour rencontrer ses lèvres.

— Ivy.

Sa voix était rauque tel un avertissement pour me prévenir que si je ne reculais pas tout de suite, je risquais de finir par terre.

— On devrait sûrement y aller.

— Quand tu es venu dans ma chambre hier soir pour t'excuser, pourquoi est-ce que tu ne m'as pas embrassée ?

Je me blottis encore plus au creux de son cou, mon corps tout entier se sentant en harmonie avec lui.

Une de ses mains parcourut légèrement ma colonne vertébrale tandis que l'autre retira les cheveux dispersés sur ma nuque. Alors que le bout de ses doigts effleura la zone sensible sous mon oreille, je lui fis comprendre mon accord dans un bredouillement.

— Je pensais que tu étais encore énervée, et je ne voulais pas tirer sur la corde.

Il me fit reculer jusqu'à ce que mes fesses touchent le plan de travail.

— Mais je ne cesse de penser au goût de tes lèvres ou à la

sensation de ta peau, chuchota-t-il, ses lèvres sur mon oreille, me laissant échapper un gémissement.

— C'est une mauvaise idée.

Peut-être était-ce réellement une mauvaise idée, mais c'était si agréable que je n'avais pas l'intention de l'arrêter.

Nos lèvres se rencontrèrent dans un baiser qui en disait plus que nous ne pourrions jamais en dire avec des mots. Je ne voulais pas aimer Cole, mais mon corps avait une perspective différente sur la question. Il me criait de ne pas m'arrêter.

Après m'avoir soulevée sur le plan de travail, nous mettant à la même hauteur, il s'approcha de moi alors que j'écartai les jambes. J'avais *besoin* de le sentir près de moi. S'il s'éloignait de moi, je le poursuivrais.

Mes doigts s'enfoncèrent dans ses cheveux, tandis que nos langues se mêlèrent explorant nos bouches respectives. Les jambes enroulées autour de lui, mes tongs tombèrent sur le sol, puis mes talons se positionnèrent au niveau des muscles de ses fesses.

Je sentis sa barbe se frotter contre mon cou alors qu'il embrassa mon menton.

— Cole, tu ne comptes pas t'arrêter, hein ? bafouillai-je sur un ton qui semblait désespéré.

Peu importe, mais je m'en fichais.

— Non.

Il me fit un suçon, me laissant une marque dans le cou, puis s'empara de l'ourlet de mon haut.

— Tu ne veux pas que j'arrête de toute façon ?

Je secouai la tête en guise de réponse, ne faisant pas confiance à ma voix pour m'exprimer normalement. Un sourire se dessina alors sur son visage alors qu'il fit passer mon T-shirt au-dessus de ma tête, puis le jeta derrière lui. Il regarda mes seins nus, puis saisit une poignée de mes cheveux.

— Dis que tu es à moi.

Ses lèvres glissèrent le long de ma clavicule, puis descendirent entre mes seins. Je fis un mouvement vers l'avant pour essayer de me rapprocher de lui. Comme je ne répondais pas, sa bouche cessa de bouger au moment où il se rapprochait dangereusement de mon mamelon.

— Dis-le, Ivy.

— Je ne peux pas, murmurai-je la poitrine serrée.

S'arrêterait-il si je continuais à refuser ? Je n'avais pas l'intention d'admettre quelque chose simplement parce qu'il me l'avait ordonné.

— Alors je suppose que je vais devoir te faire mienne.

Sa bouche s'accrocha soudain à mon téton et me mordit, provoquant à la fois une sensation de douleur et de plaisir entre mes jambes.

Je m'agrippai à ses épaules et pressai mes hanches contre lui alors qu'il continuait de sucer et mordre mes tétons. Bien qu'amatrice de préliminaires, sentir mon entrejambe humide et le désir ardent brûler en moi me rendait folle.

— J'ai besoin de te sentir en moi, maintenant.

Je le repoussai sans ménagement et me penchai en avant pour atteindre le bas de sa chemise. Il émit un grondement puissant, proche de celui d'un animal, et passa la main derrière son cou, arrachant son haut.

— Enlève ton pantalon.

Obéissante, je glissai de mon perchoir et retirai mon legging.

— Tu aimes donner des ordres.

Cole envoya valser ses chaussures et enleva son pantalon à son tour.

La cuisine semblait être le dernier endroit où faire l'amour, mais avant que je ne puisse dire quoi que ce soit, il me souleva à nouveau sur le plan et reprit ma bouche de plus belle.

Je fis un mouvement de recul, alors qu'il se positionna devant moi, prêt à ne faire qu'un.

— Attends, je ne sais pas où tu as traîné.

Il me regarda d'un drôle d'air, puis son visage s'adoucit.

— Il n'y a pas de MST chez les loups.

— Eh bien, c'est rassurant, mais qu'en est-il de tomber enceinte ? Est-ce que la contraception humaine marche au moins ? Laisse-moi en chercher.

J'avais la nette impression de gâcher le moment, mais la dernière chose que je souhaitais, au moment de me transformer en louve, était aussi de devoir porter un bébé.

— Tu avais des préservatifs dans ta table de nuit.

Bien joué, Ivy.

Maintenant il allait se rendre compte que j'avais pris son couteau et par la même occasion son pistolet aussi.

— Comment tu... Peu importe. Oui, ça marche, mais tu ne peux tomber enceinte que pendant la pleine lune de toute façon.

Il grimaça, probablement à cause de mon expression.

— Je sais, je sais. Pas vraiment une conversation glamour.

J'enroulai mes bras autour de son cou.

— Eh bien, dis-moi quelque chose de glamour.

Il posa ses lèvres près de mon oreille, puis attrapa son sexe le frottant contre mon clitoris.

— Ce matin sous la douche, j'ai eu un orgasme en pensant à introduire ma bite profondément en toi.

Il s'immisça en moi d'une lenteur exaspérante, alors que j'enroulai mes jambes autour de sa taille.

— Dis-m'en plus.

— J'ai imaginé à quel point ton corps serait chaud et humide pour moi et la manière dont ta chatte se resserrerait autour de moi quand je glisserais dedans.

Il commença à faire des va-et-vient avec ses hanches, mes orteils se recroquevillèrent sous le mouvement.

— Et c'est comme tu l'avais imaginé ? lui demandai-je en enfonçant mes ongles dans ses épaules, la tête rejetée en arrière.

Il m'embrassa le long du cou.

— Serré et chaud. Putain, Ivy. C'est comme si ta chatte était faite pour moi.

— Alors, baise-moi, dis-je d'une voix presque suppliante.

Son sexe m'émoustillait d'une telle façon que mes jambes en tremblaient, je ne voulais pas qu'il se retienne.

Il accéléra le rythme. Le bruit de nos corps en sueur se heurtant l'un contre l'autre, nos halètements et gémissements résonnant dans toute la cuisine.

Alors que la chaleur se répandit dans tout mon être à chaque coup de reins, mon clitoris palpitait, cherchant à être soulagé de cette pression...

— Je vais jouir, haletai-je contre sa bouche tel un animal.

Il me souleva, se retourna et marcha vers la table de la cuisine. Je gémis n'appréciant pas la diminution soudaine de notre rythme effréné. Mes fesses heurtèrent la table, il se retira me laissant avec un désagréable sentiment de vide et de désir inassouvi. À peine eus-je le temps de me demander ce qu'il fabriquait qu'il me tira, me fit tourner sur moi-même et me poussa contre la table de façon à ce que mes fesses soient pressées contre lui.

— Cole. Qu'est-ce que tu...

Sa main atterrit sur mes fesses d'une telle force, que je glapis face à la douleur, mon sexe se serrant dans le vide.

— Ce cul est à moi.

Il passa sa main sur mon derrière brûlant tout en couvrant ma colonne vertébrale de baisers.

Ses dents mordillèrent ma peau meurtrie, puis l'embrassèrent. Je m'accrochai au bord de la table, tentant de ne pas perdre la tête.

— Cette craque est à moi.

Il fit glisser sa main le long de mes fesses, puis poursuivit ses baisers sur l'arrière de mes cuisses.

— Ces jambes sont à moi.

Je tremblai quand sa main toucha mon sexe ruisselant de désir. Je savais qu'il s'apprêtait à le réclamer. Je poussai alors mes fesses en arrière et écartai les jambes.

— Quoi d'autre est à toi ? m'écriai-je d'une voix tremblante, désireuse de le sentir relâcher la pression entre mes jambes.

Son doigt plongea entre mes lèvres et titilla mon clitoris.

— Ce clito est à moi.

— Mon Dieu, oui.

Je posai ma joue contre la surface froide de la table.

— Prends-le. Prends tout.

— Cette chatte... dit-il, le doigt décrivant des cercles près de mon sexe, est à moi.

— S'il te plaît.

J'étais sur le point d'exploser.

— S'il te plaît, quoi ?

Alors qu'il glissa un doigt en moi, j'agrippai la table.

— Baise-moi, Cole. Baise-moi sur cette table... Fais-moi tienne.

Les mots me semblant justes, je tournai la tête pour le regarder.

— Maintenant.

Son visage semblait concentré, tandis qu'il glissait un deuxième doigt.

— Tu es en train de dire à ton alpha quoi faire ?

Sans attendre, Cole se pencha en avant, me lécha des fesses au clitoris, enfouissant son visage alors que sa langue effleurait mon bourgeon sensible. Je respirai à toute vitesse, les jambes tremblantes alors que je sentis mon orgasme grandir en moi du bout de mes extrémités.

— Oui !

Je criai, un orgasme vibrant dévala le long de ma colonne vertébrale, tandis que Cole continua à me dévorer tel le plus appétissant des festins.

Haletante et épuisée, je le sentis se lever et introduire son sexe en moi, envoyant une autre décharge de frissons dans mon corps. Il tira une chaise de dessous la table et me ramena contre lui, posant une de mes jambes dessus.

— Putain, oui.

Il saisit mon menton, rapprocha mes lèvres des siennes, et gémit dans ma bouche alors qu'il donna un coup de reins encore plus fort.

Les pieds et les mains encore tremblants de mon premier orgasme, j'en sentis un autre, plus profond cette fois, se profiler. Aucune autre de mes expériences sexuelles n'était comparable à celle-ci, j'étais sur le point d'imploser.

Ses lèvres se détachèrent brusquement des miennes.

— À moi.

Il grogna, puis me mordit l'épaule. Mon corps s'embrasa telle une bombe nucléaire, j'étouffai un cri avec le dos de ma main alors que j'eus un nouvel orgasme, si intense que ma vision se brouilla.

Cole donna un dernier coup de reins avant de s'abandonner en moi. Instinctivement, je savais qu'il venait de me marquer comme sienne, mais ça m'était égal.

Puisqu'il était aussi à moi.

Je souris en croisant Cole qui rentrait dans la maison après avoir mis ma valise dans le coffre du camion. Il me fit un clin d'œil, et je sentis mon cou rougir alors qu'il remonta le perron et disparut à l'intérieur de la maison.

Après avoir glissé le carton sur le hayon, j'étais sur le point de retourner à l'intérieur pour m'assurer que tout était prêt, quand un homme sur une Harley arriva dans l'allée juste derrière moi.

Il enleva son casque et passa une main dans ses cheveux ébouriffés, d'un blond sale, qui tombaient jusqu'à son menton. Sa mâchoire carrée était cachée derrière une barbe taillée de près.

Il lança sa jambe par-dessus la moto, posa le casque sur son siège et s'approcha de moi, un sourire carnassier illuminant son visage. Bon sang. Qui était ce type, le chef d'un gang de motards ?

— Euh, salut ?

Je ne l'avais jamais vu auparavant, mais vu son air, il semblait me connaître.

— Je peux vous aider ?

— Je m'appelle Silas, dit-il en se rapprochant avec une main tendue.

Merde, le chef de l'autre meute.

Ne sachant pas quoi faire d'autre, je tendis la main. S'il avait envoyé deux gars nous tuer, la dernière chose que je voulais faire était d'exacerber la situation en refusant une simple poignée de main.

La chaleur se répandit dans mon bras à son contact, mes yeux ne quittant pas les siens d'un bleu clair intense. Il porta ma main à ses lèvres et l'embrassa. Ses yeux se rétrécirent légèrement, puis son sourire étrange revint.

— Tu viens d'emménager dans le coin ?

Je feignis la nonchalance et retirai ma main en me mordant les lèvres. Merde. Que m'arrivait-il avec tous ces hommes ?

— J'ai vécu ici toute ma vie. Je voulais t'inviter à rejoindre ma meute.

Il enfonça les mains dans ses poches et haussa les épaules.

— Tu devrais explorer toutes les options qui s'offrent à toi.

J'entendis un grognement derrière moi, et avant même que je puisse me retourner, Cole tenait déjà Silas par le pan de son T-shirt.

— Qu'est-ce que tu fous ici, bordel ?

Silas leva les mains en signe de reddition et rit comme si se retrouver menacé par un homme qui grogne n'était pas nouveau.

— Je vérifie juste ce qui amène Cole Delaney là où il ne devrait pas être. Je comprends mieux pourquoi maintenant, dit Silas en regardant par-dessus l'épaule de Cole. De quelle meute vient-elle ?

Cole le poussa vers sa moto.

— Elle vient de l'est. Maintenant, va-t'en.

— Tu as toujours eu du mal à partager tes jouets, Delaney.

Silas s'avança si près de Cole que leurs nez se touchèrent presque.

— Tu as envoyé tes bêtas me tuer.

Cole semblait user de toute sa volonté pour se retenir de frapper Silas au visage.

— De quelle meute, Coco ?

Le sourire carnassier sur son visage ne faisait qu'empirer la situation.

Je regardai autour de moi, me demandant à quel moment les voisins allaient en profiter pour sortir et apprécier le spectacle. Une caméra de sécurité filmerait probablement la démonstration de possessivité de deux alphas, et le tout serait très probablement partagé sur les réseaux sociaux.

— La meute de *Forest Hill*.

Ça sonnait bien.

— Tu peux arrêter avant que les voisins n'appellent la police ?

— Je vais appeler l'alpha de Forest Hill dans ce cas.

Silas fit un pas en arrière et passa une main sur le devant de son T-shirt noir avant de me regarder, un sourire en coin.

— Va vers l'ouest si tu te décides à côtoyer de vrais loups, mon lapin.

Mon lapin ? D'où méritais-je un surnom pareil ? Ma louve se sentit aussitôt insultée.

Il enfila son casque, sans me quitter des yeux, et monta sur sa moto. Je saisis le bras de Cole et le serrai alors que Silas descendait la rue.

— Je savais que c'était une mauvaise idée.

Cole alla sous le porche où il avait laissé son carton.

— Quel connard.

— Je pensais que ce titre t'appartenait.

Je ris, puis me raclai la gorge en reprenant mon sérieux, alors que je le vis froncer ses sourcils.

— C'est l'alpha de l'autre meute, non ? Pourquoi parlait-il de partager ses jouets ?

Cole mit le carton qu'il transportait à l'arrière du camion et grimpa les attacher à l'aide de sangles.

— Quand on était meilleurs amis, on partageait littéralement tous nos jouets. On vivait juste à côté l'un de l'autre. Puis la meute s'est séparée.

Pour moi, tout ça ne ressemblait qu'à une flopée de drames inutiles. Qui savait que les hommes pouvaient avoir autant de soucis ? N'avaient-ils pas l'habitude de se battre, de se serrer la main, puis de s'arrêter là ?

— Il y a encore certaines choses que je souhaite emporter, dis-je en retournant vers la maison. Tu me donnes cinq minutes ?

— Ça marche.

Il s'assit sur le hayon et sortit son téléphone.

— Je vais en profiter pour appeler mes bêtas et leur dire que Silas s'est pointé.

Je courus jusqu'aux marches et entrai dans mon bureau, fermant la porte derrière moi. Il fallait que je m'assure que mes amis ne soient pas morts d'inquiétude à l'heure qu'il était.

J'ouvris mon ordinateur portable et plusieurs notifications d'emails et de messageries me sautèrent au visage. Je répondis rapidement à Jessica, qui devait probablement déjà avoir essayé de venir chez moi, et l'informai que tout allait bien et que j'avais simplement besoin d'une pause. Depuis la fin du lycée, je n'avais jamais pris réellement de temps pour moi.

J'ouvris ensuite les messages de Riley et soupira. Elle serait plus difficile à calmer. Notre amitié avait beaucoup changé lorsque nous étions parties à l'université à deux heures l'une de l'autre, puis lorsque j'avais déménagé à quatre heures de notre ville natale.

Riley : *Ton téléphone tombe directement sur messagerie.*

Riley : *On m'a dit à ton travail que tu avais pris des congés. C'est quoi ce bordel ?*

Riley : *Je suis sur le point de prendre ma voiture et de venir. Dis-moi que tout va bien !*

Le dernier message datait de la veille. Je me demandai ce que je devais lui dire. Oui, elle était différente, comme moi, mais je ne savais pas ce que ses semblables feraient s'ils savaient qu'il y avait d'autres espèces comme eux. De plus, je ne savais pas qui pouvait regarder ses messages.

Moi : *C'est compliqué. J'ai besoin de m'absenter un moment. Je suppose qu'on sait maintenant pourquoi les moutons et les chèvres de cette excursion à l'école primaire me détestaient autant...*

Il ne fallut pas longtemps avant que trois petits points apparaissent. Je priai pour que Cole ne vienne pas me chercher.

Riley : *Je ne comprends rien. Pourquoi dois-tu t'en aller ?*

Moi : *J'ai changé. Comme toi en terminale, mais avec beaucoup plus de poils et un faible pour les cerfs.*

Riley : *Laisse-nous t'aider. On peut venir te chercher.*

Moi : *Et finir enfermée ? Non, merci. Ne le dis à personne, même pas aux Trois Mousquetaires. Je vous contacterai dès que possible.*

La porte du bureau s'ouvrit, et Cole me lança un regard de désapprobation.

— Ivy, qu'est-ce que tu fais ?

Je fermai rapidement toutes les fenêtres et éteignis l'écran.

— Je m'assure que mes amis n'appellent pas la police ou ne viennent ici me chercher.

Il passa une main dans ses cheveux, sur son visage, puis secoua la tête. Son regard s'attarda ensuite sur les photos accrochées au mur de mon bureau.

— Tes parents ?

— Oui.

J'attrapai la sacoche de mon ordinateur et le glissai avec le chargeur.

— Ils sont morts dans un accident de voiture en se rendant à ma remise de diplôme.

— Je suis désolé.

Ses sourcils s'arquèrent en signe d'inquiétude. Je pris le soin d'éviter son regard.

Ne pleure pas.

Je me raclai la gorge et mis le sac sur mon épaule.

— On devrait y aller avant que je ne me persuade de ne pas t'écouter.

J'étais bien trop impliquée maintenant pour faire demi-tour.

CHAPITRE 16

Eli

Jardiner était l'un de mes passe-temps préférés pour me détendre. Avec l'arrivée des beaux jours et la neige derrière nous, il était grand temps de s'occuper des parterres de fleurs et de préparer l'extérieur pour le printemps. Savoir ma compagne des nôtres me motivait davantage pour faire de ce jardin une véritable œuvre d'art.

Juste après le départ de Cole et Ivy, je m'affairai pour désherber, couper, et tondre les espaces verts à l'avant et à l'arrière de la maison. Quel bonheur de sentir la fraîcheur matinale céder sa place aux rayons du soleil réchauffant la terre.

D'après Sara, je devais « courtiser » Ivy et lui montrer quel excellent compagnon j'étais. Mon adversaire, Cole, bien que parfois grincheux, avait tout du mâle alpha. Tandis que moi...

Je soupirai et secouai un paquet de mauvaises herbes pour retirer la terre. J'étais le moins susceptible de la meute de trouver une compagne. C'était comme ça. Ma vie tournait avant tout autour du bien-être de la meute.

Alors que je ramassais les dernières mauvaises herbes du parterre de fleurs près du perron, le camion de Cole s'arrêta dans l'allée. Resté seul toute la matinée, j'étais impatient de connaître la réaction d'Ivy lorsqu'elle découvrirait mon travail soigné.

Cole passa devant l'avant du camion, puis ouvrit la porte du côté passager pour laisser sortir Ivy. Leurs effluves mêlés m'accablèrent aussitôt d'une telle force qu'un grognement incontrôlé bouillonna en moi, puis s'échappa.

— À moi.

Je me jetai à terre et me transformai plus vite que je ne l'eus jamais fait auparavant. À l'instant où Cole se mua aussi, je bondis sur lui, on se percuta violemment. Tandis que Cole et moi roulions sur la pelouse, les crocs enfoncés dans la peau de l'un et de l'autre, je sentis un mélange de colère et de regret me submerger. Il gagnerait probablement ce duel, mais je me devais d'essayer. Bien qu'Ivy soit ma compagne, Cole ne s'était pas empêché de prendre son pied avec.

Elle est à moi !

Furieux, Cole me plaqua sur le dos, mais je ne cédai pas et lui mordis la patte avant, tout en me débattant pour m'échapper de son emprise.

C'est ma compagne !

Les crocs en avant, on se tourna autour en grondant.

Tu n'as pas pu résister à l'envie de tremper ta queue dans la nouvelle louve, hein ?

Les grognements de Cole s'amplifièrent à mesure qu'il se rapprochait de moi. Mon instinct premier me conseilla d'abdiquer, plutôt que de courir le risque de me faire arracher la gorge. Mais je sentis au fond de moi cette envie de tout donner.

Je suis l'alpha de cette meute et…

Soudain, l'avertissement de Cole fut interrompu par un violent jet d'eau froide qui nous heurta tous les deux.

Sous la douleur et l'effet de surprise, on glapit et on se sépara immédiatement, à la recherche de l'origine de cet assaut inattendu.

Debout, le tuyau d'arrosage à la main, Ivy tenait ses doigts sur la gâchette, prête à appuyer à nouveau à la moindre prise de bec.

— Ça suffit ! Si c'est l'accueil qui m'est réservée, tu peux me ramener tout de suite chez moi. Arrêtez de vous comporter comme des gamins.

Je ravalai un gémissement et me mis sur le ventre, les fesses en l'air, la queue agitée.

Mon loup ne supportait décidément pas voir notre compagne en colère.

Pourtant, le loup de Cole en décida autrement. Il se dirigea vers elle, le corps baissé dans une position menaçante qui m'aurait fait frémir de peur.

— Cole, recule ou je t'asperge encore le cul.

Ivy tint bon et pointa la buse réglée à pleine puissance droit sur son museau.

Têtu, Cole n'en fit qu'à sa tête. Un pas de plus et c'est tout ce qu'il fallut à Ivy pour appuyer sur la détente et l'atteindre avec un puissant jet d'eau glacée.

Il glapit et trébucha sur ses propres pattes alors qu'il tenta de s'éloigner. Elle ne lâcha pas et s'approcha de lui, essayant de lui envoyer une giclée dans ses parties intimes.

Oh que oui. Ça, c'était ma compagne.

— Bon sang ! Arrête ! cria Cole en reculant.

En position fœtale sur la pelouse humide, la scène fit glousser Ivy qui cessa le jet.

— C'est ce que tu mérites quand tu te bats avec quelqu'un de plus petit que toi.

Je n'étais pas *si* petit que ça.

Alors que je repris ma forme humaine, nu comme un vers, ses yeux se fixèrent sur les miens. Elle pressa les lèvres.

— Ivy.

Je m'approchai lentement et lui pris le tuyau d'arrosage que je laissai tomber par terre.

— Tu es ma compagne, dis-je en lui caressant sa joue.

Elle ouvrit grand les yeux. Ne sentait-elle pas notre connexion ? Pourtant, ma révélation semblait la surprendre.

— Comment ça ta compagne ?

Elle se pencha vers moi sans s'éloigner. C'était bon signe.

— C'est Cole, mon compagnon.

Je fronçai les sourcils et lançai un regard par-dessus son épaule. Cole avait le regard noir, les bras croisés sur la poitrine.

— Mais... Mon loup...

Alors que je me penchai plus près d'elle, Cole émit un grondement sonore. Je fis malgré tout toucher mon nez contre le sien.

— Mon loup est persuadé que tu es sa compagne.

— Tout comme le mien, dit Cole en se rapprochant.

Ivy prit une profonde inspiration.

— Sa louve me voit comme son compagnon.

— Ivy ?

Je reculai, gardant ma main sur sa joue.

— Que dit ta louve ?

Elle fronça davantage les sourcils, puis ferma les yeux.

— Avec Cole, elle ne l'a admis qu'une fois qu'on se battait dans les bois. C'était comme si... plus j'étais près de lui, plus ce sentiment s'exacerbait. Tandis qu'avec toi... pour le moment, c'est juste une reconnaissance.

— Oh.

Je laissai retomber ma main et reculai doucement. Je ne souhaitai rien faire d'autre qu'aller panser mes blessures.

Elle attrapa ma main et m'arrêta dans mon élan.

— Il y a quelque chose, cependant. Il faut dire que j'ai passé plus de temps avec Cole. J'apprends encore à travailler sur la façon dont partager mes pensées avec cette chose en moi.

Elle marqua une pause et tressaillit.

— Elle n'a pas aimé que je l'appelle « cette chose ».

— Deux partenaires ? On peut savoir ce qui se passe.

Cole se rapprocha bien trop près à mon goût d'Ivy et l'entoura de ses bras.

— L'alpha et l'oméga ? Tiens tiens, voilà qui devrait être intéressant.

Ivy s'adossa contre lui. Un vilain sentiment de jalousie me piqua en plein cœur. Je décidai de m'approcher davantage, la coinçant entre nos deux corps nus. Mon sexe le sentit aussitôt.

— Ne vous battez plus pour moi. Je ne suis pas un morceau de viande.

Elle ferma les yeux à nouveau.

— On va trouver une solution avant que ça ne dégénère et que quelqu'un finisse par être blessé.

Je penchai la tête et enfouis mon visage dans son cou humant son odeur enivrante. Ivy sentait délicieusement bon. Un parfum semblable à la rosée fraîche couvrant les fleurs après la première pluie du matin. Je décidai d'ignorer délibérément l'odeur de Cole qui émanait d'elle.

Tout à coup, un raclement de gorge nous interrompit. Nos trois têtes convergèrent en même temps vers la voix et virent Sara debout dans l'allée, appuyée contre le camion, les bras croisés. Un regard amusé et pensif sur le visage.

— Je suis désolée de mettre un terme à ce petit festival de câlins à poil, mais les bêtas exigent une réunion, Cole.

Elle s'éclaircit la gorge, puis poursuivit.

— La rumeur selon laquelle tu as fait entrer Ivy dans la meute sans vote s'est vite répandue.

— Un vote ?

À peine Ivy se défit de notre étreinte que je ressentis immédiatement un manque.

— C'est comme dans « Koh-Lanta », ils peuvent me faire quitter l'île ?

— Il en faut un certain nombre pour être expulsé. Néanmoins, pour être autorisé à l'intégrer, il faut que le conseil de la meute, majoritairement composé de bêtas, soit d'accord.

Sara ouvrit la porte arrière du camion, en sortit deux paires de shorts, et nous les lança à Cole et à moi.

— Habillez-vous. On ne peut pas se permettre de voir des pénis à tout va pour un cas aussi sérieux.

— Cette intégration est un peu différente de celle que nous faisons d'habitude, souligna Cole en enfilant son short.

— Quand a lieu la réunion ? ajouta-t-il les mains sur les hanches.

— Juste avant le dîner de ce soir que tu as prévu avec la meute, sans aucune raison apparente.

Sara leva un sourcil.

— Ils ne sont pas contents de sa présence ici.

Je levai les yeux au ciel.

Dès que quelque chose sortait de l'ordinaire, les bêtas se plaignaient.

Et Ivy était définitivement déroutante.

~

Ivy avait demandé à ce qu'on la laisse seule pour déballer ses affaires une fois emmenées à l'étage. Je ne pouvais pas lui en vouloir. Après notre dispute sur la pelouse et la mauvaise nouvelle du vote potentiellement éliminatoire, ça faisait beaucoup.

Je lui laissai devant sa porte un sandwich et des chips pour le déjeuner, et retournai dans la cuisine où Cole avait déjà presque fini de manger.

— Tu peux me faire un autre sandwich ? Les activités de ce matin m'ont creusé l'estomac, me demanda-t-il sans lever les yeux de son ordinateur ouvert devant lui. Et après, il faudra qu'on discute de ce qui s'est passé tout à l'heure.

Une infime partie de moi eut envie de lui répondre par la négative et d'aller se faire cuire un œuf. Dans un soupir, j'étalai de la moutarde sur mon sandwich au jambon et le mis dans son assiette avant de m'en préparer un autre.

Je m'assis en face de lui et mordis dans mon repas. Le jardinage m'avait ouvert l'appétit.

Après quelques bouchées, je posai mon sandwich et pris la parole :

— Je suis désolé. Je n'aurais pas dû t'attaquer.

Cole pianota plusieurs fois sur les touches de son ordinateur puis ferma l'écran, m'accordant enfin toute son attention.

— Mon loup aurait pu t'égorger, Elias.

Merde, il utilisait mon prénom en entier.

Je pris un petit morceau de croûte sur mon pain et le mis dans ma bouche. Je savais ce qui aurait pu se passer. J'avais déjà imaginé la scène dans ma tête mille et une fois.

— J'ai agi par instinct et j'ai laissé mes émotions devenir hors de contrôle. Mon loup a momentanément oublié sa position.

Ça arrivait rarement, mais quand c'était le cas, ça me rappelait combien mon loup savait qu'il n'était pas *vraiment* tout en bas de la meute, mais qu'il n'était pas non plus près du sommet.

— Et si j'avais été Dante ? Tu aurais pu être sérieusement blessé. Je savais que ça serait un problème à un certain moment. Ton loup n'est peut-être pas le plus fort, mais il n'est pas non plus le plus faible.

Cole jeta sa serviette chiffonnée sur son assiette.

— Je pense que tu dois penser à laisser la nature suivre son cours.

— Non.

J'attrapai son assiette et la mis dans l'évier un peu trop fort. Une partie s'ébrécha.

— Je ne vais pas laisser Sara être traitée de la sorte. Elle a assez de mal comme ça sans que tous les loups ne lui tombent dessus quand ils sont énervés ou ont besoin de se sentir dominants.

On avait déjà eu cette conversation avant, et à chaque fois, elle me mettait de mauvaise humeur et me laissait un goût amer. Sara essayait de ne pas laisser son handicap définir sa partie humaine, mais ça affectait assurément sa partie loup. Et devenir oméga ne l'aiderait pas.

— Si quelqu'un d'autre que Sara nous avait vus nous battre comme ça...

Cole arriva derrière moi et posa sa main sur mon épaule.

— Tu sais combien il est difficile de lutter contre son instinct animal, surtout quand d'autres personnes sont autour.

Je m'agrippai plus fort sur le côté de l'évier.

— Je sais. C'est pour ça que je n'ai pas pu empêcher mon loup de s'en prendre à toi. Qu'est-ce qu'on va faire ? Ton loup ne va pas te laisser la partager.

Il me serra l'épaule puis s'adossa contre le plan de travail à côté de moi, l'air pensif.

— Je ne pense pas que la louve d'Ivy me laisserait te mettre à l'écart. Elle ne te considère peut-être pas encore entièrement comme son compagnon, mais tu n'as pas passé autant de temps avec elle que moi.

Dans un grognement, je repoussai l'évier et m'appuyai contre le plan de travail opposé.

— Ivy doit vraiment être spéciale. Je n'ai jamais entendu

parler de partenaire, et encore moins de deux. Pas dans la vraie vie, en tout cas.

— Ouais, eh bien, elle doit avoir un sérieux mojo alors.

Cole regarda dans l'évier, puis ouvrit l'eau pour rincer la vaisselle. Sa manie ne le lâchait pas.

— Dans sa chambre, j'ai trouvé un livre qui parlait d'une femme avec plusieurs amants.

— Ah, un harem inversé ?

Ça m'intéressait. Certains des autres loups en lisaient aussi, mais ce n'était certainement pas auprès d'eux que j'assumerais librement mes goûts.

— Et je peux savoir comment tu sais que ça s'appelle comme ça ? me demanda Cole en remplissant le lave-vaisselle.

— On apprend beaucoup de choses en lisant des romans d'amour. Tu devrais essayer un jour.

Cole était le seul à connaître mes préférences en matière de lecture. Si quelqu'un d'autre l'apprenait, on ne se gênerait pas pour me charrier.

— C'est un aperçu de l'esprit féminin et de ce qu'une femme attend vraiment d'un homme... Ou des hommes.

— Et qu'est-ce qu'elle attend ?

Il se tourna pour me regarder tout en se séchant les mains.

— Partage tes connaissances. Toute aide est bonne à prendre.

— Eh bien, euh...

Personne ne m'avait jamais demandé de détails sur mes lectures, alors je décidai de dire la première chose qui me vint à l'esprit.

— Des orgasmes. Beaucoup, beaucoup d'orgasmes.

Cole esquissa un sourire et me jeta le torchon au visage.

— Vraiment ? Je pensais que tu allais me parler de double pénétration vaginale.

— Eh bien, ça aussi.

Mon visage s'empourpra. Je décidai de revenir sur notre première conversation.

— Bon, on met notre dispute derrière nous ?

— Pour le moment, oui, décréta-t-il en attrapant son ordinateur sur la table. Finis ton déjeuner, Eli. Tu pourrais avoir besoin d'énergie pour ce qui va se passer dans les prochaines heures.

Parlait-il de la réunion avec la meute ou d'Ivy ?

CHAPITRE 17

Ivy

Deux compagnons ?

J'ignorais quoi faire de ça. Je venais tout juste d'accepter le fait que Cole était plus qu'un simple alpha. Mon corps se remettait à peine de notre première partie de jambe en l'air et anticipait déjà nos futurs ébats.

Et puis, il y avait Eli. Je ne connaissais pas grand-chose de lui, hormis sa position assez basse dans la meute et sa fidèle amitié avec Cole. Que pouvais-je bien faire, bon sang ?

J'avais beau ne pas savoir à quoi ressemblait la relation entre deux partenaires, ma louve ne pouvait pas s'empêcher de faire la belle quand mon regard ou mon esprit se concentrait sur l'un d'eux. La sensation s'exacerbait toujours une fois transformée. Merde, faire l'amour sous ma forme animale était-il aussi une éventualité ? Je frissonnai rien qu'à l'idée. Si seulement j'avais mon téléphone pour appeler quelqu'un.

Je regardai mes cartons à déballer tout en me demandant

par où commencer. Comptais-je réellement abandonner ma vie et en commencer une autre avec la meute ? Je ne pensais pas avoir beaucoup le choix, du moins jusqu'à ce que je trouve comment me contrôler.

Je pris le carton le plus proche, l'ouvris et en sortis une photo encadrée de mes parents et moi. Les larmes me montèrent aux yeux en repensant à leur éternelle bonté. Je n'avais jamais eu l'ombre d'un doute au sujet de mes parents que je pensais être les miens, mais savoir qu'ils m'avaient caché un tel secret avait été un sacré coup dur.

En vingt-cinq ans, des millions d'occasions s'étaient présentées. Pourtant, ils n'en avaient saisi aucune. Je me demandai alors s'ils ne m'avaient pas caché quelque chose volontairement. Savaient-ils potentiellement que j'étais autre chose qu'un être humain ?

Dans mon enfance, j'avais déjà vécu des moments laissant penser que quelque chose ne tournait pas rond, toutefois rien qui n'aurait justifié une recherche plus approfondie sur mon passé. À moins qu'un détail m'eût échappé.

Je posai la photo sur la table de nuit et sortis le cliché suivant de Riley et moi. Nous étions devenues meilleures amies en classe de maternelle, immédiatement après l'avoir vue de l'autre côté de la pièce. C'était seulement après avoir pris connaissance de sa véritable identité que j'avais supposé qu'une sorte d'attraction magnétique émanait d'elle, mais à présent je me demandai s'il y avait autre chose.

Affairée à chercher le moindre signe qui confirmerait ma vraie nature, je faillis faire tomber la photo lorsque j'entendis quelqu'un frapper doucement à la porte. Je mis la photo à côté de celle de mes parents et me frayai un chemin dans le dédale de cartons et de sacs. J'en avais apporté beaucoup trop, mais je n'étais pas sûre de la durée de mon séjour, et il ne semblait pas qu'un autre aller-retour jusqu'à chez moi soit au programme. Surtout après la visite indésirable de Silas.

Pour ma part, je ne savais même pas quoi penser de cette rencontre, mais j'avais senti ma louve intriguée.

J'ouvris la porte et vis Eli debout, un sourire penaud sur le visage. En plus d'être plus grand et plus mince que Cole, il dégageait aussi un air plus enfantin. Il devait avoir mon âge, ou peut-être un peu moins. Sa sœur jumelle semblait, quant à elle, plus jeune que moi.

— Salut.

Je grimaçai intérieurement. Mon accueil semblait si maladroit. Bien que je ne sois habituellement pas nerveuse avec les hommes, je ressentais, avec lui, comme des palpitations dans l'estomac.

— Salut, me répondit-il simplement.

Il passa ses doigts dans ses cheveux noirs et regarda les cartons autour de moi.

— Tu as besoin d'aide pour déballer ? On a environ une heure avant la réunion avec la meute.

— La fameuse réunion pour décider de mon sort ? demandai-je en m'écartant du chemin pour le laisser entrer. À quel point dois-je m'inquiéter ?

— J'aime l'idée selon laquelle chacun décide de son propre destin.

Alors qu'il passa devant moi, son odeur m'enivra instantanément.

— Personne n'a jamais été rejeté par la meute.

Les yeux fermés, j'inspirai profondément, et sentis un gémissement étranglé enfoui au plus profond de mon être. Mon Dieu, ça se passerait comme ça maintenant ? Si je devais geindre à chaque fois que je humais l'un d'entre eux, ma louve et moi allions en venir aux mains.

— Ça va ? s'enquit-il, la main posée sur mon bras.

Sans le vouloir, mon corps se pencha vers lui, pris d'un désir inexpliqué de sentir ses mains sur moi.

— Woah, tes yeux viennent de scintiller.

— Quoi ? sursautai-je surprise de les avoir ouverts.

Je m'éloignai de lui et déplaçai un carton entre nous.

— Pourquoi tu ne déferais pas ma valise ? La plupart des vêtements sont sur des cintres.

— Je suis désolé que tu aies dû déménager précipitamment ici. Ça doit faire beaucoup à encaisser, s'excusa-t-il timidement.

Alors qu'il souleva ma valise sur le lit, je vis les muscles et les veines de ses avant-bras se contracter.

— On n'a jamais eu à faire face à ce genre de situation avant.

Je déposai quelques livres sur la table de nuit, dont le carnet d'adresses et le répertoire téléphonique de mon père. De la vieille école, il avait gardé une trace de tous ses contacts. Une initiative qui se révélait être tout à mon avantage. Je n'en avais parcouru que la moitié, mais sans mon téléphone ou le mot de passe Wi-Fi, je me retrouvais vite limitée dans mes recherches.

— Pourquoi mes parents biologiques m'ont-ils abandonné ?

Je jetai sur le lit mon chien en peluche qui me suivait partout depuis ma naissance.

— Est-ce que je suis au moins une louve du coin ?

Après avoir rangé une bonne quantité de vêtements, Eli prit Ruff Ruff sur le lit.

— Tu es certaine que tes parents adoptifs ne savaient pas pour toi ?

—Je ne peux pas en être sûre, pourquoi ?

J'ouvris ensuite le carton qui contenait mes culottes et mes soutiens-gorge, et en transférai une partie dans le tiroir supérieur de la commode, sous le regard curieux d'Eli.

— On dirait un loup en peluche fabriqué à la main. Il a l'air d'avoir une histoire. Depuis combien de temps tu l'as ? me demanda-t-il en examinant la peluche.

Je laissai tomber une pile de soutiens-gorge sur le bord du lit et lui arrachai des mains.

— Depuis toujours.

Je le serrai contre moi, puis la scrutai de plus près.

— Je pensais que c'était un husky ou un malamute.

Il n'y avait jamais eu d'étiquette indiquant sa provenance, et mes parents l'avaient toujours appelé Ruff Ruff.

— Même si c'est un chien, c'est un choix intrigant comme cadeau pour un bébé.

Alors qu'il tourna les yeux vers ma valise, son regard se posa sur le reste de mes soutiens-gorge et son cou prit une violente teinte rouge.

Prise d'un fou rire, je les attrapai et les fourrai dans le tiroir.

— Donc ce truc de partenaire... C'est normal d'en avoir deux ?

— Ce n'est même pas normal d'en avoir un, me répondit-il une fois ma valise défaite.

Il la referma, puis la rangea dans le placard.

— Les partenaires prédestinés n'arrivent que dans les livres.

— Donc en gros, d'après toi je suis un monstre. Je sais que j'ai l'air différente aussi.

Je soupirai et donnai un coup au fond du carton retourné pour déchirer le ruban adhésif, ce qui n'eut comme seul effet de déformer la boîte.

Eli transforma son ongle en griffe, puis le glissa le long du ruban adhésif et l'ouvrit d'un seul coup. Dès l'instant où je pris sa main pour l'examiner, un éclair ardent se propagea dans mon bras et directement dans ma poitrine. Nos regards se croisèrent. Il enroula sa main autour de la mienne et m'attira contre lui.

— Tu n'es pas un monstre.

Ses yeux étaient dilatés, et sa voix rauque.

— Tu es parfaite.

— Tu dis ça parce que tu es mon...

Avant que je puisse finir, il se rapprocha, puis effleura mes lèvres des siennes. Douces et appétissantes, elles dégageaient un délicieux arôme de noix de coco, de lavande et d'un autre parfum sucré.

Aucun baiser ne m'avait déjà enivrée de la sorte. Je fondis sur lui. Nos bras entremêlés, appuyés contre mes seins, sa langue caressa délicatement mes lèvres. Je me laissai aller, le laissant explorer ma bouche.

Prise de court, je tombai en arrière sur le lit, haletante, puis sentis son poids et son effluve me presser fermement contre les couvertures douces. Tandis que ma raison ne cessait de me répéter de m'arrêter, mon corps, quant à lui, m'encourageait à poursuivre, malgré mes ébats ce matin-là avec un autre homme.

Je me redressai, et pressai ma poitrine contre son buste musclé, les bras enroulés autour de sa taille. Telles deux pièces de puzzle, nos corps s'imbriquaient parfaitement. Je réalisai qu'Eli était plus qu'un type quelconque, il était mon compagnon.

Tout à coup, une voix s'éclaircissant la gorge retentit près de la porte. Eli se desserra aussitôt de notre étreinte, tandis que je m'apprêtais à reprendre possession de ses lèvres. Il se redressa complètement, je me laissai retomber sur le lit.

— Réunion dans quinze minutes, dit Cole, les lèvres pincées, les yeux rivés sur les miens. On devrait y aller ensemble.

Je me mis en position assise sur le lit, puis ajustai mon haut, remonté quasiment au niveau de mon soutien-gorge. Un silence embarrassant s'installa alors dans la pièce. Je mourus d'envie d'enfouir mon visage dans l'oreiller.

Que devais-je penser de tout ça ? Étais-je infidèle de me laisser peloter par Eli ? Coucher avec Cole voulait forcément dire tromper Eli ? Je craquai et me laissai tomber sur l'oreiller, cachant mon visage derrière le coussin au tissu froid.

— Je crois que tu l'as chamboulée.

Je perçus la voix de Cole se rapprocher, puis le bord du lit s'affaisser légèrement sous son poids. Sa main se posa en bas de mon dos.

— Regarde-moi, Ivy.

Je grognai, puis me retournai, le regard fixé sur ses yeux bruns scintillant avec malice. Il posa ensuite sa main sur mon ventre, me provoquant un frisson.

— Quoi ?

— Qu'est-ce que tu veux ? me demanda Cole d'une voix si sincère que j'en perdis mes moyens.

Dans un silence complet, je les observai l'un après l'autre.

— Tu es celle qui détient le pouvoir, puisque tu es la seule à avoir une chatte entre nous trois.

Un peu trop sincère peut-être. Je repoussai sa main, il rejeta la tête en arrière en éclatant de rire, suivi par Eli. Avais-je raté un épisode ?

— Je ne sais pas ce que je veux. En plus de découvrir ma vraie nature, je réalise avoir deux compagnons. Qui sait si j'en aurai d'autres. Au rythme où je vais, d'ici la semaine prochaine, j'en aurai vingt à ma porte.

Cole émit un grognement, reprenant d'un coup son sérieux.

— Eli est mon meilleur ami. Si ça avait été un autre type, je t'aurais revendiquée comme mienne.

— Holà, holà, holà, fis-je en me levant du lit, les bras croisés. Personne n'a parlé de me revendiquer. On ne s'emballe pas. Oui, je ressens une attirance évidente envers vous deux, mais de là à utiliser le terme « revendiquer ».

Eli semblait avoir la mine déconfite.

— Peut-être que ce sentiment a simplement besoin de

temps pour se développer... Tout comme ta capacité à te transformer.

— Sa capacité à se transformer a pris vingt-six ans.

Cole se leva et me frôla. Impossible de dire s'il plaisantait, ou s'il pensait sérieusement qu'il me faudrait un quart de siècle pour développer les mêmes sentiments que les leurs. Ils ressentaient les choses bien plus intensément que moi.

— On va être en retard à la réunion.

Et, la dernière chose que je souhaitais était de faire une mauvaise impression pour cette première rencontre.

CHAPITRE 18

Ivy

Situé à environ quinze mètres de la maison, l'édifice n'était pas ce à quoi je m'attendais. Trompeur de l'extérieur, il mesurait en réalité pratiquement la taille d'un terrain de football. Les arbres environnants contribuaient grandement à le dissimuler.

L'intérieur ressemblait à un centre d'entraînement ultramoderne agencé pour une équipe sportive. Près de l'entrée se trouvait un salon avec écran géant et suffisamment de places assises pour accueillir deux douzaines de participants. Sur le côté, une salle de réunion avec une grande table de conférence et de larges fenêtres donnant sur l'extérieur, puis d'autres portes fermées dépourvues fenêtres.

En face, le reste de la salle était équipé d'appareils de gym et notamment d'un espace pour soulever des haltères. Il y avait même une petite zone limitée dans un coin pour que les enfants puissent jouer.

— Bon sang, la meute possède une équipe de NFL ou quoi ?

Je ne savais pas où regarder en premier, il y avait tellement de choses à contempler.

— Qui paie pour tout ça ?

Beaucoup de gens étaient déjà rassemblés devant des portes coulissantes géantes à l'arrière de l'installation. Ils parlaient et riaient, ne semblant pas encore nous remarquer.

— Bienvenue dans le Repaire des Loups.

Cole nous précéda, Eli et moi, alors que nous commençâmes à traverser la pièce en direction d'une petite plateforme située devant une image géante d'un loup peinte à la bombe.

— Trouve une place près du fond pour qu'on ne la scrute pas trop.

Alors que nos chemins se séparèrent, Eli prit ma main et me guida vers l'arrière de la foule rassemblée.

— La meute est relativement aisée, et Cole aussi.

— Et l'autre meute... La WAP ?

Je pouffai en évoquant l'abréviation.

— Ils ont réalisé qu'en abrégeant, on obtient en anglais « wet ass pussy » ?

Le visage d'Eli passe de confus, à légèrement amusé, puis embarrassé.

— C'est quoi ça ? De l'argot de fille pour dire qu'on est excités ?

— C'est une chanson.

— Jamais entendu parler. La meute d'Arbor Ouest n'est pas aussi bien lotie que la nôtre. Pour autant que je sache, la plupart d'entre eux travaillent en ville à l'ouest. Et puis il y a cette rumeur selon laquelle leur meute serait mêlée à des activités criminelles.

Eli posa sa main en bas de mon dos alors qu'on se faufila parmi les membres et s'arrêta près d'une machine.

— Toute la meute tient ici ?

Je m'appuyai contre le poteau métallique d'un rack de traction et de squat fixé au mur.

— Ils peuvent en cas de situation grave, mais en général ce ne sont que les chefs de famille qui viennent.

La main d'Eli glissa du bas de mon dos jusqu'à la poche arrière de mon jean. Un geste intime qui me provoqua un frisson dans le bas-ventre en imaginant ses mains courir sur mes fesses nues.

— Que des hommes ?

Je vis une ou deux femmes, mais la plupart semblaient être des hommes.

— *Toutes* les décisions sont prises par des hommes ? Je pensais que les loups seraient plus progressistes.

Surprenant ma remarque au passage, plusieurs hommes se retournèrent en haussant les sourcils. Eli fit un bruit proche d'un grognement peu amical. Ils eurent l'air troublés, puis reportèrent leur attention sur Cole qui commença son discours.

— Nous avons été convoqués ici ce soir par mes bêtas pour discuter et approuver ou non l'intégration d'Ivy Taylor au sein de notre meute. Elle vivra dans ma maison et sera sous ma protection à partir de maintenant.

Je me redressai au son de sa voix puissante, mon loup en profita pour se réveiller. Il avait l'âme d'un leader, et j'aimais ça.

— Quelqu'un voit-il une objection ?

À ses côtés sur la plate-forme, Dante se racla la gorge.

— D'où vient-elle, et pourquoi court-elle dans les bois pour défier des bêtas ?

— Elle a déménagé à Arbor Falls il y a environ huit mois.

Cole leva une main pour faire taire le groupe alors que tout le monde commença à parler en même temps.

— L'accident de voiture dont nous avons été victimes a causé sa première transformation.

Cole n'y avait pas été de main morte. Les discussions et questions fusèrent dans la salle.

Est-elle dangereuse ?

J'ai entendu dire que ses cheveux sont rouges. Pourquoi est-elle rousse ?

Elle a abattu un daim adulte de quatre fois sa taille. Comment est-ce possible ?

Et si c'était une espionne de la WAP ?

Ironiquement, j'eus la désagréable impression que quelqu'un venait de me jeter aux loups. Je me rapprochai alors d'Eli et le sentis tendu alors que des dizaines d'yeux se posaient sur nous et que la salve de questions continuait.

Soudain, un sifflement strident retentit dans la pièce m'obligeant à porter mes mains sur mes oreilles. Cole baissa les doigts de ses lèvres.

— Assez. Nous valons mieux que ça. C'est une femelle inoffensive qui a besoin d'une meute.

— Je ne suis pas d'accord avec ça. Il y a quelque chose qui cloche chez elle.

Dante croisa les bras et regarda à travers la pièce, sans sourciller.

— On a déjà assez à faire avec Silas, on n'a pas besoin de s'inquiéter d'une vagabonde.

Oh, non.

Je comprenais les questions qui avaient été précédemment posées. J'étais une étrangère, certes. Et sans aucun doute différente des autres. Mais me traiter de vagabonde ? Bien que je ne sois pas encore familière avec le jargon des loups, mes poils se hérissèrent.

— Il y a vingt-six ans, j'ai été abandonnée à Arbor Falls. Je *suis* l'une des vôtres, que vous le vouliez ou non. Je ne suis peut-être pas normale, mais qui es-tu pour juger de ce qui est normal ? Vous... *Nous* nous transformons en loups, déclarai-je d'une voix calme en direction de la plate-forme.

Ne parvenant pas à discerner quoi que ce soit dans le regard de Cole, je me demandai si j'étais en train d'enfreindre une de leur règle en m'exprimant librement.

— Cole et Eli sont mes compagnons, et je n'ai pas l'intention de les quitter. Vous êtes plus que les bienvenus de prendre la porte si vous avez un problème avec ça.

Des halètements se répandirent dans la pièce, tandis que je vis les yeux de Cole vaciller et sa mâchoire se contracter assez fort pour se casser les dents.

Oups. Peut-être que lui et Eli souhaitaient garder ça secret.

— Partenaires ? C'est vrai ?

Dante nous regarda tour à tour.

— Vous trois ?

— C'est vrai, admit Cole, sans détourner son regard de moi. C'est ma compagne. Et celle d'Eli aussi.

Les yeux de Dante se rétrécirent en me regardant fixement.

— Les partenaires n'existent pas. Elle vous ment.

Je voulus faire un pas en avant, mais Eli m'attrapa la main pour me couper dans mon élan. Je poursuivis cependant à l'oral.

— Si j'étais une femelle qui venait de se rouler sur le dos, vous n'auriez aucun scrupule à ce que je reste. La meute préférerait-elle que je retourne à Arbor Falls, que je me transforme en pleine rue et que je morde une vieille femme avec son panier ? J'en doute.

Eli renifla puis toussa, comme pour couvrir son rire. J'ignorai pourquoi je pensais directement à la grand-mère du *Petit Chaperon Rouge* quand une attaque de loup me venait à l'esprit, mais ça semblait plutôt approprié.

— Votons, demanda Dante.

Je sentis ma louve folle de joie de l'avoir irrité. Quelque chose chez Dante me donnait envie de le défier.

Et Cole semblait prêt à le mettre chaos. Si la meute votait pour mon départ, me ferait-il vraiment partir ? Malgré ma force, je n'étais pas stupide. J'avais conscience d'avoir plus besoin de la meute qu'ils n'avaient besoin de moi.

— Tous ceux en faveur d'Ivy dans la meute, levez la main, déclara Cole.

Je gardai les yeux fixés sur Dante alors que son expression passait de la suffisance à l'énervement. Je n'eus pas besoin de regarder pour constater que la majorité de la meute levait la main pour que je reste. Une petite victoire pour moi qui me donna envie lever le poing en l'air. Je décidai toutefois de m'en abstenir.

— La meute a parlé. Ivy est maintenant membre de notre famille.

Cole me fit un signe de tête, je lui souris en retour.

— La réunion est ajournée.

Dante et Cole s'éloignèrent sur le côté, engagés dans une conversation visiblement animée.

Je me tournai vers Eli, qui fronça les sourcils en les regardant.

— Qu'est-ce qui ne va pas ? demandai-je la main posée sur son bras, avec ce besoin inexpliqué de le toucher.

— Je n'aime pas que Dante soit contre le fait que tu fasses partie de la meute. Mais la meute a fait son choix. Alors, allons fêter ça !

Il se frotta les mains l'une contre l'autre.

— Chaque fois qu'un nouveau membre rejoint la meute, le cercle restreint l'accueille avec un barbecue. Cole semblait avoir déjà prévu le coup, puisqu'il a déjà tout organisé.

— Ça me va. Ces derniers temps, il semble que ce soit la seule chose à laquelle je puisse penser.

— Je suis sûre que c'est loin d'être fini pourtant, ajoutai-je en regardant par-dessus mon épaule.

Eli passa son bras autour de mes épaules, et sortit par l'une des portes coulissantes. La luminosité faiblissait de plus en plus, alors que le soleil se couchait progressivement. J'étais déçue de constater que mon corps ne me tenait même pas chaud.

Quand on rentra à la maison, Sara était derrière les fourneaux à préparer des steaks et des légumes pour le barbecue. Aucun d'entre eux n'avait eu ne serait-ce un seul doute sur l'issue du vote, et je me sentis d'un coup beaucoup plus légère.

— Ça a l'air délicieux. J'ai le temps d'aller prendre une douche ?

Je ne me sentais pas très fraîche après avoir déballé tous mes cartons et la session de sport que Cole m'avait fait endurer plus tôt dans la matinée.

— Tu as le temps.

Sara me sourit puis regarda Eli.

— Je m'occupe de tout.

Elle nous fit un clin d'œil, puis se retourna vers l'évier où elle épluchait des pommes de terre.

Alors que je gravissais les escaliers, mon corps se mit soudainement à trembler. Je m'arrêtai, et fis volte-face, me retrouvant nez à nez avec Eli.

— Oh.

Je reculai et me frottai le nez.

— Qu'est-ce que tu...

Il me retira la main du visage, et posai ses lèvres sur les miennes avant que je ne puisse protester. Non pas que je voulus l'en empêcher. Sans rompre le contact, il me souleva et me porta jusqu'en haut des escaliers, sa langue glissant doucement contre la mienne dans une danse qui me fit frétiller les orteils.

— Eli... qu'est... ce...

J'essayai de lui poser ma question entre nos baisers, mais eus du mal à clarifier mes pensées.

— J'ai besoin de toi.

Ses lèvres survolèrent les miennes.

— À moins que tu ne le veuilles pas.

Une fois enfermés dans ma salle de bain, il me déposa sur le lavabo, puis passa sa main sur sa nuque et retira sa chemise. Bon sang, voir un mec se déshabiller comme ça me faisait disjoncter à chaque fois.

Eli avait un corps encore plus beau que je l'avais imaginé. Il était musclé, sans être corpulent. Bien que son torse fut dépourvu de poils, des poils foncés descendaient de son nombril jusqu'à son pantalon.

— Ça ne te dérange pas de savoir que j'ai fait l'amour avec Cole ce matin ?

Je gémis alors qu'il se positionna entre mes jambes et embrassa mon cou.

— Non, pourquoi ça devrait ?

Il retira mon haut et recula, sa main sur ses lèvres.

— Bon sang, tu es magnifique.

Mon corps se réchauffa instantanément devant tant d'éloges. Je tendis les mains dans mon dos pour dégrafer mon soutien-gorge, puis le laissai pendre à mon index. Ses yeux flamboyèrent de désir alors qu'il découvrait ma poitrine.

— Tu aimes ce que tu vois ?

Je laissai tomber mon soutien-gorge, puis sautai du lavabo en souriant alors que sa langue pendait presque de sa bouche.

— Ce que je vois ?

Ses yeux rivés sur mes seins, je m'activai à déboutonner mon jean, tandis que je remarquai qu'il semblait à l'étroit dans le sien.

— Et que dirais-tu d'enlever ton pantalon et d'allumer la douche ? suggérai-je en me déshabillant.

Je me délectai de son regard. Quoi de plus excitant que de

sentir les yeux d'un homme sur soi quand on ne porte rien d'autre qu'une simple culotte.

Il se mordit la lèvre et se tourna vers la douche, l'allumant d'un geste du poignet avant de défaire son pantalon.

— Tu ne portes pas de sous-vêtement ?

Eli me surprenait de plus en plus. Je ne m'attendais certainement pas à ce qu'il m'emmène à l'étage excité comme la braise, et ne m'attendais encore moins à ce qu'il fasse partie de ceux qui dénigrent les caleçons.

Son derrière serré était aussi bronzé que le reste de son corps. Soit il s'agissait de son teint naturel, soit il bronzait tout nu. L'idée de l'imaginer allongé sur une chaise longue, sans rien, me fit frissonner davantage.

Une fois son pantalon à terre, il se retourna m'offrant une vue imprenable sur ses solides quadriceps et sur son sexe.

Merde. Était-ce une tradition d'être bien monté chez les loups ?

— Tu aimes ce que tu vois ? me demanda-t-il avec un clin d'œil.

Je ne pus réprimer un rire.

— Ce n'est pas l'apparence qui compte, c'est la façon dont tu l'utilises.

Je baissai ma culotte et fis un pas vers lui, posant ma main sur son membre déjà dur comme de la pierre.

— Tu sais comment t'en servir, Eli ?

Il ferma les yeux alors que je passai mon pouce sur son extrémité, une perle de sperme humidifiant mon doigt.

— Oui.

Nos lèvres se rencontrèrent dans un baiser fougueux qui me fit serrer son sexe et glisser ma main le long de sa peau veloutée. Alors qu'il émit un gémissement dans ma bouche, j'invitai sa langue à s'y introduire, les lèvres entrouvertes.

Sans s'en rendre compte, on se retrouva sous le jet d'eau chaude sans tomber ni rompre le contact. Je le poussai contre le mur de la douche et embrassai son menton, sentant ses quelques poils de barbe me chatouiller les lèvres. Sa main s'arrêta derrière ma tête, caressant mes cheveux mouillés alors que j'embrassai son cou, mordillai ses tétons, un à un, puis me mis à genoux.

— Ivy...

Je l'engloutis complètement.

— Putain, oui.

Il émit un grognement étranglé tandis que ma langue se glissa sous son sexe.

Je suçai son gland, puis le relâchai dans un bruit sec.

— Montre-moi que tu sais comment utiliser ta bite, Eli. Baise ma bouche.

Ses lèvres s'ouvrirent dans un souffle, je m'accrochai à ses hanches, prête.

— Je ne veux pas te faire mal.

— Quand une femme te dit de baiser sa bouche, tu baises sa bouche.

Je le léchai, puis m'ouvris à lui.

Je sentis ma chatte frémir de plaisir, alors qu'il attrapa l'arrière de ma tête et s'enfonça plus loin dans ma bouche. Je réprimai un grognement de satisfaction. Mes ordres avaient été suivis. Toutefois, je repoussai mon éternel besoin de dominer à plus tard.

— Oh, putain.

Ses gémissements rauques se rythmèrent avec mes va-et-vient.

— C'est tellement bon... Oui, je vais jouir.

Je me retirai avant qu'il ne pût le faire, il laissa échapper un soupir étranglé. Son sexe rouge tressaillait. Je déposai un baiser sur l'extrémité avant de me lever et de me pencher, les mains contre le mur, les jambes écartées.

— Je te veux en moi, susurrai-je en me touchant l'entrejambe. Te sentir profondément.

— Merde.

Il passa une main sur mes courbes, et planta ses doigts dans mes hanches.

— J'ai envie de te dévorer.

— Je te veux en moi, répétai-je avec impatience.

J'arquai le dos, il poussa un grognement en passant une main entre mes jambes.

— Tu sens à quel point je suis prête pour toi ?

Eli se positionna, puis s'introduisit avec douceur. Je sentis mon centre se resserrer autour de lui alors qu'il commençait à effectuer de longs et lents va-et-vient. Tandis que sa main s'approcha pour titiller mon clitoris, je suivis chaque coup de hanche, l'emmenant plus profondément en moi.

— Plus fort, Eli. Baise-moi contre le carrelage.

Appuyant mes paumes sur le mur et regardant par-dessus mon épaule, je reculai et remuai les hanches contre lui.

— Putain.

Lui donnant un regard intense et mortel, ses pupilles étaient plus dilatées que jamais.

Alors qu'il augmenta le rythme, nos corps claquèrent l'un contre l'autre. Sonores et acharnés, ses grognements et mes gémissements mêlés couvraient même le bruit de la douche.

— Oh, oui, oui !

J'atteignis l'orgasme à l'instant où le sien se déversa en moi. Extenuée, je m'agrippai à lui alors qu'il ralentit peu à peu ses mouvements.

Le corps tremblant, je le sentis se retirer, puis me faire tourner sur moi-même pour m'embrasser. Eli posa ses mains de part et d'autre de mon visage, recula légèrement et me regarda fixement.

— C'était... Ouah.

Je n'étais pas sûre de ce qui m'avait pris. D'ordinaire je n'étais pas aussi exigeante en matière de sexe, mais ça m'était venu comme ça et me semblait parfait.

— Désolée d'avoir été autoritaire.

— Ne t'excuse pas.

Il attrapa un gant et versa un peu de gel douche dessus.

— Ça m'a.... beaucoup plu.

Je fermai les yeux, appréciant le contact de ses mains qui s'affairaient à faire ma toilette.

J'allais pouvoir m'y faire, c'était certain.

CHAPITRE 19

Ivy

De retour en bas, Eli et moi rejoignîmes les autres. Une vingtaine d'hommes et de femmes se tenaient en petits groupes éparpillés sur la terrasse et la pelouse de la maison. Plusieurs parasols chauffants et braseros avaient été installés. On parlait, on riait, on buvait. La plupart d'entre eux appartenaient soit au rang bêta, soit à un rang supérieur, tous sous la direction de Cole. Bien que la meute comptait un grand nombre de membres, j'étais soulagée de ne pas faire face à des comportements rageurs après avoir été déjà mise à rude épreuve lors de la réunion.

Je m'apprêtai à faire demi-tour pour chercher une veste quand Cole sortit avec la sienne dans les mains.

— Merci.

Nos doigts se frôlèrent, sa main s'attarda un instant. Puis il se dirigea vers une chaise et grimpa dessus.

Les conversations prirent fin, tout le monde se tourna

dans sa direction. Impressionnée par tant de respect, je sentis ma louve ravie et me tins légèrement plus droite, fière de lui appartenir. Bon sang, je ne m'habituerais jamais à cette sensation bizarre de partager mes pensées avec celles d'un animal.

J'enfilai la veste, fermai les yeux et humai son parfum viril aux notes prononcées. S'il comptait récupérer sa veste, il allait devoir me l'arracher de force.

Eli vint à côté de moi, deux bières à la main, puis passa son bras autour de ma taille. Il se rapprocha et m'embrassa la tempe.

— Ce soir, nous accueillons Ivy au sein de notre meute, annonça Cole en me cherchant des yeux.

Je sentis une flopée de papillons assaillir mes entrailles, alors que je lui rendis son regard.

— Que sa louve et son être humain trouvent en notre meute… et en moi… un refuge sûr et accueillant.

Il pencha la tête en arrière et hurla.

Toute la meute l'imita, trinqua, puis descendit leur bière d'un trait. Après un piètre essai, je réprimai un rire et bus la mienne cul sec. Apprendre à hurler correctement me demandait encore de l'entraînement. À m'entendre, je ressemblais plus à un chat en train de se noyer qu'autre chose.

La soirée passa à vive allure.

Restée autour du feu la majeure partie de la soirée, je remarquai que Dante n'avait pas daigné venir me parler. Entre nous, j'étais même surprise qu'il soit présent à ce barbecue en mon honneur. Tandis que Manny, lui, s'était montré plutôt agréable malgré notre dispute de la veille.

Une fois la plupart des invités partis, nous n'étions plus que six réunis côte à côte autour du brasero. Alors qu'Eli était resté près de moi la majorité de la soirée, Cole semblait quant à lui distant.

— Quand est-ce que tu passes sous l'aiguille, Ivy ? me demanda Manny, face à moi.

Il finit le fond de sa bière, puis la jeta dans une poubelle.

— Pardon ?

Je le regardai à travers les flammes, un sourire se dessina sur son visage.

— Ma peau restera vierge de toute aiguille.

— Vierge, comme tu dis, ricana-t-il. Tu n'es pas au courant ? Ton initiation consiste en partie à te faire tatouer le prénom de Cole sur le cul.

Des rires éclatèrent dans le cercle.

— Il faudra me marcher sur le corps, répliquai-je.

Ma réponse me fit rire intérieurement. Je bus une longue gorgée de bière. Ça devait être ce qui m'avait poussée à me transformer et qui m'avait sauvé la vie ; cette pensée donnait à réfléchir.

— La plupart d'entre nous avons notre loup tatoué dans le dos, insista Manny avant de se lever. Fais-moi signe et on passera à l'action.

Il se frotta les mains l'une contre l'autre.

— Je décolle.

Deux autres firent de même, me laissant seule avec Cole et Eli.

Pour une fois, Cole semblait étrangement calme. Je ne cessai de lui jeter des regards furtifs, intriguée par son silence inhabituel. Pourtant, je l'avais vu bavarder, rire et plaisanter avec les autres toute la soirée. Puis dès qu'on s'était retrouvés dans la même conversation, il s'était tu. Comment pouvait-il se montrer si froid, juste après avoir été si profondément en moi. Ça me rendait folle d'être victime d'un tel comportement digne d'un syndrome prémenstruel.

Alors qu'Eli fit son entrée dans la maison pour nettoyer la cuisine, je décidai de rompre le silence.

— Il y a un problème, Cole ?

Autant se débarrasser du cadavre plutôt que de le laisser

pourrir dans l'armoire. Je ramassai quelques bières à moitié pleines et les balançai par-dessus la balustrade.

— Non.

Le dos tourné, il éteignit un des chauffages extérieurs et soupira.

— Si je suivais mon instinct, il me dirait d'égorger Eli pour avoir osé mettre sa main sur tes fesses et t'avoir marquée de son odeur.

Occupée à jeter les bouteilles vides dans le bac de recyclage, je réprimai une envie de rire en l'entendant dire « marquée de son odeur ».

— Je pensais que tu étais d'accord sur le principe.

— Bien sûr que j'ai envie d'être d'accord. Eli est mon meilleur ami.

Alors que j'essayai de passer devant lui pour prendre plus de bouteilles, il se plaça devant moi.

— Et puis, tu as encore une fois osé défier un de mes bêtas.

— Je ne me laisserai pas intimider. Ça n'a pas eu l'air de déranger les membres de ta meute que je lui tienne tête. Ils ont voté pour que je reste, dis-je les bras croisés.

— Les membres de la meute voient plutôt ça comme le fait que ta louve tente de trouver sa place. Quant à Dante, il me perçoit comme un alpha qui laisse une femme mener la danse. Il a cette vision très traditionnelle de la chose.

Cole fit un pas en avant et enroula ses bras autour de moi, son nez humant mes cheveux. Il frissonna et resserra son étreinte autour de moi. J'en profitai pour me blottir contre son corps chaud. On resta debout l'un contre l'autre sous la faible lumière de la terrasse.

— Et comment tu vois ça ?

— Je pourrais te dire comment mon loup le voit, mais ça ne ferait que t'énerver. On a parfois des opinions très différentes et c'est ce qui peut me rendre lunatique.

Il frotta sa joue contre ma tête, et aussi animal que ce geste pût être, je l'appréciai.

— Je n'ai pas envie que tu cherches une bagarre que tu ne peux pas gagner, dit-il.

— Tu n'as pas besoin de t'inquiéter pour moi.

En respirant son effluve, je fermai les yeux et sentis mes muscles se détendre.

— Pourquoi sens-tu si bon ?

— J'imagine que c'est parce que je suis ton compagnon.

Il fit un léger pas en arrière et m'embrassa sur le front.

— Allons nous coucher. Tu dors avec moi ce soir.

Je gémis.

— Mon vagin a eu son compte pour aujourd'hui. Je devrais peut-être dormir dans mon lit.

Il émit un petit rire et passa son bras autour de moi en se dirigeant vers la porte coulissante.

— Je ne comptais pas te faire l'amour. Juste dormir.

M'imaginer dans ses bras, son visage enfoui dans mes cheveux, me rendit plus heureuse que je ne l'aurais pensé.

Le lendemain matin, une délicieuse odeur de bacon et de café me réveilla. Je jetai un coup d'œil à l'alarme sur la table de nuit et poussai un gémissement frustré. À peine sept heures. J'adorais faire la grasse matinée quand je n'avais rien de prévu pour la journée. En période de congés et libre comme l'air, dormir toute la journée me semblait être le programme idéal. Incapable cependant de faire l'impasse sur le bacon, je me tirai hors du lit.

Après un tour rapide dans la salle de bain pour me brosser les dents, je descendis. Je trouvai Cole de dos, torse nu près de la cuisinière, occupé à fixer la poêle grésillante. Son loup tatoué semblait m'accueillir dans un hurlement. Je sentis mon cœur s'emballer.

— Est-ce que le bacon essaie de s'échapper ?

Il sursauta au son de ma voix. Pour une fois, il ne sembla pas m'avoir sentie, ni même entendue. Je ris et me dirigeai vers la cafetière où m'attendait une tasse vide avec écrit en lettres brillantes : « Je n'aime pas les lundis », et en dessous, en petits caractères, les autres jours de la semaine.

— C'est pour moi ?

Col haussa les épaules.

— Je comptais te le donner au travail, mais bon...

Il passa derrière moi et ouvrit le réfrigérateur d'un coup sec, faisant s'entrechoquer les bouteilles en verre, et en sortit des œufs et du jus d'orange.

— Tu aimes le bacon avec tes œufs ? me demanda-t-il en me jetant un regard bref.

Il me tourna ensuite le dos et les cassa dans un bol près de l'évier. Son bas de pyjama descendait bas sur ses hanches, laissant apparaître un soupçon de son caleçon.

— Il y a des gens qui n'aiment pas le bacon et les œufs ? Mise à part les végétaliens et les végétariens.

Maintenant que j'y pensais, ça me mettait toujours en rogne de manger un repas sans viande.

— Où est Eli ?

— Il est déjà dehors en train de jardiner. Il aime bien s'y atteler avant l'entraînement.

Il déposa le bacon cuit sur du papier absorbant, versa les œufs dans une poêle, puis transféra l'huile dans un bol. Les œufs allaient être délicieux.

— Tu devrais venir avec nous dans le repaire pour t'entraîner. Certaines femmes font leur propre séance d'entraînement là-bas.

— Je ne sais pas si tu pourras supporter de me voir m'entraîner. Je suis une sauvage à la gym.

Il eut un petit rire amusé.

— Je suis championne de volley-ball et j'ai été capitaine d'une équipe invaincue.

— Ça date de quand ta dernière fois en mode bête sauvage à la gym ?

Il se retourna, puis me tendit deux assiettes remplies de toasts, de bacon et d'œufs brouillés fumants.

Mon estomac gronda alors que je pris place à table et posai l'assiette de Cole là où il avait l'habitude de s'asseoir.

— Plusieurs semaines. Avec le pot de départ, mon anniversaire, et puis ma « mort », dis-je en mimant des guillemets. J'ai été un peu prise ces derniers temps.

Cole se dirigea vers le réfrigérateur et remplit deux verres de glaçons. Alors qu'il s'approcha de la table, je faillis m'étouffer avec le morceau de bacon que je venais d'avaler.

J'avais beau l'avoir déjà admiré nu après ses diverses transformations et notre partie de jambes en l'air, le voir se pavaner devant moi dans cette tenue était presque indécent. Non seulement son bas de pyjama semblait prêt à glisser à tout instant, mais en plus ses muscles saillants en profitaient pour se contracter au moindre de ses mouvements. Outre la forme en V qui pointait vers son pantalon, quelques veines en relief retinrent mon attention bien plus qu'il ne l'aurait fallu.

— D'habitude, je me promène à poil le matin, mais je me suis dit que ça ne serait peut-être pas une bonne idée si on veut faire autre chose que baiser toute la journée. La prochaine fois, je mettrai un T-shirt, dit-il sur un ton taquin.

Il s'assit à côté de moi, se servit un verre de jus d'orange, puis en but une gorgée en me regardant du coin de l'œil. Le savoir si proche rendait inexorablement mes tétons durs.

— Non ! Je veux dire...

Je préférai engloutir une grosse bouchée de pain grillé pour éviter d'en dire trop. Sa bouche se mua en un sourire amusé. J'avalai le reste de mon toast et préférai changer de sujet.

— Tu cuisines habituellement ?

— C'est Eli qui s'en charge la plupart du temps, mais je lui ai dit que je voulais te préparer le petit-déjeuner cette fois.

Il prit un morceau de bacon et ferma les yeux comme s'il en savourait le goût. J'étais en train de rêver ou il essayait délibérément de m'énerver ?

— Qui a préparé le gibier l'autre soir ?

S'il te plaît, dis-moi que c'est Eli. Je n'avais aucunement besoin d'entendre d'autres raisons de le trouver attirant. Déjà happée dans cette spirale infernale qu'était l'adoration de cet homme, je ne souhaitais pas m'embourber davantage alors que tant d'incertitudes subsistaient encore.

— C'est moi. J'adore cuisiner quand Eli me laisse faire. Et toi ? Tu aimes ?

— Oh oui, j'adore, répondis-je d'une voix sensuelle.

Il parlait bien de sa cuisine, non ?

Mon Dieu, il me fallait soit une douche glaciale ou soit une bonne séance d'entraînement pour chasser toutes ces pensées impures.

— Non, je ne cuisine pas. Je veux dire, je pourrais, mais quel est l'intérêt de cuisiner juste pour soi ?

Je passai le dos de ma main sur mon front pour m'assurer que je ne souffrais pas d'une fièvre délirante. Mes mots ne faisaient que dépasser ma pensée.

— Eh bien, maintenant tu n'as plus à t'inquiéter de ça, commenta-t-il avec un sourire penaud.

Mon cœur fondit. Je savais que Cole le Connard était toujours là quelque part, mais à cet instant, il semblait doux comme un agneau. L'occasion parfaite pour essayer d'obtenir ce que je voulais.

— Quand est-ce que je pourrai récupérer mon portable et le mot de passe du Wi-Fi ? J'ai déjà passé en revue la moitié des contacts de mon père pour voir si l'un d'entre eux a un lien éventuel avec Arbor Falls ou n'importe où dans les alentours.

— Je vais envoyer un message à Sara pour voir si elle a fini de régler les mesures de précaution sur ton téléphone.

Je fis les gros yeux. Il s'esclaffa.

— Juste pour que tu puisses tout faire de façon sécurisée : surfer, appeler et envoyer des SMS. Et puis, on va t'installer un traceur sur ton GPS. On l'a tous, ajouta-t-il. C'est important qu'on sache où chacun se trouve au cas où les choses se gâteraient. On ne l'utilise qu'en cas d'urgence... Comme quand on a eu l'accident. C'est comme ça qu'on nous a retrouvés si vite.

— Et si je ne veux pas de traceur sur mon téléphone ?

Mes gencives commencèrent à picoter comme si mes canines étaient sur le point de faire leur apparition. Ma louve n'aimait visiblement pas l'idée d'être localisée aussi facilement.

— Alors pas de téléphone, dit-il d'un air sévère.

Curieusement, l'entendre avec ce ton ferme me fit l'imaginer comme un futur bon père. Je chassai aussitôt cette idée de ma tête. Pourquoi évoquer l'idée d'avoir des enfants me faisait automatiquement penser à lui ?

On mangea le reste du petit-déjeuner en silence. J'en profitai pour réfléchir. Je pouvais toujours m'échapper. Maintenant qu'ils semblaient tous penser que je m'étais faite à cette nouvelle vie, ce serait l'occasion idéale pour trouver des clés de voiture et m'enfuir.

Mais l'idée de laisser Cole et Eli derrière moi fit grogner ma louve et tordre mon estomac en un million de nœuds. Il était impensable de partir.

J'avalai ma dernière bouchée et soupirai avec contentement. Et si j'acceptais que mon téléphone ait un traceur ? La nourriture compensait largement l'invasion de ma vie privée.

— Va te changer. Je te retrouve au gymnase.

Il attrapa nos assiettes vides et les mit dans l'évier.

Je montai à l'étage et enfilai un short noir, une brassière de sport à bretelles et un débardeur rouge près du corps. Même s'il faisait froid, je savais qu'une fois la séance commencée, je ne sentirais plus rien. M'observant dans le miroir, je constatai que j'avais perdu un peu de muscles durant ma courte période d'inactivité.

J'enfilai un sweat-shirt zippé et dévalai les escaliers, manquant de renverser Sara au passage en sautant de la dernière marche.

— Ouah, canon. Regarde toi, me dit-elle admirative en me regardant de haut en bas avec ses yeux noisette.

Elle remua les sourcils puis grimaça.

— Tu vas faire de la muscu ? Beurk.

Elle me fourra mon téléphone portable dans la main.

— Cadeau.

En l'examinant de plus près, je ne pus m'empêcher de froncer le nez.

— Merci. Donc ça y est, la puce du harceleur et tout le reste sont installés ?

Sara rit et me suivit sur la terrasse.

— Il ne sera utilisé que si nécessaire. On l'a tous dans nos téléphones. T'en fais pas.

Bien sûr, ce n'était pas un gros problème pour elle, puisqu'elle avait grandi de cette façon. Mais, en ce qui me concernait, je me sentais impuissante et peu digne de confiance.

— La meute s'entraîne toujours ensemble ? Pourquoi tu n'es pas en tenue de sport ? demandai-je en regardant son legging, son pull surdimensionné et ses bottes.

Elle me suivit sur le perron, puis sur la pelouse. Mes jambes étaient gelées. Je regrettais de m'être mise en short à l'instant où je sentis la chair de poule me courir le long des bras et des jambes.

— Je préfère ne pas me mettre dans l'embarras ou rappeler à la meute que je suis le maillon faible.

Je sentis de la tristesse dans sa voix, et eus envie de la serrer dans mes bras. Pourtant, elle éclata de rire.

— On va te dévorer tout cru là-dedans. Je crois que je vais rester regarder un peu.

À peine eut-on passé la porte coulissante que l'air sembla avoir été complètement aspiré de la pièce. Une douzaine d'yeux se posèrent sur moi et Sara et nous balayèrent lentement.

Merde. Un capri ou un pantalon aurait pu être plus adapté. Avant que je ne change d'avis, je me dirigeai vers le tableau blanc géant où tout le monde était rassemblé autour du programme.

— On a prévu une séance d'entraînement pour les femmes près de l'espace pour enfants, m'indiqua Manny en s'approchant de moi, les bras croisés.

Je me retournai et regardai l'espace en question. Cinq femmes étaient rassemblées et discutaient avec Sara, qui avait foncé droit vers elles presque immédiatement. Je jetai un coup d'œil à Manny, puis au tableau divisé en trois parties : l'échauffement, l'haltérophilie et l'entraînement.

J'eus la nette impression que, peu importe le domaine, la parité homme-femme était loin d'être respectée par cette meute. Je comprenais qu'en tant que mi-humains mi-animaux sauvages, certaines de leurs façons de faire pouvaient se révéler désuètes. Mais les voir traiter les femmes de cette manière me mettait hors de moi. Merde, de nos jours, les êtres humains normaux traitaient les femmes bien différemment.

Toutefois, n'ayant aucunement reçu une éducation comme la leur, je décidai sur-le-champ que leurs règles ne s'appliqueraient pas à moi.

CHAPITRE 20

Eli

Dire que je me couchai déçu était un euphémisme. La nuit précédente, Cole et Ivy m'avaient aidé à nettoyer la cuisine. Puis après un baiser rapide sur mes lèvres, elle avait suivi Cole dans les escaliers. Main dans la main.

Partager la même compagne se révélait plus difficile que je ne le pensais. J'avais perçu la manière dont l'humeur de mon meilleur ami avait changé quand j'avais eu l'audace de poser mes mains sur elle pendant la réunion, puis au barbecue. Si telle était son intention, il pourrait facilement m'éliminer de l'équation.

À mon réveil, je m'étais décidé malgré l'heure matinale de descendre me préparer mon petit-déjeuner. Cole se tenait déjà dans la cuisine, imprégné du parfum d'Ivy. J'avais dû m'efforcer pour ne pas me ruer à l'étage, enfoncer la porte de la chambre de Cole, et l'emmener dans la mienne.

Pour me calmer, je m'étais réfugié dans le jardin. En réalité, il n'y avait pas grand-chose à faire à part s'assurer que les rongeurs ne contournent pas mes protections. Je détestais quand les écureuils déterraient mes légumes racines ou enterraient leurs foutues noix dans mes pots. Si les chats nous avaient tolérés, j'en aurais bien adopté quelques-uns pour chasser ces enfoirés.

Quand j'ouvris la porte de la serre, je sentis la chaleur m'inonder, et le parfum des herbes aromatiques caresser mes narines. Je respirai profondément.

Un loup.

Une faible odeur animale embaumait l'espace près de l'autre porte de la serre. Bien qu'à peine perceptible sous ma forme humaine, ce parfum étranger m'intrigua. Je traversai la pièce et humai à nouveau. Je grimaçai. Celui qui était dans ma serre avait besoin d'un bon décrassage.

Par précaution, j'envoyai un message à Dante puisqu'il était en charge de la protection de notre territoire. Ce n'était probablement rien. Nos terres étaient bien protégées sous sa surveillance.

Après avoir arrosé quelques plantes un brin sèches, je me dirigeai vers le Repaire des Loups. Seuls quelques entraînements suffisaient à nous maintenir en forme. Cependant, faire l'impasse sur la musculation et la préparation physique de nos moitiés humaines rendait nos loups chafouins.

— Non, cette séance d'entraînement me semble très bien. Je te remercie de t'en soucier.

Facilement reconnaissable, la voix d'Ivy me parvint alors que j'approchai de la porte coulissante.

Il me fallut une seconde pour que mes yeux s'ajustent à la lumière du soleil, puis une fois que ce fut le cas, un grondement sourd s'éleva dans ma poitrine.

Mais que porte-t-elle ?

Treize des membres de la meute présents à l'entraînement

fixaient ses longues jambes nues et ses fesses magnifiques mises en valeur par son short noir moulant.

Bon sang.

Cole me tapa sur l'épaule par-derrière, je manquai de sauter au plafond.

— Que fais-tu debout ici ?

Il se tut d'un coup, sa main crispée sur mon épaule.

— Elle n'est pas sérieuse. C'est comme si elle était en sous-vêtements !

Ivy tourna d'un coup la tête vers nous et fit un clin d'œil. Elle devait avoir entendu la remarque de Cole.

Il lâcha mon épaule. On marcha dans sa direction. Elle se tenait à côté de Manny et observait le tableau avec l'entraînement du jour.

— Ivy, on peut savoir ce que tu fabriques ?

Cole croisa les bras, et je l'imitai

— Je me prépare à m'entraîner. Et toi ?

Ivy dézippa son sweat à capuche et le fit glisser jusqu'en bas. Mes yeux s'agrandirent à la manière d'un personnage ahuri dans un dessin animé. Elle avait beau porter une tenue d'entraînement classique, je ne voulais pas que les excités du gymnase la matent dans son short et son débardeur moulants. C'était presque comme si elle ne portait rien.

Cole s'éclaircit la gorge.

— Cette séance d'entraînement est assez difficile.

— Je vois ça.

Elle laissa tomber son sweat près du mur et nous laissa la regarder.

Manny éclata de rire.

— Bonne chance Cole. C'est quelque chose, cette fille.

— Tu l'as dit, marmonna Cole en la regardant s'éloigner.

On laissa échapper un grognement, alors que tout le monde eut la même idée.

— Je vais aller m'entraîner à côté d'elle. M'assurer qu'elle est en sécurité.

Je partis au milieu de la zone d'entraînement où Ivy était déjà en train d'installer son équipement.

Cole émit quelques grondements, mais ne me suivit pas. Comme il était l'alpha, il était primordial qu'il soit au premier plan dans le but que les autres se dépassent. Rares étaient les fois où quelqu'un le dépassait ou le battait lors d'une séance chronométrée.

— Ce n'est pas quelque chose à prendre à la légère, Ivy. Tu pourrais te blesser.

Je ne voulus pas passer pour un porc chauvin, mais je craignais que ce soit quand même le cas.

— On fait ce type d'entraînement depuis un moment déjà. Il suffit d'une seule répétition avec une mauvaise posture et tu peux vraiment te blesser.

Ivy posa deux haltères de quatre kilos et deux colliers de serrage sur le sol à côté de la barre vide. Elle fronça les sourcils en me regardant, puis secoua la tête d'un air incrédule.

— Je sais ce que je fais. Il y a des salles de sport à Arbor Falls.

— La barre pèse vingt kilos, pas vingt livres.

À peine avais-je prononcé ses mots que je sus que c'était une erreur. Ivy plissa les yeux et ouvrit la bouche pour dire quelque chose, mais Manny cria pour qu'on s'échauffe.

Elle courut vers la porte et rejoignit les autres pour faire quelques tours autour du bâtiment. Je la suivis et essayai de ne pas regarder la façon dont les muscles de ses cuisses et ses mollets se contractaient pendant sa course. Je ne pus m'empêcher d'admettre qu'elle avait un physique tonique et musclé.

J'accélérai le rythme jusqu'à ce qu'à me retrouver à sa hauteur.

— Je suis désolé.

— Tu es désolé ? Vous êtes tous des porcs sexistes ! Pourquoi c'est si dur de croire qu'une femme peut réussir à soulever des trucs lourds et suivre le rythme des mecs ? Je te parie une pipe que je vais battre la moitié de ces connards, toi y compris.

Ouah. Je sentis mon sexe tressaillir dans mon pantalon devant tant de confiance... Et au sujet de ladite pipe.

— Donc, si tu bats la moitié d'entre eux... soit, six d'entre eux, alors tu reçois quoi ? Un cunni ?

Dans tous les cas, j'étais gagnant.

— Oui, et sinon je me mets à genoux et t'avale si profondément que tes yeux se révulseront et que ton hurlement criant mon nom réveillera toutes les créatures de la forêt.

Je trébuchai malencontreusement sur moi-même et chutai juste avant le coin du bâtiment, mon corps dérapant sur la terre et les graviers.

— Oh, merde. Tu vas bien ?

Elle courut vers moi.

— Aïe.

Je me redressai et m'accroupis contre la façade, genoux, mains et bras en sang. Ma fierté en prit un sacré coup. La honte.

— Ça va.

Oui, ça irait probablement si je ne m'étais pas effondré au sol avant. Je n'étais pas de nature maladroit. En réalité, ma dernière chute remontait à l'époque où je n'étais qu'un jeune louveteau apprenant à marcher. Parler gorge profonde en pleine course se révélait bien trop dangereux pour ma survie.

— Allons à la maison te soigner.

Alors qu'elle m'aida à me lever, je ne pus réprimer une grimace en sentant ma peau meurtrie tirailler.

— Ça va aller, tu peux aller t'entraîner, bredouillai-je.

Pour être honnête, je voulais simplement un peu d'intimité pour pouvoir verser quelques larmes en toute tranquillité. Je n'étais pas contre le fait de pleurer si la douleur était à la hauteur.

Elle posa sa main sur mon dos et me guida le long de la passerelle vers la terrasse arrière.

— Un bisou là où ça fait mal, et ça repart.

Soudain, un grognement se fit entendre alors qu'on gravit les quelques marches menant vers la terrasse. On resta figés sur place, le grondement s'amplifiant derrière nous. Je perçus aussitôt le mâle en bas du perron. Sans attendre, je poussai Ivy derrière moi.

Ça faisait un moment qu'un loup errant ne s'était pas égaré sur notre territoire. Souvent dangereux et imprévisibles, nous ne les portions pas dans notre cœur. Je compris immédiatement qu'il s'agissait de l'intrus de la serre. Et supposai qu'il avait dû se transformer pour y accéder ou alors se montrer particulièrement habile.

— Hé là, mon ami. Pourquoi tu ne te transformes pas pour qu'on puisse avoir une conversation amicale ? lançai-je.

Je lui montrai les paumes de mes mains en signe de paix.

Indifférent, il laissa échapper un grognement si féroce qu'Ivy poussa un petit cri perçant derrière moi. Je pouvais entendre la musique s'échappant du repaire, mais n'étais pas certain que quiconque de la meute ait entendu les grondements. Si c'était le cas, le loup était fichu. Surtout si Cole s'en chargeait. On ne tolérait pas les loups agressifs hors de contrôle.

— Eli, laisse-moi peut-être essayer ?

Ivy posa une main sur mon bras et regarda autour de moi.

— Il a l'air effrayé.

— Il était dans la serre. Il n'a pas l'air d'avoir si peur pour oser venir directement dans la maison d'un alpha.

Le loup baissa la tête et se mit en position, prêt à bondir.

Protéger.

On se heurta en plein vol à l'instant où je me transformai.

Le choc nous fit rouler sur l'herbe. Je n'avais qu'une seule idée en tête, courir vers le repaire pour trouver de l'aide.

Ce n'était qu'une question de secondes avant que le mâle me mette sur le dos et plante ses crocs contre ma gorge. Étrangement, il ne mordit pas, mais respira profondément tout en grondant.

Je poussai un gémissement, désespéré de lui faire comprendre que je ne comptais pas lui faire de mal. Au lieu de ça, je tournai légèrement la tête et léchai son museau. Visiblement, mon geste suffit à le calmer. Il recula, les yeux écarquillés.

Derrière moi, j'entendis le grognement de Cole, furieux. N'ayant même pas tenté de communiquer avec moi via notre connexion, il sauta simplement par-dessus moi et encercla le mâle qui semblait de moins en moins coriace.

Cole, il m'a laissé partir. Il a l'air malade.

Je ne savais pas à quel point Cole avait été témoin de l'attaque, mais à en juger par sa position, il en avait vu beaucoup.

Il allait te tuer.

Le mâle cligna des yeux rapidement, puis s'effondra sur le sol. Je voulus me précipiter en avant, mais une main ferme se referma sur mon cou.

— Doucement, dit Dante en me serrant un peu trop fort à mon goût.

Malgré une terrible envie de me retourner et de lui mordre les noix, je me transformai et me dégageai aussitôt de son étreinte. Je paierais probablement pour ce geste plus tard, mais ce n'était rien d'inhabituel en soi.

Ancien ami d'enfance, Dante n'était plus le même depuis qu'il avait repris le poste de bêta de son père. C'était comme s'il avait perdu toute joie de vivre à la seconde où il avait vaincu son père dans un combat.

— Cole, il est malade. Emmenons-le à la cave pour qu'on puisse le surveiller et lui donner à manger.

En m'approchant lentement, je m'accroupis derrière le loup et passai une main sur son flanc.

— Il est décharné.

Le loup poussa un bruit entre le grognement et le gémissement, puis ferma les yeux. Que diable lui était-il arrivé ?

Cole se transforma et mit ses mains sur ses hanches.

— Je ne veux pas d'un animal sauvage errant dans la maison avec Ivy.

— Ce n'est pas comme s'il pouvait s'échapper de la cage, fit-elle remarquer.

Heureusement, Ivy était restée en retrait.

— Il n'y a pas d'autres options ? insista-t-elle. Imaginez qu'il ait traversé un calvaire et qu'il se réveille sur un sol en béton froid, enchaîné. Je connais bien ce sentiment, et il a clairement l'air d'avoir traversé pire.

La main toujours sur lui, je hochai la tête en signe d'approbation. Il n'avait attaqué que parce qu'il avait peur. Sa réaction quand je l'avais léché en était la preuve suffisante. S'il avait voulu me blesser, il m'aurait mordu le museau.

— On peut le mettre dans ma chambre, proposai-je avec une légère grimace.

Je savais que ça ne lui plairait, mais je me devais d'essayer.

— C'est la chose la plus stupide que j'ai jamais entendu sortir de ta bouche.

Dante s'approcha et prit le loup dans ses bras.

— Soit il va dans la cave, soit on le laisse à l'extérieur de notre territoire.

Sans un mot de plus, Cole et lui pénétrèrent dans la maison, le loup évanoui dans les bras de Dante.

CHAPITRE 21

Xander

À moi.

CHAPITRE 22

Ivy

Savoir le loup malade enfermé au sous-sol me contrariait franchement.

Alors qu'Eli talonna Cole et Dante à l'intérieur, je partis chercher mon pull et ranger mon équipement. Je m'installai ensuite confortablement sur le hamac de la terrasse et sortis mon téléphone.

Un déluge de notifications, d'emails et de messages m'accueillit. Je n'avais jamais réalisé à quel point j'en recevais régulièrement.

Riley : *Je ne suis toujours pas certaine que tu ailles bien. Jax m'a dit d'arrêter de m'inquiéter que tu es une grande fille.*

Moi : *Il n'a pas tort. J'ai récupéré mon téléphone.*

Riley : *Qu'est-ce que tu insinuais en parlant du cerf ?*

Moi : *Tu te souviens au collège quand tu étais dans l'équipe Jacob, et moi dans l'équipe Edward ?*

Riley : *Bien sûr. On avait même des T-shirts et des bouteilles d'eau. Je dois encore avoir ce T-shirt quelque part...*

Moi : Eh bien, *j'aurais mieux fait d'appartenir à l'équipe Jacob. Il me correspond mieux.*

C'était la seule idée qui me vint à l'esprit pour lui révéler que j'étais en réalité une louve métamorphe, sans pour autant le dire ouvertement. Je ne souhaitais pas prendre le risque que quelqu'un pût fouiner dans nos téléphones.

À peine mon message s'était-il envoyé que mon téléphone se mit à sonner.

Je décrochai en riant.

— Avant que tu ne dises quoi que ce soit... mon téléphone est équipé d'une espèce de truc d'espionnage, et qui sait ce que le tien a dessus.

— Jax sait que s'il bidouille quoique ce soit sur mon téléphone, je vais lui mordre les tétons si fort qu'il en pleurera.

Bon sang, elle était vicieuse et ça ne faisait qu'empirer avec l'âge. La connaissant, elle serait prête à en arriver là.

— Tu m'en dis trop, Ri.

Je pouffai, puis repris un ton sérieux en soufflant de frustration.

— Il faut que je reste ici un certain temps, pour espérer comprendre certaines choses.

— Et tu es certaine que tu peux faire confiance à ces gens ? Tu sais qui sont tes parents biologiques ? Une grossesse serait assez difficile à rater dans une petite ville. Surtout si tu fais partie de l'équipe Jacob.

— Personne n'a encore rien dit, mais je ne pense pas que la nouvelle se soit répandue très loin. Et puis ça n'aide pas qu'il y ait un autre clan et qu'ils ne s'entendent pas entre eux.

Je fermai les yeux, le visage inondé par les rayons du soleil.

— Ah, et j'ai deux copains aussi maintenant.

— Putain de merde. Bienvenue au club !

J'entendis derrière elle des voix masculines, puis Riley glousser.

— On se prépare à partir. Appelle-moi ou envoie-moi un texto pour me donner des nouvelles. On peut venir te chercher si besoin.

— Merci, Ri.

On raccrocha, puis je réussis à m'extirper du hamac sans tomber par terre. La minute d'après, Dante ouvrit la porte coulissante et sortit.

— Comment va-t-il ? demandai-je avec un sourire amical, en glissant mon téléphone dans la poche de mon pull.

Ma gentillesse finira par le gagner.

— Il va probablement nous causer beaucoup de problèmes. Accepter des animaux errants n'est pas bon pour la meute.

Il se rapprocha volontairement de moi alors que je me dirigeai vers la porte, et heurta mon épaule. Mes canines sortirent d'un coup.

— C'est quoi ton putain de problème, Dante ?

Son rire machiavélique me fit hérisser les poils. Je priai pour qu'il s'agisse de mes poils humains et non de ceux de ma louve.

— C'est toi mon problème. Regarde-toi, tu ne peux même pas contrôler ton animal ! Tu dois vraiment être un bon coup pour que Cole fasse courir un risque aussi grand aux membres de cette meute.

Je sentis mes ongles s'enfoncer dans la paume de mes mains alors que je serrai les poings. Je pris sur moi pour ne pas l'attaquer. L'envie de le mettre sur le dos était si forte que je me précipitai dans la maison sans un mot ni un regard dans sa direction.

Dante représenterait tôt ou tard un problème, et je savais que ma louve ne pensait qu'à le remettre à sa place.

Une fois dans la cuisine, je fermai les yeux, pris une

profonde inspiration, et comptai dans le sens inverse à partir de dix.

Ne pas contrôler mes émotions m'était étranger, et je n'aimais pas ça. Était-ce ce que tous les loups traversaient ?

— Ivy ?

Arrivant du couloir, Eli s'approcha lentement.

— Ma puce, tes mains sont en sang.

Je baissai les yeux et ouvris mes poings. Mes ongles avaient laissé place à mes griffes.

— Mon petit chaton, c'est quoi ce bordel ?

Il me prit par les poignets et me guida vers le lavabo où il fit couler de l'eau chaude.

— Que s'est-il passé ?

Je grimaçai alors que l'eau ruisselait sur mes mains.

— Dante.

Il hocha la tête et saisit une serviette propre dans le tiroir.

— Dante peut se montrer difficile à gérer.

Il éteignit l'eau et enveloppa mes mains.

— Ça ne devrait pas prendre longtemps à guérir. Ma blessure de tout à l'heure s'est déjà résorbée. C'est déjà arrivé plus jeune ?

J'écarquillai les yeux et retirai mes mains, arrachant au passage la serviette. Seules de petites égratignures les recouvraient à présent, les entailles profondes avaient disparu.

— J'ai déjà été blessée avant, mais ça n'a jamais guéri aussi vite.

— Sache que les chiots sont les plus vulnérables avant leurs premières transformations, quand ils ont autour de douze ans.

Il passa le bout de ses doigts sur la paume de mes mains. Le contact me fit frissonner.

— Il faut que tu te calmes. C'est pour cette raison que tes crocs et tes griffes sortent en permanence, ajouta-t-il.

— J'ai besoin...

Je retirai mes mains et les secouai comme si ce geste les ferait reprendre leur aspect normal. Je sentais ma louve perdre de plus en plus patience.

— Il faut que j'aille courir.

— Peut-être qu'on devrait…

Avant même qu'il ait pu finir sa phrase, je me transformai, déchirant l'intégralité de mes vêtements. Finis les tenues de sport coûteuses.

Alors que mes pattes touchèrent le sol en bois dur, un agréable bruit de cliquetis se produisit. La truffe au sol, je m'écrasai à côté de l'îlot de la cuisine dans un jappement. Glissant à souhait, le sol faillit me faire finir ma course en plein dans une chaise.

— Ivy, je viens courir avec toi, me dit Eli, déjà en train d'enlever ses vêtements.

J'aboyai en retour.

Oh, ouah. C'est plutôt amusant.

Je recommençai et courus vers le canapé pour sauter dessus. Je comprenais mieux à présent pourquoi les chiens montaient sans arrêt sur les meubles. C'était tellement mieux que d'être sur le sol dur. Je sautai par terre, puis dès que mes pattes touchèrent le tapis duveteux, je me roulai sur le textile, la tentation étant trop forte.

Étalée de tout mon long, je commençai à gigoter dans tous les sens et à frotter mon dos sur la surface douce. Les jambes en l'air, j'en profitai pour gratter une démangeaison au milieu de mon dos.

Putain, ça fait un bien fou.

— C'est quoi ce bordel… ? Oh, merde.

Cole se tenait debout au bout du couloir et commença à éclater de rire.

— Pas de loup dans la maison.

Je me redressai, puis courus vers lui et colla mon museau au niveau de son entrejambe, en reniflant

Compagnon.

Il me repoussa. Je grognai en retour.

— Désolé, Alpha, s'excusa Eli, entièrement nu.

J'étais tellement excitée qu'il se joigne à moi que je fis danser mes pattes avant sur le sol et émis d'autres bruits de loups exaltés.

— Tu nous rejoins ?

Eli se transforma, provoquant la colère de Cole qui laissa échapper un tas de jurons devant la quantité de poils éparpillés partout. La seule chose naturelle à faire était de se secouer et de faire voler les poils.

Cole se dirigea vers la porte coulissante et l'ouvrit.

— Allez. Partons courir.

Je glissai sur le sol, manquant de le renverser en sortant, et poussai un hurlement. Quel sentiment libérateur d'être louve.

Je fais la course avec toi jusqu'aux arbres du fond.

J'entendis la voix de Cole résonner dans ma tête, sursautant légèrement à cette intrusion, alors qu'il courut derrière moi en dévalant les marches avec Eli.

Ce n'est pas une course si je te mets une branlée.

Mes pattes martelaient l'herbe, ma respiration s'approfondissait, et ma langue menaçait de sortir alors que je poussais mon corps à aller toujours plus vite.

Cole me rattrapa et me devança de peu. Je ne pus m'empêcher de l'admirer. Avec ses muscles saillants et sa foulée puissante, son loup était sublime.

Alors qu'il l'emporta de justesse, on ralentit tous les trois notre course en s'enfonçant progressivement à travers les arbres.

Tu as trop forcé au début. On a beau avoir plus d'endurance qu'un humain, on peut s'épuiser rapidement.

Je regardai Eli. Il avait la langue pendante et ses côtes se contractait et se rétractait au fur et à mesure qu'il récupérait.

Eli peut m'entendre ?

Il leva aussitôt la tête et me regarda fixement.

Quoi ?

Cole parla en même temps.

Non. Je suis le seul à pouvoir communiquer avec chaque loup. C'est une caractéristique propre à l'alpha.

Tu peux m'entendre ? demandai-je en m'approchant d'Eli.

Mais... Cole vient de dire...

Eli se laissa soudainement tomber sur le sol et roula sur le dos, en m'exhibant son ventre.

Mon alpha.

Je regardai Cole par-dessus mon épaule, ses lèvres retroussées en arrière dans un grognement silencieux.

Cole, qu'est-ce qui se passe ?

Je ne sais pas.

Bien que sa voix résonna dans ma tête, j'entendis son loup grogner.

Ma louve me tira en avant et passa sa tête au-dessus d'Eli en grondant si fort que le bruit résonna dans la forêt. La mâchoire ouverte, je mordillai dans la fourrure autour de son cou sans le blesser. Il émit un gémissement, je lâchai prise.

Qu'est-ce que ça veut dire ?

Je reculai, les regardant tour à tour.

Mon loup veut faire partie de ta meute.

Toujours au sol, Eli roula sur le ventre, posant sa tête sur ses pattes avant et me fixa avec des yeux brillants.

Maintenant j'ai deux alphas.

Courons avant que mon loup ne perde les pédales.

Cole courut à une vitesse folle à travers la forêt avant qu'aucun de nous ne puisse répondre.

C'était un sentiment si accablant.

Eli rampa sur le ventre vers moi.

Cole reste mon alpha aussi.

Ce statut ne me plaisait en rien. Je n'avais aucune envie d'être responsable d'une meute. Je sentis ma louve se rebiffer.

Allons-y.

Humant l'air à la recherche de Cole, je courus dans sa direction.

La forêt resplendissait au début du printemps. La faune était de sortie, et les arbres pleins de vie. Avant, je considérais l'automne comme la meilleure saison de l'année avec ses feuilles au coloris chatoyant, mais contempler la forêt d'une autre perspective me fit revoir mes préférences.

Le printemps incarnait la vie.

L'odeur de Cole me mena près d'un arbre, puis s'arrêta net. Où était-il passé, bon sang ?

Eli se transforma et rit.

— Vraiment, Cole ? La cabane ?

Je levai les yeux et vis une cabane dissimulée dans les branches. Comment étais-je censée me transformer ?

En reculant, je pensai redevenir humaine. Mais rien ne se passa. Je fermai les yeux et insistai. Toujours rien.

Tandis qu'Eli commença à grimper les barreaux de l'échelle, soudainement apparue, je poussai un geignement.

— Repousse ta louve, dit Cole d'en haut. Tu dois te montrer ferme.

La repousser ? Ugh. Ça n'avait aucun sens. *J'étais* la louve. Je fermai à nouveau les yeux et me concentrai pour savoir où elle était. Ce n'était pas comme si je pouvais la voir et l'attraper par la peau du cou.

Laisse-moi me transformer, bon sang !

Soudain, je sentis ma peau picoter. Cette sensation m'encouragea à poursuivre mes efforts. Je la repoussai de toutes mes forces et, par miracle, atterrit sur mes mains et mes genoux par terre.

— C'était fou.

Il fallait clairement que je m'entraîne, car ne pas être capable de me transformer à ma guise comme tout le monde pouvait se révéler dangereux.

— Maintenant, ramène ton cul ici, me dit Eli debout à côté de Cole.

Ils affichaient tous les deux un large sourire sur le visage.

— Ça fait des années qu'on n'est pas venus ici.

Je grimpai l'échelle qui menait directement dans la cabane et ne pus réprimer une exclamation.

— Ouah.

La cabane avait la taille d'une petite chambre, dont le centre était occupé par le tronc de l'arbre porteur. Bien que poussiéreuse, l'installation était curieusement propre considérant qu'ils n'y étaient pas venus depuis plusieurs années.

— Pour quelle raison deux hommes adultes ont-ils besoin d'une cabane perchée dans un arbre ?

— On avait l'habitude de venir ici quand on était ados pour regarder des magazines pornos et se branler, avoua Eli.

Cole lui donna une claque derrière la tête.

— Je veux dire, on venait ici pour jouer avec nos Action Man.

Je levai les yeux au ciel.

— Vous vous êtes branlés ensemble ? Sexy.

Ils rougirent tous les deux, j'éclatai de rire. Sacrés cochons.

Tout en bois, la pièce disposait de trappes ouvrantes en guise de fenêtre sur chaque paroi. Dans un coin, se tenait une petite table poussée contre le mur avec deux chaises, et dans un autre recoin, deux grosses caisses empilées l'une sur l'autre.

— C'est votre collection de pornos ?

Je soulevai le couvercle, et trouvai à l'intérieur une tonne de Lego, de figurines et de petites voitures.

— La collection de porno est partie depuis longtemps.

Cole croisa les bras sur sa poitrine.

— Il faut qu'on parle de ce qui s'est passé.

— Oh ?

Je déplaçai la boîte et ouvris la deuxième emballée à l'aide de couvertures de style militaire. J'en sortis une et la sentis.

— Étonnamment, ça ne sent pas le moisi.

Je la dépliai et l'enroulai autour de moi. Cole fronça les sourcils alors que j'évitai délibérément sa question. En toute franchise, je n'avais aucune idée de ce qui s'était passé. Ce n'était pas moi qui avais proclamé être alpha.

— Je n'ai pas pu pas m'en empêcher.

Eli garda la tête baissée alors qu'il attrapait une autre couverture dans la caisse et la tendit à Cole, qui secoua la tête.

— En quoi est-ce mal d'avoir deux alphas ?

Cole me regarda fixement.

— Rien, mais...

— Mais tu as peur que ça énerve les bêtas. À savoir, Dante.

Eli enroula la couverture autour de lui et s'assit sur une des chaises autour de la table.

— Je ne vois pas comment tu vas empêcher sa louve de les défier. Tu as déjà vu que c'était dans sa nature.

— Ne mets pas la charrue avant les bœufs. Je viens à peine de devenir louve. Et puis dès que j'aurai maîtrisé la situation, je retournerai chez moi et je reprendrai mon travail.

Cole me coinça contre le tronc d'arbre avant même que je puisse finir ma phrase.

Un faible grondement surgit de quelque part au fond de lui, mais je lui tins tête, le regardant droit dans les yeux. Malgré son statut supérieur, il fallait qu'il redescende d'un cran ou deux.

— Ta place est ici. Avec moi. Avec Eli. Tu ne peux pas retourner chez toi, me dit-il sur un ton sec et définitif.

Je ne sourcillai pas.

— Je ne te laisserai pas me dicter ce que je dois faire. À

moins que tu n'aies le pouvoir de contrôler mon mental, je ne suis pas d'ordres que je n'approuve pas.

Mes doigts me démangeaient, je fermai les yeux.

— Maintenant, recule avant que ma louve ne surgisse et ne morde quelque chose qui t'est précieux.

Sa chaleur me quitta instantanément. Je restai appuyée contre le tronc d'arbre jusqu'à ce que le picotement disparaisse. J'avais beau être prête à rester pour apprendre ce dont j'avais besoin, ils ne pouvaient pas s'attendre à ce que j'abandonne ma vie entière. J'avais une carrière et des amis qui étaient comme une famille pour moi. Je pouvais très bien concilier les deux : être leur compagne et mener une vie normale.

— Ce que Cole essayait de dire, c'est que c'est dangereux de n'appartenir à aucune meute. Et si tu étais blessée et que tu finissais à l'hôpital ? Se transformer ou guérir comme nous le faisons soulèverait beaucoup une question. Des loups ont déjà disparu par le passé, Ivy. On ne sait pas où ils finissent, mais quelque chose me dit que le gouvernement connaît, en fait, notre existence, mais pas dans quelle mesure, me dit Eli sur un ton compatissant.

— Le fait que tu sois passée inaperçue pendant si longtemps est incroyable, ajouta-t-il en s'approchant de moi.

Il me prit dans ses bras. Je me blottis contre lui.

— Je suis un monstre, plaisantai-je.

— À moins que tu ne parles de toi comme d'une bête au lit, ce que tu dis est absurde.

Eli fit courir sa main le long de ma colonne vertébrale.

— C'était une blague horrible.

Assis à côté de la table, Cole avait toujours les bras croisés, sa pose signature.

— Si on parle de bête au lit, parlons de cette cabane porno nichée dans les cieux. Vous avez déjà amené des filles ici ?

Je n'y connaissais rien aux garçons adolescents et à leurs

hormones, alors je n'envisageai pas de parler du fait qu'ils se branlaient ensemble.

— Non.

Les joues d'Eli prirent une teinte rose. Je plissai les yeux, me demandant ce que cette réaction signifiait.

Cole sourit.

— Une fois.

— Ça te dérange, alpha ?

Il se leva et s'avança, une lueur dans les yeux. Eli recula et laissa Cole prendre sa place.

— Il n'y a qu'un seul moyen pour moi de faire sortir ce souvenir de ma tête.

Il passa son doigt sur ma lèvre inférieure, ce qui me fit oublier son comportement de machiste tout à l'heure.

— Et puis-je savoir comment ?

— En créant un nouveau souvenir.

À l'instant où ses lèvres effleurèrent les miennes, j'enroulai mes bras autour de son cou, laissant tomber la couverture et pressant ma poitrine nue contre la sienne.

Ses mains saisirent ma taille, ses doigts s'enfoncèrent dans ma peau, il approfondit son baiser et me poussa contre le tronc d'arbre. Cependant, le laisser me prendre contre un arbre rugueux ne faisait pas partie de mes plans.

Je repoussai sa poitrine.

Comme il ne me quittait pas des yeux, je pris la couverture et la posai sur le sol.

— Allonge-toi.

— Pardon ?

Je vis le coin de sa bouche se relever alors qu'il croisa les bras. Il ne m'aurait certainement pas cette fois. Je remarquai que son membre semblait déjà réagir à mon petit numéro.

— Tu m'as entendue. Sur le dos, alpha.

Quelque chose chez eux me donnait une irrésistible envie de prendre le contrôle.

Il me regarda, puis tourna la tête vers Eli, toujours assis à la table, raide comme une planche, les poings agrippés à la couverture qu'il avait drapée autour de lui. Cole attrapa son sexe et fit un mouvement ferme de va-et-vient avant de se plier à ma demande.

Je sentis mon cœur se serrer à sa complaisance.

— Je dois partir ? demanda Eli, un sourire en coin. Ou...

Je m'avançai vers lui, en balançant mes hanches de gauche à droite rien que pour leur plaisir, et l'embrassai avant de poser mes lèvres contre son oreille.

— Reste ici jusqu'à ce que je sois prête pour toi. Tu auras comme ça une vue imprenable pour ce que je m'apprête à faire.

Il gémit lorsque je saisis son lobe d'oreille entre mes dents, et le mordillai doucement.

Je me retournai vers Cole, qui regardait attentivement la scène, son sexe à la main. Le léger doute qui m'avait envahi plus tôt concernant le fait de les fréquenter en même temps n'était plus que de l'histoire ancienne. Ils n'avaient peut-être pas officiellement donné leur accord, mais leurs réactions en disaient long.

À genoux au pied de Cole, je poussai ses jambes jusqu'à ce qu'il s'agrippe à ses genoux.

— Qu'est-ce que tu fabriques ?

— Je prends ce qui est à moi.

Choquée qu'il me laisse le mettre dans une position aussi compromettante, j'attendis un instant pour voir si ça lui posait problème.

— Eh bien, fais-le. À moins que tu ne sois trop nerveuse.

Son membre tressaillit, une goutte de sperme perla et coula sur le côté.

— Je voulais juste m'assurer que je n'allais pas blesser ton ego.

J'attrapai la base de son sexe et le caressai plusieurs fois.

— Tu es prêt à ce que je te fasse vibrer, bébé ? dis-je d'une voix volontairement plus basse.

Il rit.

— Soit tu me baises, soit tu viens t'asseoir sur moi. À toi de choisir.

Je me positionnai au-dessus de lui et l'introduisis en moi en gémissant. Appuyant mes mains sur ses jambes, je me soulevai puis redescendis.

— Baise-moi.

Cole ferma les yeux, ses lèvres s'ouvrirent alors que je poursuivais mes mouvements incessants, encore et encore.

Je jetai un coup d'œil par-dessus mon épaule. Eli demeurait silencieux depuis que je l'avais laissé en attente. Son sexe dans sa main, il me regardait glisser sur Cole.

— Tu aimes ce que tu vois ?

J'accélérai le rythme, Cole haleta.

— Tu imagines ce que ça ferait si c'était la tienne que je chevauchais en ce moment ?

— Je vais jouir si tu n'arrêtes pas maintenant, s'écria Cole.

— Viens ici, Eli.

Eli se leva, son membre au garde-à-vous contre son bas-ventre, laissant s'échapper quelques gouttes de semence, lui aussi.

— Où dois-je...

Il se mit sur le côté, je secouai la tête.

— Allonge-toi. Cul à cul.

Ses yeux s'agrandirent. Il obtempéra et se mit à terre sur la couverture, imitant la position de Cole, tenant ses jambes, étendu sur son dos.

— Plus près... à moins que l'un de vous ne soit mal à l'aise...

— Fais juste ce qu'elle dit, grogna Cole, laissant ses pieds reposer à plat sur le sol et tendant la main pour me pincer les tétons.

Eli se rapprocha jusqu'à ce que leurs fesses se touchent presque. Je sentis mon sexe se serrer autour de Cole. Je les voulais tous les deux si fort que j'en ressentis une légère souffrance. Je n'avais jamais fait la position de l'amazone avant, mais les voir tous les deux sur le dos dans une telle position de soumission devint aussitôt ma nouvelle attraction préférée.

Je quittai Cole, plantai mes deux pieds sur le sol, m'aidant de ses jambes pour me maintenir en place, puis me baissai en arrière sur Eli.

— Oh, ouah.

Le choc fut si parfait que j'en vis presque des étoiles.

Cole se toucha en respirant bruyamment, puis frotta son sexe contre mon clitoris. Je sentis mes jambes trembler alors qu'un orgasme m'envahit, serrant Eli jusqu'à ce qu'il crie et se répande en moi.

Il se retira, puis Cole me fit basculer, son sexe luisant devant mon visage. Mes mains atterrirent sur les cuisses d'Eli. Je poussai un cri et enfonçai mes doigts dans sa peau alors que Cole ne se retenait pas, accélérant ses va-et-vient de plus en plus vite.

Sa main s'enroula autour de ma poitrine, puis me ramena contre lui. On se retrouva tous les deux à genoux. Ses doigts cherchèrent mon clitoris, sa langue vint me lécher l'oreille. Je tremblai.

— Laisse notre oméga voir ses alphas s'unir.

Un cri m'échappa alors que je ressentis un orgasme me semblant parvenir de toutes les directions. Je me serrai autour de lui, il enfouit son visage contre ma nuque, gémissant alors qu'il jouissait avec moi.

Alors que les dernières bribes de plaisir se diffusaient dans mon corps, je sentis des fourmis m'envahir et ce besoin irrépressible de pleurer.

— Ivy...

Eli se mit à genoux devant nous et me caressa la joue alors que je pris une bouffée d'air.

— Qu'est-ce qui ne va pas ?

— Rien. C'était juste très intense, putain.

Je gloussai, sentant la chaleur de Cole me quitter.

Eli m'aida à me relever, tandis que Cole me nettoya avec la couverture.

— Je vais devoir revenir ici en quad et prendre les couvertures pour les laver.

Je me sentis un brin gênée de me tenir nue et dégoulinante au milieu d'une cabane.

— On devrait y aller. Il se fait tard.

Je regardai la trappe que nous avions laissée grande ouverte.

Une fois en bas, Cole tira sur une corde de la même couleur que l'arbre et l'échelle disparut instantanément sous le sol de la cabane.

— Cette cachette mérite désormais son nom de « porn-cabane ».

Je ris et réussis à me transformer sans y penser.

CHAPITRE 23

Xander

Son odeur m'envahit alors que les ténèbres m'étreignirent comme un vieil ami. Un ami toxique et étouffant. J'eus l'impression que mon corps tout entier avait été passé dans un hachoir à viande avant d'être reconstitué. Peut-être était-ce le cas.

Je me forçai à ouvrir les yeux et sentis mon corps se raidir en découvrant le béton gris et les barreaux autour de moi.

Non. Pas encore.

Comment m'avaient-ils eu ? Je pensais les avoir tous tués.

Ils m'avaient tout pris. Ma meute. Mon envie de me battre. Ma vie.

Mon attention fut attirée par le bruit des pas au-dessus de ma tête et je tentai de percevoir la direction qu'ils prenaient. J'étais visiblement au sous-sol et les pas semblaient se diriger vers les escaliers.

Je ne les laisserais pas me toucher à nouveau. Je mourrais avant que ça n'arrive.

Alors que j'entrepris de me retourner, mon corps ne suivit pas le mouvement. Je grimaçai et regardai mes pieds. Enchaînés une fois de plus, mais heureusement je n'étais pas muselé.

Ce serait leur erreur.

La porte s'ouvrit. Je sentis une odeur troubler mon loup. Pourquoi ma compagne coucherait-elle avec deux autres mâles alors que j'étais enchaîné dans un sous-sol ?

Ses chaussettes à rayures arc-en-ciel apparurent en premier, suivies d'un jean serré qui semblait avoir fondu sur son corps. Je tentai de repousser mon loup pour me transformer, mais son emprise était plus puissante que jamais. Je l'avais laissé dominer bien trop longtemps.

Ivy portait un pull ample, couleur pêche, ses cheveux roux tombaient sur ses épaules. Elle était magnifique, et elle était à moi.

— Hé, tu es réveillé.

Elle s'arrêta en bas des escaliers, puis lança un regard vers le haut, sa lèvre inférieure entre ses dents. Elle s'approcha prudemment de la cage. Je ne bougeai pas d'un pouce. Je ne voulais pas qu'elle voit que je n'étais même pas capable de me protéger.

Elle avait une bouteille d'eau sous le bras, et une assiette dans la main. J'avais déjà l'eau à la bouche rien qu'en humant l'odeur qui s'en dégageait.

— Tu as faim ?

Elle rit nerveusement.

— Bien sûr que tu as faim. Quand je me suis réveillée ici, j'étais affamée et tout ce qu'ils m'ont donné, c'est un sandwich. Tu y crois ?

Ils avaient aussi enfermé ma compagne ?

J'émis un grognement, elle fit un pas en arrière, les yeux écarquillés. Merde, je lui avais fait peur.

En gémissant, je changeai d'approche et rampai vers les barreaux. Irait-elle chercher ses hommes maintenant que je l'avais effrayée ? Et puis, pourquoi était-elle ici ?

— Pourquoi tu ne te transformes pas ? J'ai un steak pour toi. Tu l'apprécieras davantage sous ta forme humaine.

Elle s'agenouilla suffisamment loin pour que je ne puisse la toucher.

— Ils ne vont pas te laisser sortir d'ici avant que tu ne te transformes.

Bien sûr qu'ils ne le feront pas.

Mon ventre me faisait mal, j'avais besoin de manger. Mon moi humain devait être dans un piteux état. Ça faisait des semaines, voire peut-être des mois que mon loup avait pris les rênes. Pourquoi me transformer alors que mon loup avait réussi à ouvrir des portes et à se débrouiller parfaitement sans moi ? C'était plus simple comme ça, et puis la douleur était moindre.

Je reniflai l'air et m'approchai un peu plus près, mes yeux rivés sur l'assiette, puis glissai ma truffe entre les barreaux. Elle sourit.

— Oh, bon sang. J'ai failli te récompenser d'être un bon garçon. Excuse-moi pour ma maladresse.

Elle était assurément bavarde, et je n'étais pas habituée à la stimulation auditive.

Ivy poussa l'assiette jusqu'aux barreaux, mais je ne parvins pas à attraper la viande de cette façon. Elle fronça les sourcils, puis retira l'assiette. Elle semblait se concentrer sur ses pensées.

Elle finit par hocher la tête, prit un morceau et le mit dans sa paume.

—Je sais que c'est bête de ma part, mais je vais remédier à

ça, d'accord ? Je ne veux pas que tu aies à manger sur un sol sale.

Elle rit à nouveau nerveusement.

L'idée de la mordre me répugnait. Elle se rapprocha et tendit sa main, tandis que je reculai pour que sa main puisse passer à travers les barreaux. Elle avait de très belles mains, des mains parfaites pour frictionner cette zone derrière mes oreilles que je n'avais jamais réussi à atteindre.

Je pris délicatement le morceau de viande dans sa main et l'avalai tout rond. Ma compagne prit un autre morceau et continua à me nourrir à travers les barreaux de la cage. Une fois la viande finie, elle tourna l'assiette en verre sur le côté et la fis passer à travers les barreaux, me laissant lécher le jus et les petits morceaux de viande restants.

— S'ils viennent te nourrir plus tard, fais comme si tu n'avais pas eu de steak, d'accord ?

Elle versa un peu d'eau sur l'assiette. Je la lapai aussitôt.

— Cole a dit que je n'étais pas autorisée à venir ici seule, et s'il découvre que je ne l'ai pas écouté...

Je grondai à nouveau, n'aimant pas l'évocation du nom de Cole. S'il levait la main sur elle...

La porte de l'étage s'ouvrit, elle retint sa respiration. Je me levai sur mes pattes flageolantes, prêt à la défendre si Cole venait à s'en prendre à elle. Je ne savais pas comment je m'y prendrais vu ma condition, mais je savais au fond de moi que je le ferais.

Pourtant, je reconnus l'odeur qui approchait. C'était le loup qui avait essayé de me lécher. Je grognai quand il se montra en bas des escaliers.

— Ivy, on t'a dit de ne pas descendre ici seule. Il est dangereux.

L'homme ne semblait pas en colère, mais je savais que la pire des colères pouvait être celle qui se murait dans le silence.

Je vais te montrer ce que c'est le danger.

Je montrai mes crocs, mes poils se hérissèrent.

— Pas du tout. Peut-être qu'il a besoin d'un contact humain pour vouloir se retransformer. Qui sait combien de temps il est comme ça.

Elle se leva et croisa les bras.

— Tu lui as apporté une couverture.

Il haussa les épaules.

— Eh bien, puisque Cole a dit qu'il ne pouvait pas dormir dans ma chambre, je me suis dit que j'allais lui apporter ma chambre.

Je n'aimais décidément pas ce Cole. Je penchai la tête sur le côté avec curiosité alors qu'il serra une couverture contre sa poitrine. Ça faisait bien longtemps que je n'avais pas ressenti le confort d'une couverture.

— Mais il est trop dangereux pour que je vienne lui rendre visite et le nourrir alors que des barreaux et des chaînes le tiennent éloigné de moi ? Incroyable. Pas étonnant que vous soyez tous les deux célibataires.

À entendre ma compagne me défendre, je gonflai la poitrine. En temps normal, mon loup aurait rechigné à l'idée, mais les temps étaient durs.

— On n'est plus célibataires, pas vrai ?

Il lui fit un sourire en coin. C'était à la fois exaspérant et attendrissant.

— Ce n'est pas le problème. Le problème c'est que l'enfermer dans une cage lui fait encore plus mal. Il ne va pas me mordre.

Elle se retourna vers la cage et me caressa le sommet de la tête.

— Tu vois, inoffensif.

— Ivy !

Alors qu'il se précipita en avant, je me jetai sur lui, claquant des dents sur les barreaux. Il s'éloigna de la cage.

— On n'a aucune idée de ce qu'il a derrière la tête. Tout porte à croire qu'il ne s'est pas transformé depuis un moment.

— Pourquoi une telle chose se produirait ?

Elle ramassa la couverture qu'il avait fait tomber dans sa hâte de la sauver du grand méchant loup.

— Pour plusieurs raisons. Il pourrait avoir été chassé de sa meute, appris la mort d'un proche, ou il pourrait aussi être malade. Peu importe, il a déjà montré des signes d'agressivité.

De la même façon qu'il aurait pu attaquer tout mâle mettant la main sur sa compagne, je protégeais ce qui était à moi.

— Mais par contre, c'est parfaitement logique que tu le veuilles dans ta chambre, objecta-t-elle.

Je préférais de loin être dans sa chambre *à elle*. Je me voyais déjà lové contre son corps, sa main caressant ma tête alors que je plongeais dans un sommeil profond.

Ma dernière vraie nuit remontait à un certain temps. Dormir sous des troncs d'arbres ou dans des bâtiments abandonnés n'avait pas aidé à apaiser mes cauchemars.

Et dormir dans une cage non plus.

Je laissai échapper un gémissement sans le vouloir, et m'assis lourdement. Je voulais juste rentrer chez moi, si mon chez moi existait encore.

— Je ne comptais pas rester là-dedans avec lui.

Eli lui prit la couverture des mains et la pliant en un rectangle parfait avant de la faire passer à travers les barreaux.

Ils s'éloignèrent de la cage et prirent la direction de l'escalier. Une fois en haut, je les entendis discuter à voix basse sans que je puisse discerner ce qu'ils disaient. Puis, la porte se referma doucement.

À nouveau seul.

Ce matin-là, je me réveillai avec énergie.

Je sentis un bras sous ma tête et une main sur mon ventre enfouie dans mon pelage. Je n'avais pas aussi bien dormi depuis longtemps.

Dans un grognement, je roulai sur le ventre et trouvai l'homme de la veille endormi sur le côté, sa tête reposant sur le même bras que celui sur lequel je venais de me réveiller.

J'étais désorienté et sentis une douleur dans la poitrine. D'après lui, j'étais dangereux, pourtant, il s'était endormi à mes côtés.

Il semblait paisible dans son sommeil, ses longs cils effleurant ses joues bronzées. Je ne me souvenais pas de la couleur de ses yeux, et à vrai dire, je n'avais pas vraiment fait attention la nuit précédente, mais je supposai qu'ils étaient brun foncé.

Pourquoi m'en souciai-je ?

En me levant, j'essayai de ne pas bouger trop vite. Ma bouche était terriblement sèche, j'avais besoin d'eau. L'assiette était toujours sur le sol, remplie d'eau. Je la lapai en deux coups de langue.

Merde. La bouteille se situait bien trop loin. Celui qui avait conçu cette cage méritait un prix, car il était impossible pour un loup de planter ses crocs dans quoi que ce soit.

Un léger ronflement résonna derrière moi. Je crus me souvenir de son prénom, Eli. Je ne devais surtout pas le réveiller. Par contre, si j'arrivais à me transformer en l'espace d'une seconde, récupérer l'eau, et revenir en un rien de temps, ce serait l'idéal.

Oui. Je pouvais faire ça. Mon loup avait suffisamment soif pour me laisser sortir.

Cependant, je n'avais pas anticipé à quel point se transformer serait douloureux après une si longue période. Un cri confus s'échappa de mes lèvres, et mon corps tout entier eut l'impression d'avoir été piqué par un million d'aiguilles. Je m'effondrai sur le sol, incapable de supporter mon poids avec mes membres tremblants et mal nourris.

Transforme-toi, idiot.

Je tentai à nouveau, mais mon corps sembla refuser. Je me roulai en boule.

— Oh merde.

Soudain réveillé, Eli se leva d'un coup en attrapant la couverture sur le sol.

— Bon retour parmi nous.

Il étala la couverture sur moi. Je la serrai de plus belle. Je devais être dans un sale état, probablement comme le type du film Seul au Monde, avec Tom Hanks. J'avais l'impression d'avoir échoué sur une île pendant des années.

— Je dois d'abord vérifier avec mon alpha si on peut te libérer. Comment tu t'appelles ?

Il tendit la main à l'extérieur de la cage et attrapa son téléphone portable.

Ma bouche était si sèche que mon nom resta en partie coincé dans ma gorge.

— Xander.

Merde.

Je tentai de répéter Alexander, mais rien d'autre que de l'air ne sortit.

— Xander, on va s'occuper de toi, d'accord ?

Sa voix était si apaisante que mes yeux se fermèrent aussitôt. Bien que mon réveil remontait à seulement quelques instants, cette transformation inespérée m'avait vidé de toute force.

La dernière chose dont je me souvins avant de m'évanouir, c'était d'avoir plongé mon regard dans les yeux bruns et inquiets d'Eli.

CHAPITRE 24

Eli

Xander se trouvait dans un piteux état et Cole ne répondait pas à mes messages. Il était à peine six heures du matin, je ne voulais pas le réveiller. Décidé à suivre mon instinct, je déverrouillai les chaînes et ouvris la porte de la cage.

Après avoir fait rouler Xander sur le dos, j'enroulai la couverture autour de lui et le pris dans mes bras. Je ne comptais pas le laisser allongé sur le sol froid alors qu'il semblait avoir connu des jours meilleurs.

Je gravis prudemment les escaliers, et montai jusqu'à ma chambre, où je m'enfermai et verrouillai la porte derrière moi. Selon moi, ce type avait besoin d'une bonne douche, d'une coupe de cheveux et d'un rasage. Mais il valait mieux le laisser dormir. Je pourrais laver mes draps plus tard.

Après l'avoir déposé sur le lit, je tirai une autre couverture sur lui. Il roula sur le côté, attrapa un de mes oreillers et le serra contre sa poitrine.

Fronçant les sourcils à l'idée de le voir blotti contre mon oreiller dans mon lit, je pris place derrière mon ordinateur et l'allumai. Maintenant que je connaissais son nom, je pouvais facilement vérifier s'il figurait dans la base de données des loups disparus. Xander n'étant pas un prénom courant, ça devait être assez facile.

Aucune correspondance trouvée. J'essayai de l'épeler de plusieurs façons différentes avant d'entamer une recherche plus poussée. Je ne savais pas grand-chose à part qu'il avait les cheveux bruns et les yeux verts et mesurait environ un mètre quatre-vingt. Dix résultats apparurent. Je fis défiler la liste. Aucun d'entre eux ne ressemblait de près ou de loin au loup assoupi sur mon lit.

Je fermai mon ordinateur portable et me dirigeai dans la salle de bain pour prendre une douche et me changer avant d'aller vers la cuisine pour prendre mon petit-déjeuner. Assis à la table de la cuisine, Cole fixait son téléphone et ne leva pas les yeux quand je fis mon apparition.

— Bonjour.

J'attrapai la cafetière et m'en versai une tasse.

— Ivy dort toujours ?

— Sûrement.

Il but une longue gorgée de son café et me regarda sortir des saucisses et des œufs du réfrigérateur.

— Tu l'as déplacé dans ta chambre ?

— Tu n'as pas répondu à mon message. J'ai simplement choisi de ne pas laisser un homme mourant sur un sol froid en béton.

J'ouvris le paquet de saucisses et les mis dans une poêle.

— Et s'il se transforme dans ta chambre ?

Cole posa son téléphone et me lança son regard réservé aux situations qu'il désapprouvait : deux lignes tracées entre ses yeux et un froncement de sourcils.

— J'ai fermé la porte. S'il se transforme et déchire tout, eh bien, de toute façon, je comptais tout redécorer.

Je posai six morceaux de pain au levain sur une plaque de cuisson et les enfournai.

— Il valait mieux que ce soit moi qui m'en occupe, plutôt qu'Ivy. Tu la connais, si elle était descendue au sous-sol ce matin et qu'elle l'avait vu sous sa forme humaine, elle l'aurait laissé sortir.

Je me gardai de lui révéler avoir passé la nuit à ses côtés.

— Ce n'est pas le moment de te montrer imprudent. J'ai assez à faire ces temps-ci.

Il se passa une main sur le visage.

— Dante veut organiser une réunion pour discuter de la mise en quarantaine de tous les nouveaux loups pendant une semaine avant de les autoriser à se mélanger à la meute. Et en pour couronner le tout, il veut qu'on procède à un examen complet sur Ivy, dont des tests sanguins.

— Je ne suis pas pour enfermer tous les nouveaux arrivants. En quoi est-ce une bonne idée ? Par contre, lui faire une prise de sang, oui. On pourrait probablement découvrir qui sont ses parents biologiques.

Je retournai les saucisses et entrepris de casser les œufs dans un bol.

— Tu veux que je lui en parle ?

— Non. Je le ferai, répondit Cole en se levant et en s'étirant.

— Bon sang, la cabane m'a vraiment bousillé le dos.

Je soupirai.

La cabane. Je n'arrivais pas à chasser les images de ma tête, et je m'étais astiqué deux fois depuis en y pensant.

— Moi et Ivy, ça ne te dérange pas ?

— J'ai senti mon loup un peu froid au début, mais après l'épisode de la cabane...

Il sortit des assiettes du placard.

— Ce qu'on a fait là-bas, c'était normal ? demandai-je.

Cole et moi avions beau être proches, je n'étais pas sûr de vouloir être *si* proche.

— Pour être franc, j'étais tellement concentré sur elle que tu étais en quelque sorte une extension de son corps, admit-il en haussant les épaules, si on doit passer par là, on va forcément devoir se toucher.

— Je n'appellerais pas mes bourses une extension d'elle, mais bon.

Je ris et saupoudrai de fromage mes œufs cuits.

— C'est moi ou je viens de surprendre une conversation gênante ?

Ivy traversa la cuisine en traînant les pieds et se dirigea vers la cafetière.

— Pourquoi se lever si tôt quand rien ne vous oblige à le faire ?

— Ne devrais-tu pas aussi te lever tôt en semaine ?

Voir Cole de bonne humeur faisait plaisir à voir. Il s'était montré bien trop ronchon ces derniers temps.

— Mais si je n'ai rien de prévu, pourquoi me lever ? demanda-t-elle en me pinçant les fesses.

Je souris bêtement. Que j'aimais sentir ses mains sur moi.

L'amour.

Mon sourire s'effaça alors que je me tournai vers le four pour vérifier que le pain ne brûlait pas. Mes sentiments pour elle commençaient-ils déjà à devenir aussi profonds ? Il était donc possible que je sois sur la bonne voie. La veille, rien que me préparer psychologiquement à son éventuel départ avait été difficile à accepter. Pourtant, éprouver un tel sentiment me semblait trop tôt. Ou peut-être ne l'était-ce pas tant que ça.

De toute façon, il n'existait pas de délai officiel pour ressentir un sentiment amoureux. Tout le monde était différent. Certains connaissaient le coup de foudre, tandis que d'autres prenaient un chemin plus sinueux.

— J'ai des trucs à faire pour la meute, comme d'habitude.

Une fois Ivy assise, Cole se pencha et l'embrassa.

— Mhm... des trucs pour la meute ? C'est littéralement tout ce que vous faites de vos journées les mecs, gérer une meute ? Il semble qu'avec moins de quatre cents adhérents, c'est plutôt un travail à temps partiel. Comment gagnez-vous de l'argent ? Je veux dire, regardez-moi cet endroit.

— Tu fais pousser de l'herbe dans ta serre ? ajouta-t-elle en faisant un geste vers la cuisine.

J'éclatai de rire. Ce n'était pas une mauvaise idée, toutefois je repensai à quel point la marijuana nous foutait vraiment en l'air.

— Non. Je ne fais pas pousser d'herbe. Tu devrais plutôt aller jeter un œil aujourd'hui si tu ne sais pas quoi faire.

— Donc ce n'est pas de l'herbe.

Elle claqua des doigts.

— Je sais ! Sales cochons. Vous avez un compte commun sur Only Fans et exhibez vos fesses, c'est ça ?

— On n'a pas de compte Only Fans, fit Cole en souriant. Tu veux qu'on en crée un ?

Ivy manqua de s'étouffer avec son café.

— Vous pouvez en faire avec vos pieds. Vos deux petits culs en action simultanée ne sont que pour mes beaux yeux.

— Oublie Cole et moi en action simultanée.

Sur les quatre assiettes que j'avais préparées, j'en portai trois à la table. La quatrième étant pour Xander quand il se réveillerait.

— Je participe au développement de la Tech au sein de la meute, commença Cole. Beaucoup de membres de la meute ont des emplois réguliers à proximité ou gèrent leurs propres petites entreprises à domicile. Bien que la majorité de mon argent soit un héritage, il y a environ quatre ans, j'ai travaillé jusqu'à ce que mon père quitte son poste d'alpha.

En revanche, ce qu'il ne lui a pas précisé, c'est que l'alpha responsable de la meute d'Arbor, avant qu'elle ne se déchire, était le meilleur ami de son père. Il lui a laissé chaque centime qu'il possédait, faute de famille.

— Notre meute est assez riche, en partie grâce aux investissements de mon père sur nos biens.

— Et ton père, il est où ?

Elle se pencha sur son assiette fumante et inhala. La voir utiliser son odorat dès qu'elle en avait l'occasion me surprenait toujours, l'ayant toujours eu en tant qu'individu né loup. Le scientifique en moi mourrait d'envie de chercher à connaître la raison pour laquelle elle ne s'était transformée que maintenant. Mais je devais l'aborder avec prudence pour ne pas l'accabler.

— Pendant plus d'un an, lui, ma mère et le père d'Eli ont voyagé pour rencontrer les autres meutes du pays.

Il prit une bouchée de son toast et me fit un signe de tête en guise d'appréciation.

— Beaucoup de membres plus âgés de la meute aiment voyager ensemble. À l'automne, on a généralement pas mal de visiteurs.

Après quelques bouchées, Ivy porta son attention sur moi.

— Pourquoi tu ne manges pas encore ?

— Si toi ou Cole avez encore faim, vous pourrez prendre mon assiette.

Le dire à voix haute à quelqu'un semblait ridicule, mais c'était comme ça pour une raison.

Un oméga se devait de s'occuper de la meute, et ainsi s'assurer que ceux qui la protégeaient étaient pris en charge en premier. Mon loup trépignait parfois lorsque Sara était dans les parages, car elle lui rappelait qu'il pouvait facilement la vaincre, même s'il s'était habitué à être servi en dernier.

— Et que se passe-t-il s'il s'avère que tu manges toute ta nourriture et que les autres loups ont encore faim ?

Elle avait vraiment une tonne de questions saugrenues.

— Ivy... c'est comme ça. Il n'a pas à suivre cette règle quand il n'y a que nous, mais il y tient quand même.

Cole haussa les épaules et se remit à manger.

— Ils peuvent me chasser de la meute.

Du moins, selon la rumeur. Nos humains auraient probablement abhorré l'idée, mais nos loups fonctionnaient selon un code différent, sur lequel nous n'avions pas toujours la main.

Ivy posa sa fourchette.

— Eh bien alors, j'arrête de manger jusqu'à ce que tu rattrapes ton retard.

Cole grommela et continua son repas en me regardant attentivement. Il devait sûrement se demander pourquoi il n'avait pas pensé à ça plus tôt. Ne pouvant me résigner à laisser ma compagne avoir faim, je pris ma fourchette et commençai à manger. Ivy m'imita enfin. Pour une fois, j'appréciais manger en même temps que les autres.

— Puisque je ne fais rien aujourd'hui, je me disais que je pourrais emprunter une voiture et aller faire du shopping, dit Ivy, pleine d'espoir alors qu'elle reposa sa fourchette.

— Absolument pas.

Cole se leva et ramassa nos assiettes. S'il y avait bien une chose contre laquelle je ne protestais pas, c'était bien faire la vaisselle.

— Et pourquoi pas ? Je ne compte pas aller à Arbor Falls. Tu ne t'imagines quand même pas que je compte rester assise ici et ne rien faire jour après jour, répliqua-t-elle avant de sortir son téléphone de sa poche. Tu sais quoi ? Je vais commander un Uber.

Cole posa les assiettes dans un bruit sec et lui prit le téléphone des mains. Sentant déjà une tension palpable naître dans la pièce, je pris une profonde inspiration. Ivy m'inspirait le feu, et Cole la glace.

— Peut-être que je peux...

— Ce n'est pas prudent. Tu as peut-être oublié qu'il y a moins d'une semaine quelqu'un a essayé de me tuer ? Une menace contre moi est une menace contre toute la meute, toi comprise.

Vu la façon dont il le tenait, je priai pour que Cole n'eût pas cassé son téléphone en deux. D'ordinaire réfléchi et posé, Cole semblait perdre son sang-froid avec Ivy. Il avait tendance à omettre qu'elle ne se laissait pas contrôler d'une main de fer.

— Peut-être qu'ils n'auraient pas essayé de nous tuer si tu n'étais pas un tel abruti, marmonna-t-elle.

Oh, merde.

— Je te demande pardon ?

Cole semblait prêt à lui ordonner de se mettre à genoux pour lui donner la fessée. Je sentis mon sexe tressaillir en imaginant la scène.

Ivy se leva et poussa sa chaise.

— Je vais aller voir notre ami le loup. Rends-moi mon téléphone.

— Hors de question. Il s'est transformé et dort dans la chambre d'Eli.

Cole lui rendit son téléphone, ramassa les plats et alla les mettre dans l'évier.

— Tu sais quoi. Va faire les magasins. Sara et Manny peuvent venir avec toi. Tu seras plus en sécurité à faire du shopping que de rester ici avec un homme déséquilibré.

— Je suis adulte. Tu penses vraiment que des loups-garous meurtriers s'en prendraient à moi en pleine journée avec un tas de gens autour ?

Elle leva les mains en l'air.

— Je n'ai pas besoin de chaperons.

— On ne sait jamais. Corrige-moi si je me trompe, mais tu ne t'attendais pas à te transformer en loup, n'est-ce pas ?

Cole se dirigea dans le salon et ouvrit un meuble dans le

home cinéma où il gardait un petit coffre-fort. Il entra son code, prit l'argent, puis le tendit à Ivy.

Elle compta les liasses.

— Tu aimes vraiment me jeter de l'argent à la figure, Cole Delaney. On pourrait commencer à penser que je suis ta pute.

Elle éclata de rire, puis enchaîna.

— On n'est pas loin de la vérité, ceci dit.

~

Une fois Ivy partie et Cole réuni avec les bêtas, je décidai d'aller voir Xander. Je n'avais pas dit à Cole que je connaissais désormais son nom ni que je ne l'avais pas trouvé dans la base de données. En plus d'être relativement récente, cette dernière ne comprenait pas tout, puisque toutes les meutes ne souhaitaient pas partager leurs informations.

Il demeurait aussi la possibilité que Xander ait quitté sa meute de son propre chef ou que celle-ci l'ait mis dehors. Je refusais de penser qu'il avait perdu la tête et qu'il comptait se lancer dans une folie meurtrière pour reprendre le contrôle de notre meute.

J'ouvris la porte de ma chambre et le trouvai à l'endroit même où je l'avais laissé. Dos à lui, je pris le soin de tourner la poignée de la porte sans un bruit pour la refermer.

Soudain, un geste brusque me plaqua contre la porte. Je sentis la forme d'un avant-bras appuyé contre ma nuque.

— Qui es-tu et où suis-je ?

Sa voix rauque me submergea telle une couverture chaude, je frissonnai.

— Je suis Eli. Tu es sur le territoire d'East Arbor... en Californie.

Malgré mes tentatives de résister, je poussai un geignement alors qu'il appuya davantage.

— Je ne vais pas te faire de mal.

— Où sont les autres ? enchaîna-t-il d'une voix fêlée.

— Les autres ?

J'ignorais à qui il faisait référence, mais le voir agité et effrayé de la sorte, je n'étais pas près de lui dire où se trouvaient Cole et Ivy.

— Liam, Cal, et Austin ? Ils sont morts ? demanda-t-il en augmentant la pression à l'aide de son bras. Si tu les as tués...

— Je ne sais pas qui sont ces gens. Tu es arrivé ici tout seul.

Il ne se souvenait donc de rien depuis son réveil ou de la veille ?

— Tout seul ?

Il me fit tourner, puis positionna son avant-bras contre ma gorge.

— Dis-moi où ils sont.

Alors que je m'apprêtai à répondre, aucun son ne parvint à sortir de ma bouche tellement son bras me bloquait la gorge. Je peinais de plus en plus à respirer. Ses yeux verts dégageaient une expression perturbée, tandis que le reste de son visage démontrait plutôt une expression froide et détachée. Sans compter la saleté de son visage et sa barbe ébouriffée, l'ensemble était particulièrement déplaisant.

Je mis mes mains autour de son avant-bras et tirai vers le bas pour le faire relâcher la pression et me laisser parler.

— Je ne sais pas où ils sont, lâchai-je en tentant de reprendre mon souffle.

Il trébucha en arrière et se prit la tête dans les mains, ses cheveux trop longs et emmêlés dans ses poings.

— Où est-elle ? m'interrogea-t-il en revenant vers moi.

Bien décidé à ne pas bouger et à ne surtout pas le laisser sortir de la pièce, je fis la seule chose à laquelle je pensai : je pris ses joues entre mes mains.

— Écoute-moi. Tu es venu ici tout seul. Ton loup devait avoir pris le dessus depuis un moment, à en juger par ton comportement. Personne ne va te faire de mal. Mais tu dois te calmer et me dire ce qui s'est passé pour que je puisse t'aider.

— Ivy.

Alors que ses yeux s'assombrirent, je sentis mon cœur battre d'une telle force pour que je crus l'entendre.

— Où est Ivy ?

— Ivy ? Elle est partie faire les magasins.

Pourquoi cherchait-il Ivy ? Même si elle se trouvait dans le coin, je n'étais pas prêt à le lui dire. Peut-être que Cole avait raison de le garder enfermé dans le sous-sol, et je ne disais pas ça seulement parce qu'il demandait ma compagne.

— On doit la trouver avant qu'ils ne mettent la main sur elle !

Il s'éloigna de moi et attrapa la poignée de la porte.

— Pousse-toi de mon chemin.

— Non.

Je tentai de calculer combien de temps me prendrait de récupérer un tranquillisant dans ma table de nuit et de l'atteindre avec. Similaire à un traitement d'urgence des réactions allergiques, on en gardait partout, au cas où.

— Va prendre une douche, pendant que je te prépare de quoi manger. Le temps que tu te laves, Cole devrait être de retour.

Pire. Chose. À. Dire

Il me repoussa contre la porte et s'approcha bien trop près à mon goût vu son état d'esprit dérangé. Pour une raison inconnue, j'avais eu cette soudaine envie de me blottir contre lui dans la cave, il semblait si inoffensif dans son sommeil.

— Cole voulait m'enfermer. Il l'a enfermée !

Sa voix se brisa. Je le vis serrer sa mâchoire si fort que j'en eus mal pour lui.

Mais de quoi parlait-il ?

— Il n'y avait que toi qui étais enfermé. Rien que toi, répétai-je inlassablement.

Sa poitrine se souleva.

— J'ai besoin de la voir.

Je savais que les traumatismes pouvaient causer des problèmes neurologiques, mais je n'en avais jamais été témoin.

Je soupirai et restai prostré devant lui, tandis qu'il grognait et me fixait, attendant patiemment ma réponse. Pourquoi ne m'avait-il pas simplement assommé pour sortir ? Peut-être lui restait-il une once de raison.

Il recula à nouveau et scruta la pièce.

Une fraction de seconde plus tard, il se précipita vers la fenêtre, arracha les volets et s'attaqua à la serrure.

Je m'élançai après lui, puis entourai sa taille de mes bras en le serrant de toutes mes forces. Après l'avoir plaqué sur le lit, je lui appuyai sur l'aine avec mon genou et maintins mon coude dans ses côtes jusqu'à ce qu'il s'épuise.

Il émit un hurlement déchirant. Je n'avais jamais rien entendu de tel avant.

La tête enfouie dans le creux de mon cou, il s'accrocha à mon T-shirt avec ses poings. Je me figeai une seconde, puis l'entourai de mes bras et lui caressai doucement le dos.

— Ça va aller.

Je sentis ses sanglots déferler sur ma peau, mon cœur se serra.

— Tu es en sécurité maintenant.

— Je ne suis même pas capable de me protéger moi et ma meute, alors comment réussirais-je à la protéger ?

J'eus du mal à le comprendre à travers ses larmes.

Les loups mâles montraient rarement leurs émotions aussi ouvertement. Le voir dans cet état *me* donnait aussi envie de pleurer. Qu'était-il arrivé à ce loup pour qu'il se sente à ce point blessé ? Comment pouvais-je lui venir en aide ?

CHAPITRE 25

Ivy

Faire les magasins accompagnée de Sara et Manny était toujours mieux que rien. Aurais-je préféré les faire seule ? Oui. Sara et Manny ne me faciliteraient pas la tâche. Si j'étais venue en ville, c'était pour une bonne raison.

Le poing sous le menton, j'essayai d'élaborer un nouveau plan, le regard perdu par la fenêtre alors que la voiture de Manny filait à toute allure. J'étais supposée rencontrer Charles Scott, un assistant social qui figurait dans les contacts de mon père et qui, vraisemblablement, avait été en charge de mon adoption.

— Tu es bien trop silencieuse.

Sara tourna la tête pour me regarder depuis le siège avant.

— Je croyais que tu voulais sortir.

Merde.

Pour éviter qu'ils ne soupçonnent quoi que ce soit, je devais m'y prendre mieux.

— C'est toujours le cas. Je ne m'attendais simplement pas à être entourée de baby-sitters, c'est tout.

— Je suis surpris qu'il t'ait laissée y aller. Il doit vraiment s'inquiéter de la présence du nouveau loup à la maison, dit Manny en riant.

— C'est un être humain, pas juste un loup.

Je croisai son regard dans le rétroviseur.

— Combien de fois Cole a-t-il été enfermé dans sa cave ?

Manny reporta ses yeux sur l'autoroute, les épaules raides.

— Jamais.

— Eh bien, peut-être qu'il le faudrait pour qu'il puisse comprendre ce que c'est, dis-je en croisant les bras. Il n'y a rien de plus désagréable que de se réveiller désorienté dans une putain de cage.

— Je suis d'accord. Mais…

Sara soupira.

— Quand j'avais quinze ans, ma mère et moi avons eu un terrible accident de voiture. C'est comme ça que j'ai perdu l'usage de ma jambe, et elle la vie. Eli l'a très mal vécu.

Je sentis une douleur me lacérer la poitrine en pensant à la souffrance qu'Eli avait dû endurer.

— Il a été enfermé ?

Elle hocha la tête.

— Pendant environ une semaine. Je n'étais pas là pour en être témoin, mais Cole a dit que le loup d'Eli avait tellement pris le dessus qu'il n'avait pas eu d'autre choix que de l'enfermer. Autrement, il se serait enfui.

— Qu'est-ce que ça fait ? De laisser son loup prendre le dessus ?

Peut-être que c'était ce qui m'arrivait, mais dans l'autre sens.

— Ça rend la douleur émotionnelle plus facile à gérer. Mais pour ma part, je n'avais pas pu me transformer pendant très longtemps. Il y a trois types de traumatismes différents chez nous. Celui du loup, celui de l'humain, et un mélange des deux. Un déséquilibre peut causer la domination de l'un sur l'autre.

— Quel genre de traumatisme ai-je subi pour ne pas me transformer pendant vingt-six ans ?

Je regardai dehors et fronçai les sourcils alors que la voiture quittait l'autoroute et arrivait en ville.

Loin d'être une mégalopole comme Los Angeles ou New York, Arbor Falls comptait environ cent mille habitants, et quand on était habitué aux villes de moins de dix mille citoyens, ça faisait une sacrée différence. Il y avait un seul centre commercial, et c'est vers là que nous nous dirigions.

— Parfois, après un événement traumatique qui les a vraiment secouées, certaines personnes deviennent incapables de se transformer. Dans mon cas, ça m'a pris trois ans. Tu as été abandonnée, donc peut-être que c'est lié.

Sara pouvait avoir raison, mais à cet âge-là, les jeunes enfants n'avaient pas non plus de souvenirs ou ne comprenaient pas grand-chose, donc je ne voyais pas comment ça pouvait être le cas.

— Le cerveau reconnaît-il ce genre de choses si tôt après la naissance ?

Sara haussa les épaules.

— J'ai parfois l'impression de me souvenir de ce que ça fait d'être dans l'utérus.

Manny rit et Sara lui assena un coup de poing dans le bras alors qu'il entrait dans un parking.

— Aïe, ça fait mal, putain.

Pour un bêta, Manny n'était pas si robuste.

~

Alors que je fis mine de m'intéresser aux magasins, Manny semblait s'ennuyer de pied ferme. Plutôt que d'attendre à l'intérieur pendant que Sara et moi essayions des vêtements, il patienta à l'extérieur, les yeux rivés sur son téléphone.

— Sara, j'ai fini. Je t'attends dehors, d'accord ?

Satisfaite de mon numéro, je sortis. J'avais fait semblant d'essayer des vêtements pendant une durée suffisamment longue pour paraître crédible. Dans les trois autres magasins où nous nous étions rendues, Sara avait mis deux fois plus de temps que moi. Ça me laissait bien assez de temps pour m'échapper.

— Ça marche, dit-elle en plein essayage.

Elle devait probablement être en train de tenter de rentrer dans un jean que je lui avais suggéré d'essayer.

Mon trajet Uber déjà commandé, j'avais cinq minutes pour sortir.

En quittant la cabine d'essayage, j'apportai mes articles au comptoir d'accueil où un employé s'affairait à replier une pile de T-shirts.

— Excusez-moi, mon amie Sara voudrait une taille 40 dans toutes les couleurs de ce jean que vous avez. Elle adore ce modèle.

— Ravie que ça lui plaise ! Je vais les lui chercher de suite. Vous êtes prête à régler ? Je peux appeler quelqu'un pour vous.

Je vis une autre femme à l'avant de la petite boutique, occupée à ranger la marchandise.

— Oh, non. Je vais quand même faire encore un tour et attendre mon amie.

Après un rapide coup d'œil à l'avant du magasin pour m'assurer que Manny ne regardait pas dans ma direction, je me précipitai vers une porte où un panneau indiquait : Réservé aux employés.

Une fois dans le couloir étroit qui menait à l'arrière du magasin, je courus vers la sortie.

Le temps était précieux. Ils ne consulteraient pas le

traceur de mon téléphone tout de suite, ce qui me laissait le temps de prendre mon Uber et de me mettre en route.

En sortant par l'arrière du magasin, je me retrouvai dans un long couloir aux nombreuses portes menant vers d'autres magasins. Je me précipitai dans le couloir, puis jusqu'à la porte qui me ferait sortir près des toilettes.

J'aurais probablement pu parler à Cole du contact que j'avais trouvé la veille, mais il s'agissait d'une affaire personnelle et je n'avais nul besoin que quelqu'un soit à mes côtés pour rencontrer l'assistant social chargé de mon adoption.

Je me dirigeai vers le centre commercial et sortis par l'entrée principale où un petit VUS bleu m'attendait. Après m'être glissée sur la banquette arrière, le chauffeur prit la direction du café où j'avais convenu de rencontrer mon contact.

À peine étais-je sur le point d'arriver à destination que mon téléphone vibra. Message de Sara.

Sara : Où es-tu ?

Moi : Aux toilettes. Il y a la queue. On se retrouve devant le magasin ?

Une fois le message envoyé, j'éteignis mon téléphone et le glissai dans la poche de la banquette arrière. La voiture se gara sur le parking, j'ouvris mon portefeuille et en sortis les deux cents dollars que Cole m'avait donnés.

— J'ai une demande un peu bizarre. Mais dédommagée deux cents dollars.

Le chauffeur, d'apparence honnête et d'un âge moyen, leva un sourcil, puis se retourna pour me regarder alors qu'il coupa le moteur du véhicule.

— C'est légal ?

En riant, je lui montrai l'argent.

— Oui. Il faudrait que vous retourniez au centre commercial, que vous vous gariez et que vous reveniez me chercher dans une heure environ.

— Pourquoi le centre commercial ? Je peux tout aussi bien attendre ici.

— Vous voulez ces deux cents dollars ou pas ?

Mon autre option était de laisser mon téléphone quelque part et d'espérer le récupérer plus tard.

— Vous les jeunes de nos jours. D'accord, je vais le faire, vu que ce n'est pas si loin.

Il prit l'argent, et je priai pour qu'il revienne pour de bon.

Je sortis du VUS et entrai dans le café. Alors que je cherchai Charles des yeux, je sentis mes mains trembler légèrement. J'avais fouiné sur Internet pour trouver sa photo sur les réseaux sociaux.

Je le repérai, sentant mon pouls accélérer tandis que je me dirigeai vers la table où il était assis.

— Charles ? Je suis Ivy.

Il se leva, me serra la main, puis on s'asseya.

— C'est un plaisir de vous rencontrer. Nous n'avons pas souvent l'occasion de revoir les enfants qu'on a aidés à placer.

Le trouvant plutôt sympathique, je me détendis progressivement dans le fauteuil. J'avais une tonne de questions à lui poser, n'ayant pas eu le temps au téléphone la veille.

— Avant toute chose, je suis vraiment désolé pour vos parents.

Il m'adressa un sourire compatissant, puis continua.

— Dites-moi ce que je peux faire pour vous ?

— Savez-vous qui sont mes parents biologiques ?

Je supposai que les services de protection de l'enfance avaient épuisé tous leurs efforts pour les localiser.

— Personne ne s'est manifesté et aucun hôpital ou médecin à proximité n'avait vu une femme en post-partum. Alors on t'a immédiatement placée dans une famille d'accueil en attendant de te trouver un foyer.

Je n'avais même pas pensé à ça.

— Mes parents étaient aussi mes parents adoptifs ?

— Non. Enfin, pas au début.

Il passa une main dans ses cheveux poivre et sel.

— Vous viviez bien avec eux ? me demanda-t-il.

— Oui. J'avais les meilleurs parents au monde.

Je sentis les larmes me monter aux yeux.

— J'aurais simplement souhaité qu'ils me disent la vérité, poursuivis-je, mais j'imagine qu'ils devaient peut-être avoir leurs raisons.

Il changea de position sur son siège.

— Votre adoption s'est révélée un peu différente des autres.

Ma respiration se coupa net dans ma gorge. Était-il au courant ?

— Que voulez-vous dire par là ?

— Environ une semaine après votre découverte, un homme est venu me voir.

Il regarda autour de lui comme si quelqu'un allait soudainement apparaître.

— Il faut que vous me compreniez, j'étais jeune, j'avais un prêt étudiant long comme le bras, un nouveau-né...

Une sensation de malaise m'envahit, les mains agrippées à mes genoux.

— Quoi...

Je déglutis avec difficulté.

— Quel est le lien ?

— On m'avait transmis votre cas et je travaillais avec les agences d'adoption pour vous trouver un placement permanent. Cet homme est venu et m'a proposé une grosse somme d'argent pour s'assurer que vous partiez loin d'ici.

Bordel. De. Merde.

Je me raclai la gorge, décidée à chasser la boule de nervosité qui s'y était logée.

— C'était mon père ?

Il secoua rapidement la tête.

— Non, je ne pense pas. Il m'avait dit qu'il était un ami de votre père, mais n'avait pu me donner aucune autre information supplémentaire. Il voulait aussi que je le tienne au courant de l'endroit où vous seriez.

— Quel était son nom ?

J'étais presque certaine que mon cœur avait cessé de battre.

— Il ne me l'a pas donné. Il venait toujours me trouver et me payait en liquide.

Il se passa une main sur le visage, et ajouta.

— J'ai trouvé vos parents quelques semaines plus tard, et une fois que votre adoption a été officialisée, il a cessé de venir.

— Vous vous souvenez de quelque chose à son sujet ?

Arbor Falls n'étant pas une grande ville, je sentis ma poitrine gonfler alors que je reprenais peu à peu espoir.

J'étais à deux doigts de découvrir l'identité de mes parents biologiques.

— C'était un homme à l'air mauvais, un motard. Il avait des cheveux blonds et les yeux verts. Oh, et il avait une cicatrice sur la joue comme si quelqu'un l'avait lacéré.

La description me fit penser à Silas. Pourtant, ça ne pouvait être lui, puisqu'il avait l'âge de Cole et je ne me souvenais pas avoir vu de cicatrice sur sa joue. Étais-je liée à Silas ? Je grimaçai intérieurement à la pensée.

— Et vous n'avez pas entendu parler de cet homme depuis toutes ces années ?

J'avais du mal à croire qu'un homme prêt à payer pour que je parte loin arrête soudainement de demander des nouvelles.

— Pas une seule fois.

Il laissa échapper un soupir de soulagement.

— Vous n'êtes pas en colère ?

En colère ? Non. Confuse ? Oui.

— Combien vous a-t-il donné ?

— Oh, eh bien...

Son teint vira au rouge, il baissa les yeux sur ses mains.

— Cinq cent mille.

Mes yeux faillirent me sortir du crâne.

— Et ça ne vous a pas semblé louche du tout ?

— Si, mais ce n'est pas comme si j'étais en position de refuser. Comme je l'ai dit, il n'avait pas l'air d'être bienveillant, et j'avais une femme et un bébé à m'occuper. Ça m'avait semblé inoffensif de demander votre adoption loin d'ici. Je m'étais dit que c'était parce que ça aurait été trop dur pour tes...

— Vrais parents ?

— Oui.

Il regarda sa montre.

— Je devrais probablement y aller. Je suis désolé de ne pas avoir pu vous aider davantage. N'hésitez pas à m'appeler si vous avez d'autres questions.

Il me laissa assise là, à devoir digérer cet amas d'informations. J'appartenais à la ville d'Arbor Falls, pourtant quelqu'un était responsable de mon déménagement loin d'ici. La question était de savoir pourquoi ?

Alors que j'attendais le retour de mon chauffeur, je me sentis plus contrariée que je ne l'avais jamais été au sujet de mon adoption. Qu'est-ce qui ne tournait pas rond chez moi ou chez mes parents pour que quelqu'un paie un demi-million de dollars pour ne plus jamais me revoir ?

Était-ce parce que j'avais l'air différente ? Qui étaient mes parents et pourquoi n'avaient-ils pas voulu de moi ?

Il y avait une personne qui connaissait probablement la réponse, toutefois il n'y avait aucune chance que Cole me laisse la contacter.

Une fois le véhicule garé sur le parking, j'ouvris la porte arrière.

— Un problème ?

— Il y avait des gens énervés sur le parking. Ils ne m'ont pas embêté, mais ils n'ont pas cessé de tourner autour de mon véhicule.

Il se retourna pour me regarder.

— Et vous, dans quel genre de problème êtes-vous ?

Je sortis mon téléphone de sa cachette et jetai rapidement un coup d'œil aux alentours.

— Ça ira. Je pense que je vais marcher. Merci !

Je l'entendis commencer à dire quelque chose, mais je claquai la porte et traversai le parking. On me repérerait probablement facilement avec mes fichus cheveux. J'aurais dû penser à porter un chapeau.

Après un rapide coup sur mon téléphone, je soupirai. Appels manqués et messages de Cole, Sara et Eli. J'avais beau être adulte, ils me donnaient la désagréable impression que j'étais sur le point d'être punie.

Je l'étais probablement.

Je vis un parc à proximité, et m'y dirigeai. Je décidai de m'asseoir sur une balançoire en attendant qu'ils me trouvent. Je lus les messages de Sara, qui passait de l'agacement à l'énervement, puis à l'amusement. Enfin, il y avait ceux de Cole.

Cole : *Où es-tu, putain ? Sara m'a appelé et m'a dit que tu avais disparu.*

Cole : *Réponds à ton téléphone, Ivy.*

Cole : *Tu ferais mieux d'espérer que je ne te trouve pas en premier.*

Je me mordis la lèvre et regardai autour de moi. Jusqu'ici, tout allait bien. Le parc était vide puisqu'on était le milieu de la semaine, en pleine journée.

Moi : *Ah oui ? Et que comptes-tu me faire, Alpha ?*

Je glissai mon téléphone dans mon sac à main et poussai sur mes jambes. Je n'étais pas montée sur une balançoire depuis une éternité. Quel sentiment libérateur de sentir le vent s'engouffrer dans mes cheveux et le sang traverser mon corps alors que je montais de plus en plus haut.

Oh, bon sang. Ça devait être un truc de canidés. Maintenant, je comprenais mieux pourquoi j'appréciais tant les balançoires dans ma jeunesse.

Inexorablement, l'excitation laissa vite place à une profonde sensation de tristesse. Je souffrais d'une grande perte. Celle de mes parents, celle de la vie que j'aurais pu avoir avec des gens comme moi, celle de ma liberté.

Au fur et à mesure que je ralentissais, mes pieds traînèrent sur les brindilles par terre. Je m'arrêtai, penchée en avant, le visage dans les mains. Je venais tout juste de commencer à vivre ma vie et d'entreprendre une carrière dans laquelle je m'épanouissais, et maintenant on me l'enlevait.

Tout à coup, je sentis l'odeur de Cole. La première chose qui me fit prendre conscience que je n'étais plus seule dans mon apitoiement. Pourtant, je n'étais vraiment pas d'humeur à l'affronter lui et sa personnalité dominante.

— Ivy.

La balançoire à côté de moi couina.

— À quoi tu pensais, bon sang ?

Dans un soupir, je laissai tomber mes mains et regardai au loin le toboggan qui avait connu de jours meilleurs.

— J'imagine que je ne pensais à rien, dis-je en laissant couler les larmes librement sur mon visage. Finis-en avec tes reproches et ramène-moi dans ma prison.

— Ce n'est pas une prison, répondit-il d'une voix douce.

— On dirait bien que si. Je ne peux aller nulle part, j'ai un traceur sur mon téléphone, et je dois m'inquiéter d'être enfermée à l'isolement. C'est une prison.

Une prison contre laquelle je n'avais pas vraiment lutté.

Il se crispa, ses jointures devinrent blanches sur les chaînes de la balançoire.

— Tu ne comprends pas à quel point c'est dangereux pour nous.

Il radotait. Croyait-il vraiment que je l'ignorais ? Ça ne voulait pas dire pour autant qu'il fallait m'enfermer.

— Et si tu t'étais transformée durant ton escapade ?

Je sautai de la balançoire et me retournai pour le regarder fixement.

— Et si je l'avais fait quand je ne vivais pas ici ? m'écriai-je à voix haute.

Je fermai les yeux pour me calmer avant de lui donner raison.

— Ce n'était pas si dangereux pour quelqu'un de me laisser dans un putain de buisson de lierre. Pourquoi, Cole ? Qu'y avait-il de si mauvais dans cette ville... ou chez moi, pour m'expédier loin d'ici comme si je ne comptais pas ?

Les chaînes de la balançoire s'entrechoquèrent alors que Cole se leva et posa ses mains sur mes bras.

— Tu es importante.

Je posai mon front contre sa poitrine.

— Ils ne voulaient pas de moi.

— Hé, regarde-moi.

Il recula et releva mon menton.

— Ce sont des idiots, quels qu'ils soient. Tu es une femme forte et indépendante qui ne se laisse pas faire et qui sait ce qu'elle veut. S'ils pouvaient te voir maintenant, ils regretteraient probablement de t'avoir laissée partir.

Il avait raison, mais tous ces rejets devenaient de plus en plus intenses. J'avais besoin de réponses. Pas seulement pour moi, mais aussi pour ma louve.

— Je suis désolée de m'être enfuie, dis-je en reniflant dans un rire. Bon sang, je devrais peut-être commencer à t'appeler « papa » puisque je sens que tu vas me punir.

— Ça peut se négocier, même si je préfère quand même t'entendre crier mon prénom.

Il embrassa le sommet de ma tête.

— J'aimerais que tu me fasses un peu plus confiance. J'essaie simplement de te garder en sécurité.

C'était difficile de lui faire confiance, alors que je le connaissais à peine. Oui, il y avait une connexion intense entre nous qui me donnait envie de lui arracher la tête et de déchirer ses vêtements en même temps, mais donner sa confiance à quelqu'un si facilement se montrait difficile.

Je me penchai vers lui alors que sa main caressa ma joue.

— J'essaie.

Parfois, essayer devait être suffisant.

CHAPITRE 26

Cole

La route du retour se fit dans le silence. Ivy semblait cacher quelque chose.

Je ne lui avais pas vraiment demandé ce qu'elle avait fabriqué durant sa disparition, mais j'avais le sentiment que son état dans le parc était lié à son absence prolongée.

Ça m'avait mis hors de moi quand j'avais reçu l'appel de Sara pour me signaler sa fuite. Ivy avait choisi le pire moment pour n'en faire qu'à sa tête. Alors que j'avais assuré à l'ensemble des bêtas et aux autres chefs de famille haut placés qu'il n'y avait pas lieu de s'inquiéter d'Ivy, elle en profitait pour prendre la poudre d'escampette.

Sans leur expliquer la raison de mon départ précipité, je savais pertinemment que Manny aurait déjà informé Dante puisqu'il lui rendait directement des comptes. Il fallait s'attendre à voir les choses mal tourner à notre retour. Certes, j'occupais le poste d'alpha, toutefois si un nombre suffisant de membres de ma meute se concertaient pour s'opposer à moi, je ne serais pas en mesure de les arrêter.

— Est-ce que tu vas finir par me dire ce que tu faisais ? demandai-je alors qu'on quittait l'autoroute.

— Oui, mais je suis encore en train de digérer l'info.

Elle posa sa main sur la mienne.

— Ça va te mettre en colère.

J'entrelaçai mes doigts aux siens.

— Et si tu me taillais une pipe et qu'ensuite tu me racontais tout ?

Elle esquissa enfin un sourire et porta nos mains à ses lèvres, embrassant mes jointures.

— C'est tout ce qu'il te faut pour arranger les choses ? Une pipe ?

— Plutôt simple, non ?

Je retirai ma main de notre étreinte pour reculer le véhicule dans l'allée, ce qui la fit rouspéter.

— Et toi, que te faut-il pour aller mieux ?

Une fois la voiture stationnée, elle décrocha sa ceinture.

— De la glace, du vin, ou du chocolat.

Après être descendus du pick-up, on se dirigea vers la porte d'entrée.

— Ça tombe bien, j'ai les trois, dis-je en lui prenant la main.

— Tu m'as caché des choses, Delaney, lança-t-elle en tapant gentiment son épaule contre la mienne.

— Tout le monde sait que la première règle à suivre quand on a une petite amie, c'est de toujours lui fournir ce dont elle a besoin.

— Petite amie ? Ça me plaît bien.

Bien que nous furent tous les deux conscients d'être partenaire l'un de l'autre, nous n'avions pas réellement défini le statut de notre relation. La savoir désormais sur la même longueur d'onde satisfaisait autant mon loup que moi. Du moins pour le moment.

À peine étions-nous à l'intérieur qu'un grondement survint du canapé. Un homme traversa si vite la pièce qu'il me projeta contre le mur. Je me retournai aussitôt et le chargeai sans ménagement. Il recula, s'éloignant heureusement d'Ivy par la même occasion.

— Arrêtez ! s'écria Eli en essayant déjà de nous séparer.

Hors de question que je laisse cet enfoiré, que je supposais être le fameux loup errant, s'en tirer en m'attaquant dans ma propre maison.

Alors qu'il se jeta sur moi, j'esquivai son assaut et lui assena un uppercut qui fit voler sa tête en arrière et saigner sa bouche. Ses yeux n'étaient nul autre que ceux d'un loup. Si je n'arrivais pas à le faire se soumettre, alors on glisserait sur un terrain dangereux.

Eli fouilla dans un tiroir, en sortit un tranquillisant et fit sauter le bouchon.

— Tiens.

Il essaya de me le donner, je secouai la tête.

Ce type devait être remis à sa place et enfermé à nouveau au sous-sol. Peut-être qu'une quarantaine de sept jours, comme l'avait suggéré Dante, n'était pas si absurde pour éviter ce genre de problème.

— À moi.

Il retroussa ses lèvres et montra ses canines avant de se jeter à nouveau sur moi. Esquivant à la dernière seconde son attaque, il fonça tête la première dans le mur, et tomba lourdement en arrière dans un gémissement de douleur.

Dante, on a besoin de toi à la maison.

Loin de moi l'idée de vouloir lui demander de l'assistance, mais si je ne parvenais pas à faire soumettre ce type, de l'aide pour le flanquer dans la cave serait la bienvenue. Et puis, je ne souhaitais pas non plus mettre ma compagne et Eli en danger.

En dépit de ma volonté de la tenir éloignée, Ivy tenta de passer devant moi. Je lui bloquai immédiatement le passage.

— Tu ferais mieux d'attendre dehors. Ça pourrait mal tourner. Je ne veux pas que tu sois blessée.

À cet instant, Dante débarqua par la porte arrière et se dirigea vers nous. Au même moment, le type se releva et entreprit une seconde attaque dans ma direction. Ivy en profita pour se précipiter devant moi et arrêter Dante d'un coup sur la poitrine.

— Recule ! Tu n'as rien à voir avec tout ça, l'avertit-elle d'une voix déformée.

À l'entendre, je compris que ses canines avaient dû sortir.

Distrait par son intervention, je ne remarquai pas Xander désormais à côté de moi. Il me faucha au sol, ma tête percuta le parquet si fort que des taches noires troublèrent ma vision. Alors qu'il s'apprêta à me saisir la gorge, son étreinte me lâcha d'un coup, il s'écroula aux pieds d'Eli. Debout, haletant, il tenait dans sa main le tranquillisant.

— Ça va ?

Eli laissa tomber l'aiguille et m'aida à me redresser.

— Tu ne saignes pas. Ta vue, ça va ? Il t'a flanqué un sacré coup.

Alors que je clignai plusieurs fois des yeux, ma vue se brouilla.

— Ça va aller, dis-je en me frottant les yeux.

Pendant ce temps-là, Ivy et Dante se regardaient fixement en grognant. J'étais surpris de les voir toujours sous leur forme humaine.

— Assez !

Je laissai Eli m'aider à me relever et grimaçai en faisant quelques pas vers eux.

— Laisse-la tranquille, Dante.

— Putain, c'est pas croyable ! Elle s'en prend à moi à deux reprises et c'est à *moi* de reculer ? Ça doit être un sacré coup pour que tu changes d'allégeance après moins d'une semaine.

Il s'éloigna d'Ivy et me fit face.

— Comment sait-on qu'elle ne va pas devenir enragée comme ce connard par terre ?

Malgré mon état vaseux, je lui fis face et sentis son souffle chaud sur mon visage et nos orteils sur le point de se toucher.

— Surveille ton langage, Bêta, ou la prochaine fois que son loup te défie, je le laisse te mettre en pièces.

Au ton de ma voix, les yeux de Dante s'écarquillèrent. Il recula, puis baissa le regard.

— Tu as compris ?

— Oui, Alpha, répondit-il en grommelant.

Je me rapprochai plus près, laissant mon loup apparaître dans mes yeux.

— Oui, Alpha.

— Hors de ma vue. On va se débrouiller, ordonnai-je en lui tournant le dos.

Il laissa échapper un gémissement étranglé qu'il essaya de réprimer, puis disparut par là où il était venu.

— Emmenons-le à la cave, dis-je d'un ton catégorique.

— Non.

Ivy se positionna devant moi en se tenant au-dessus de l'homme.

— Il va dormir dans ma chambre.

Le ton autoritaire dans sa voix m'interloqua. Je sentis mon loup se hérisser.

— Il est dangereux. Tu n'as pas vu ce dont il est capable ? Ou tu étais peut-être trop occupée à défier mon bêta, pour changer ?

— Peut-être qu'il te faut de meilleurs bêtas.

Elle s'accroupit à côté de l'homme et passa une main sur son front.

— Eli, tu veux bien m'aider ?

Eli nous regarda tour à tour.

— Xander a enduré beaucoup dernièrement. On ne peut pas encore l'enfermer. J'ai réussi à lui faire prendre une douche, et lui ai rasé les cheveux et sa barbe de montagnard.

— Il était sur le canapé. Tu aurais dû attendre que je sois là.

Je ne quittai pas Ivy des yeux. Elle était maintenant en train de caresser la joue du type.

— Mais qu'est-ce que tu fabriques, Ivy ?

— Je crois que... c'est aussi mon compagnon.

Elle secoua la tête.

— C'est incroyable.

Eli s'éclaircit la gorge.

— Je comprends maintenant pourquoi il ne cessait de poser des questions sur toi. Je croyais qu'il était juste perdu.

— Il faut que j'aille courir.

Je sentis mon loup prêt à sortir et étriper la gorge de Xander. Je ne souhaitais aucunement partager Ivy avec un étranger qui boitait comme s'il avait marché dans la forêt pendant des mois durant.

Tandis que je passai devant l'îlot de la cuisine, en direction de la porte, Ivy m'attrapa le bras.

— Cole, attends.

— Quoi ?

Je m'arrêtai et me débarrassai de sa main. Alors que je retirai mon T-shirt, je vis ses yeux sur ma poitrine.

— J'ai besoin de quelques minutes.

Eli avait disparu avec Xander.

Je plissai les yeux. Que se passait-il dans cette maison ? Je n'avais même plus le contrôle de mon propre Oméga.

— Il faut qu'on parle. Je sais que trois partenaires n'est pas idéal, mais je ne peux pas m'en empêcher. On devrait se demander pourquoi j'en possède trois plutôt que de s'en énerver.

Elle haussa les épaules comme si ce n'était pas grave, et qu'il s'agissait, selon elle, de la seule raison derrière mon besoin de m'éloigner.

— J'ai besoin de quelques minutes pour ne pas m'en prendre à toi.

Son visage se décomposa. Je fis un pas de plus vers elle.

— Tu me rends dingue avec ton insolence et ta capacité à me pousser à bout... Et puis tu me regardes avec de ces yeux...

Je passai un doigt sur sa peau douce et délicate située sous son œil.

— Tu me séduis avec ces formes.

Je glissai lentement ma main sur elle et serrai sa hanche.

— Me nargue avec ces lèvres.

Mon envie d'aller prendre l'air s'était soudainement envolée. J'effleurai doucement ses lèvres avec les miennes. Elle laissa échapper un gémissement. Je sentis son corps tremblant, et glissai ma main vers le bas de son dos, la tirant contre moi en approfondissant mon baiser.

Je passai ensuite mes mains sur ses fesses et la soulevai sur l'îlot, ses jambes s'enroulèrent autour de moi. Je n'avais jamais désiré une femme autant qu'Ivy à cet instant précis, surtout lorsqu'elle frissonna au contact de mes lèvres le long de son cou. Je pris un plaisir fou à embrasser délicatement son décolleté. Heureusement que les décolletés existaient.

Au moment où mes doigts s'apprêtaient à glisser sous son haut, Sara fit irruption dans la cuisine. Je ne l'avais même pas entendue ou sentie entrer dans la maison.

— Euh, c'est grave embarrassant. Rappelez-moi de ne pas manger là-bas.

Elle entra et se dirigea vers le réfrigérateur, où elle commença à sortir ce qui paraissait être les ingrédients d'un sandwich.

— Tu dois apprendre à verrouiller les portes, Cole.

Ivy passa ses doigts dans mes cheveux et enfouit son

visage dans mon cou, laissant échapper un gémissement déçu et agacé.

— J'ai une clé.

Sans se soucier de notre présence et de notre envie de rester seuls, Sara prépara son sandwich.

— Au fait, bravo pour ta fuite aujourd'hui. J'applaudis tes efforts. C'est une belle manière d'écouter les ordres.

Elle prit une bouchée de son sandwich et s'appuya contre le plan de travail.

— Après avoir consulté les données du localisateur, j'ai piraté les caméras de sécurité du café.

Le visage d'Ivy se décomposa, elle glissa du plan de travail.

— Sara...

— Tu devrais lui dire.

Elle pointa son sandwich vers moi et sortit de la cuisine en fredonnant pour elle-même, laissant la moutarde et la dinde sorties, sans doute pour que quelqu'un d'autre les range.

— Me dire quoi ?

J'eus à nouveau cette envie irrépressible de fuir, et serrai les poings.

— Je te le dirai ce soir, d'accord ? me dit-elle en baissant le regard.

Mes narines se dilatèrent à chaque respiration, je me dirigeai vers la porte, déboutonnant mon pantalon et retirant mes chaussures au passage.

— Cole...

Dès que la porte coulissante s'ouvrit suffisamment, mon corps fit un bond en avant. Je disparus dans la forêt.

Je sentis mes muscles palpiter alors que je courus à pleine vitesse à travers la forêt. Trop de choses s'étaient passées, et j'avais besoin d'espace pour respirer loin de tout ça. Devenir alpha n'avait pas été un objectif personnel, mais la meute avait eu besoin d'un chef de meute et personne d'autre ne s'était montré suffisamment bon. Certains jours se révélaient plus difficiles que d'autres. Comme aujourd'hui.

J'arrivai dans ma clairière favorite, celle où les fleurs sauvages venaient de bourgeonner et emplissaient l'air de leur arôme parfumé. Alors que j'inhalai profondément, je sentis mon loup désorienté par l'odeur. D'où provenait cet effluve ?

Je reniflai le sol, mais le parfum semblait provenir de l'air. Une sorte d'odeur étouffante qui portait sur les nerfs de mon loup. Impossible de l'identifier.

Une forte détonation rompit soudain le silence. Une douleur fulgurante me traversa le corps une seconde après. Je m'affalai sur le côté.

Quelqu'un venait de me tirer dessus.

J'essayai de me remettre sur mes pieds, mais la souffrance m'en empêcha. Comment un chasseur avait-il pu pénétrer sur notre territoire ? Où étaient mes bêtas et les patrouilles ? J'essayai d'établir une connexion avec un des miens pour chercher de l'aide, mais tout semblait coupé.

Je vais mourir.

CHAPITRE 27

Ivy

Armes en main, prêtes à faire feu, elle armée d'un fusil de chasse, et moi d'un semi-automatique, on franchit l'entrée du Plateau Sud, nos pas craquant sur la neige glacée. Sur la droite se trouvait Gateway Harbor, où un maraudeur ou autre méchant patrouillait.

Sara était du genre à tirer à tout va, alors que je préférais une approche plus lente et plus furtive. Heureusement, j'avais choisi un personnage avec d'incroyables pouvoirs de guérison pour assurer ses arrières.

— Donc, tu as piraté la sécurité et écouté toute ma conversation ?

Je courus après elle alors qu'elle passait les portails et qu'un psychopathe lui fonçait dessus. Elle l'explosa avec son fusil tandis que je me chargeais du maraudeur. D'autres points rouges apparurent alors sur notre carte, nous signalant qu'on était sur le point d'être envahis par l'ennemi.

— La sécurité de la meute passe avant tout. Si ça signifie m'immiscer dans ta vie privée, alors je le ferai.

Elle haussa les épaules alors que je suivis son personnage passer les portes.

— Tu as des amis proches, non ?

— Oui.

Mes yeux ne quittaient pas l'écran alors qu'on était sur le point d'entrer en trombe malgré notre infériorité numérique.

— Et tu les protèges de toutes tes forces, n'est-ce pas ? C'est comme ta meute.

Elle se mit à appuyer sur ses boutons à toute vitesse en sortant de sa cachette et en commençant à abattre l'ennemi.

Elle avait raison. J'étais protectrice envers mes amis et je l'avais toujours été. Pour autant, j'étais tout de même remontée qu'elle ait regardé la vidéo de sécurité.

— Je ne l'ai pas encore dit à Cole.

Sara ne répondit pas tout de suite. Je ne saurai jamais si c'était parce qu'elle venait de mourir dans le jeu et que je ne l'avais pas réanimée, ou si elle réfléchissait.

— C'est le père de Silas... celui qui a payé l'assistant social.

Elle posa sa manette et se tourna vers moi.

— Il a disparu il y a une dizaine d'années, et c'est à ce moment que Silas a pris la relève de la meute de l'ouest. Il était plus jeune que moi, donc comme tu peux l'imaginer, ça a été dur de voir cette meute s'effondrer.

— Il n'est pas un bon alpha ?

J'éteignis le jeu, mes yeux brûlant après avoir fixé l'écran trop longtemps. J'aimais jouer aux jeux vidéo, mais ne supportais pas l'état de mes yeux ensuite.

— Je pense qu'il pourrait l'être, mais son père n'a pas exactement laissé la meute dans une bonne situation. Ils étaient fauchés, et maintenant que j'ai appris pour les cinq cent mille, c'est probablement pour ça.

Sara se leva et s'étira.

— Je vais rentrer à la maison.

Cole n'était toujours pas rentré. Après avoir envoyé un message à Eli pour lui faire part de mon inquiétude, ce dernier arriva dans le hall quelques minutes plus tard, manifestement tout juste réveillé d'une sieste.

Je levai un sourcil quand Xander apparut derrière lui.

— Je vais aller le chercher.

Eli se tourna vers lui.

— Ça va aller ?

Xander hocha la tête, puis Eli se dirigea vers la porte arrière, me laissant seule avec un loup tout juste tranquillisé après avoir attaqué Cole.

Son regard braqué sur moi, il ne bougea pas d'un pouce. Je me retournai vers la télé.

— Tu veux regarder un film ?

Je sentis mon corps être en accord avec le moindre de ses mouvements lorsqu'il fit un pas en avant. Dans le reflet de l'écran, je le vis me fixer.

Bien qu'une part de moi savait pertinemment qu'il ne me ferait pas de mal, car nous étions partenaires, je ne pus m'empêcher de ressentir un frisson me parcourir les bras et un bref tremblement me saisir.

— Tu as froid, dit-il d'une voix douce, tel un murmure.

Il prit un plaid en crochet plié sur une chaise, se plaça devant moi et se pencha en avant pour m'envelopper avec. Je levai les yeux vers lui et me mordis la lèvre, ne sachant pas trop quoi lui dire. Et si je le contrariais et qu'il devenait fou ?

Non, Eli ne l'aurait pas laissé seul avec moi s'il se doutait que ça puisse arriver.

— Tu vas t'asseoir ?

Je m'installai confortablement sur le canapé et pointais la télévision avec la télécommande.

— Ce n'est pas évident de trouver quelque chose à regarder si tu restes devant l'écran.

Au lieu de s'asseoir, il s'allongea sur le canapé, la tête sur mes genoux. Mon rythme cardiaque s'accéléra aussi. Je tentai de faire abstraction et choisis à la hâte un de ces films à l'eau de rose qui se passent majoritairement dans de petites villes, et qui rendent accro.

Après avoir posé la télécommande, j'essayai de trouver quoi faire de mes mains et de mes bras. D'habitude, j'aimais serrer un oreiller contre moi ou garder mes mains posées sur mes cuisses, mais en l'occurrence à cet instant, ni l'un ni l'autre ne se révéla possible avec la tête d'un homme au comportement étrange posée sur moi.

— Je peux bouger si tu veux, dit-il en commençant à relever la tête.

Je l'arrêtai. Il inspira brusquement avant de baisser à nouveau sa tête sur mes cuisses.

Ma main était sur sa tête rasée de près, au contact des petits poils doux.

— C'est bizarre d'avoir un partenaire, hein ? dis-je en lui caressant le crâne

— Tu en as trois, grogna-t-il.

Trois petits amis, ça commençait à faire beaucoup à assimiler. J'espérais au fond qu'il n'y en ait plus d'autres, car je ne savais pas comment ma chatte allait gérer plus de trois bites différentes. J'étouffai un rire, Xander roula sur le dos pour me regarder.

— On est censés regarder le film.

De qui te moquais-tu Ivy, pensai-je.

À cause de mon inattention, il fallait relancer le film, car j'avais raté les premières minutes et ignorais pourquoi la fille pleurait à l'aéroport.

— Je veux regarder ton visage.

Avec ses sourcils froncés et ses yeux verts rivés sur moi, Xander semblait plus troublé que jamais. Bien qu'il avait l'air fatigué, comme s'il n'avait pas dormi depuis des jours, ses cheveux courts et sa barbe rasée de près atténuaient son état épouvantable d'il y a quelques jours. Il portait des vêtements amples qui devaient appartenir à Eli.

Cole s'est fait tirer dessus. Appelle Sara et dis-lui de revenir à la maison immédiatement.

La voix d'Eli dans tous ses états résonna soudain dans ma tête et me fit bondir, expédiant Xander par terre au passage et qui s'agita dans tous les sens.

— Où est mon téléphone ?

Je tapai dans mes poches et regardai frénétiquement autour de moi.

— Putain !

La main tremblante, Xander me tendit mon téléphone, qui avait dû tomber quand je m'étais levée.

— J'ai fait quelque chose de mal ?

— Non ! Cole s'est fait tirer dessus !

Je composai le numéro de Sara et lui criai la même chose avant de me précipiter vers la porte de derrière, Xander sur mes talons.

Le temps semblait s'être arrêté. Je me ruai sur la terrasse et regardai le jardin plongé dans l'obscurité. Comment Cole avait-il pu se faire tirer dessus ? Des patrouilles étaient censées surveiller notre territoire.

— Tout est de ma faute.

Je passai mes doigts dans mes cheveux et courus à travers la cour à l'instant où Eli apparut, un loup ensanglanté dans les bras.

— Mais qu'est-ce qui s'est passé ?

— Je ne sais pas ! J'ai suivi son odeur jusqu'à son endroit préféré quand il veut réfléchir et je l'ai trouvé dans cet état. Je n'ai pas réussi à détecter d'autres odeurs que la sienne, m'expliqua Eli en marchant à toute vitesse. Tu as appelé Sara, hein ?

Je le suivis alors qu'il remontait les marches vers la maison.

— Oui. Elle devrait...

— Bon sang ! Que s'est-il passé ?

Sara ouvrit le chemin jusqu'au sous-sol, puis ouvrit une porte qui m'était totalement inconnue. L'intérieur ressemblait à une salle d'opération, et était occupé par quatre grandes tables en métal.

Le front couvert de sang, Eli déposa Cole, s'empara d'une tondeuse et entreprit de lui raser le flanc.

— Je crois que je vais tourner de l'œil.

Je me retournai et me pris Xander de plein fouet, quant à lui, plus pâle qu'un fantôme. Il avait les yeux terrifiés.

— On va attendre à l'étage.

Je posai ma main sur sa joue et le fis reculer hors de la pièce.

Une fois en haut, il alla directement dans la chambre d'Eli et s'enferma à l'intérieur. Voir Cole dans cet état l'avait visiblement bouleversé. Je mourus d'envie de savoir pourquoi, mais me résignai. L'heure était grave, ce n'était pas le moment.

Je fis les cent pas dans le couloir devant la porte menant au sous-sol et ruminai. Si j'avais simplement dit à Cole ce qui s'était passé ce matin-là, tout ça ne serait jamais arrivé.

En bas des marches, je vis le sang de Cole luire par terre et sentis au même instant une odeur amère. J'en ignorais l'origine, et mon loup n'appréciait pas.

Alors que je commençai à descendre les escaliers, j'entendis des bruits affolés provenir d'en bas. Je m'approchai de la porte et découvris l'horreur.

Étalé sur une table en métal, Cole avait tout le flanc rasé pour faciliter l'accès à son abdomen. On l'avait ouvert pour révéler plus que ce que je n'aurais souhaité voir. Mes yeux se posèrent ensuite sur la flaque de sang par terre et remontèrent jusqu'à la cause. Son sang coulait goutte après goutte sur le sol.

Eli me jeta un bref coup d'œil, puis s'adressa à voix basse à Dante, qui se retourna et me regarda. Il hocha la tête, puis passa devant moi et monta les escaliers, fermant la porte derrière lui. À quel moment était-il entré ?

— Il y a un tunnel depuis le repaire, m'expliqua Eli, comme s'il avait lu dans mes pensées.

Eli pointa du menton une porte de l'autre côté de la pièce.

— C'est pour ça que nous gardons la porte du sous-sol fermée.

J'avais encore tellement de choses à apprendre. Et j'aurais tant souhaité que Cole soit celui qui me partage ces choses. Mais pour le moment, ça semblait compromis vu son état léthargique. La main sur la bouche, je tentai de réprimer un sanglot.

— Passe-moi le pistolet à agrafes.

La voix de Sara me tira hors de mes pensées, reportant mon attention sur Cole.

Ils enveloppèrent ensuite sa blessure avec une herbe à l'odeur musquée et florale. Puis, Eli lui tendit le pistolet à agrafes chirurgical. Pendant qu'il maintenait l'incision, Sara l'agrafa et y appliqua une sorte de colle dessus. Elle s'essuya son front en sueur avec le dos de son bras et recula.

— Il devrait aller mieux dans quelques jours. Le poison est ce qui va prendre un certain temps à éliminer.

Le poison ?

Je m'approchai de la table et regardai Cole, toujours sans vie, la langue pendante au coin de la bouche. Mes yeux se dirigèrent vers son corps en sang, puis sur Eli, Sara, et enfin par terre. Il y en avait tellement, c'était un miracle de l'entendre dire qu'il ne mourrait pas.

Une fois le désordre nettoyé et Sara partie, il était presque minuit. Mon estomac gronda, Eli esquissa un petit sourire.

— Il va probablement être dans les vapes pour le reste de la nuit. Allons à l'étage, je vais te faire à manger. Merde, Xander doit probablement être affamé.

— Qu'est-ce qui se passe entre vous ?

Je m'assis sur la chaise que j'avais amenée de la cuisine, positionnée à côté de la table sur laquelle Cole reposait.

— Que veux-tu dire ?

Il se lava les mains dans l'évier et les sécha avec un chiffon propre.

— Tu as été protecteur envers lui et tu es resté avec lui dans ta chambre, dis-je en passant ma main devant la truffe de Cole pour m'assurer qu'il respirait toujours.

Je vérifiais de temps à autre, sa respiration semblant faible.

— Non pas qu'il y ait quelque chose de mal à ça, ajoutai-je.

Il rit.

— C'est mon travail de prendre soin des membres blessés de la meute ou des membres qui pourraient avoir besoin de réconfort.

— Eh bien, s'il y avait quelque chose...

— Il n'y a rien, m'interrompit-il, les sourcils froncés. Tu es ma compagne.

— Mais si c'était le cas, ça ne serait pas grave de, tu sais... vouloir explorer.

Typiquement le genre de conversation gênante à avoir avec quelqu'un.

— Je vais garder ça en tête.

Il me jeta un regard amusé et tira une couverture d'une armoire.

— Tu ne vas pas le quitter, c'est ça ?

— On ne peut pas le mettre dans son lit ?

— Pas avant qu'il ne se transforme à nouveau. Ce sont ses propres règles.

Eli enroula la couverture autour de Cole, puis me prit

dans ses bras en me relevant. Alors que je devais être encore sonnée, il en avait profité pour enfiler des vêtements.

— Il va s'en sortir. Je l'ai trouvé assez tôt.

— C'est quoi le poison ?

Je frottai ma joue sur sa chemise douce et sentis l'odeur du sang de Cole mêlé à celui de l'adoucissant.

Dante.

Dans un murmure si faible, la voix de Cole surgit soudain dans ma tête.

Alors que je me jetai presque sur Cole, Eli m'entoura de ses bras.

— Qu'est-ce que tu fais ?

— Je l'ai entendu dire « Dante » via notre connexion.

Une folle envie de pleurer me prit, je ravalai mes sanglots.

— Mais c'est tout.

Eli fit un pas autour de moi et lui caressa la tête.

— Alpha, que s'est-il passé ? Tu sais qui a fait ça ?

Dante.

Cette fois-ci plus affirmée, sa voix s'éleva à nouveau dans ma tête, et ses pattes tressaillirent à la manière des chiens quand ils rêvaient.

Dante.

— Il n'arrête pas de répéter Dante.

Je me dirigeai de l'autre côté de la table.

— Cole, qu'est-ce que tu veux dire ? Tu veux qu'on aille le chercher ?

Pas de réponse.

Je partis en direction de la porte.

— Où vas-tu ?

Eli commença à me suivre, mais je l'arrêtai dans son élan.

— Tu restes ici, je vais aller chercher Dante.

— Je n'y connais rien sur la façon de soigner un loup. Et s'il a besoin de toi ?

J'arrivai aux escaliers, prête à grimper.

— Je reviens tout de suite. Il ne devrait pas être trop difficile à trouver, non ?

Eli soupira.

— Tu peux aller voir Xander aussi ?

Je l'embrassai sur la joue.

— Promis.

Me ruant dans les escaliers, j'espérais à tout prix que Cole se réveille bientôt. L'avoir entendu demander Dante était bon signe.

À peine eus-je fermé la porte que quelque chose me heurta violemment. Le choc fut si brusque que je m'affalai dans le couloir près du salon. Dans un gémissement, je tentai de me redresser, mais une douleur déchirante me m'élançait sur le côté.

— Attachez-la.

Dante.

Plus rapidement que toutes les autres fois, je me transformai sans réfléchir. Je sentais toujours la douleur dans mon flanc, mais elle était moins intense que sous ma forme humaine. Je voyais les avantages à rester ainsi si j'avais besoin de guérir.

Dante verrouilla la porte du sous-sol. Si Eli ne pouvait plus passer, c'était peut-être une bonne chose, car en plus de Dante se tenaient deux autres géants. Je les reconnus vaguement. Ils étaient présents au repaire le soir de la réunion.

Un gémissement survint de l'autre côté du canapé. *Mon compagnon.* Si je n'étais pas certaine qu'il le soit avant, j'en étais intimement convaincue maintenant. Attaché avec une muselière sur sa bouche, Xander s'était également transformé.

Je grognai contre les hommes qui approchaient et reculai vers la porte d'entrée. Bien que j'ignorais la façon dont j'allais l'ouvrir et sortir, je n'étais pas assez bête pour penser pouvoir affronter trois hommes.

— Oh, le pauvre petit loup a peur, railla Dante.

Il tenait quelque chose dans sa main qui ressemblait fortement à un EpiPen. Merde. Un tranquillisant.

— C'est moi l'alpha maintenant, salope.

Tout se passa rapidement.

À l'instant où je bondis sur la porte, tentant désespérément d'envoyer un avertissement à Cole et Eli pour leur dire de s'enfuir, une sensation de chaleur envahit mon dos. Je sentis alors mon corps tout entier s'engourdir et s'effondrer au sol.

J'eus du mal à voir correctement, mais discernai trois figures debout au-dessus de moi. L'une d'elles s'accroupit et m'enfila quelque chose sur la bouche.

— Quel dommage de devoir se quitter en ces termes.

Je parvins à laisser échapper un grognement.

Il rejeta sa tête en arrière et éclata de rire. Ce fut la dernière chose que j'entendis avant de perdre connaissance.

CHAPITRE 28

Eli

Avoir la chance de posséder Ivy comme compagne surpassait mon entendement. Je me sentais indigne d'elle, et pas seulement par mon statut d'oméga. Elle nous avait ouvert son cœur alors qu'elle aurait pu facilement nous exclure.

Je m'assis sur la chaise qu'Ivy avait laissée et m'y affalai, les bras croisés. Comment quelqu'un avait-il pu s'introduire assez loin dans notre territoire sans être repéré ? Sans parler de la tentative d'embuscade qui avait failli coûter la vie à Cole.

Dante était chargé de s'assurer que notre périmètre soit correctement sécurisé par des patrouilles et de vérifier les clôtures. Peut-être y avait-il une partie de la clôture endommagée.

Il fallait que je demande à Xander s'il se souvenait de la manière dont il était arrivé ici. Enfin, s'il voulait bien me parler. Il n'avait dit que quelques mots depuis son arrivée et je n'avais même pas essayé de lui soutirer des informations sur sa situation.

Je n'en revenais pas qu'Ivy puisse penser que quelque chose se tramait entre lui et moi. Pourquoi deux hommes ne pourraient-ils pas chercher du réconfort ? Prendre soin de lui faisait partie de mon travail en tant qu'oméga, tout comme s'asseoir aux côtés de Cole.

Je couvris mon visage d'une main. Bon sang. C'était clair : je n'avais pas envie de me blottir contre Cole ni de lui caresser les cheveux pendant qu'il se blottissait dans mon cou.

D'accord, Xander était dans un sale état depuis un moment, il divaguait de façon incohérente. Il avait ce besoin d'être près d'un autre loup pour le rassurer. Mais si Cole se réveillait et en demandait autant... Je ne me blottirais certainement pas contre lui.

Mais Xander ? Je le connaissais à peine... Non. Il n'y avait rien.

Soudain, un bruit sourd me tirant hors de mes pensées confuses se fit entendre de là-haut.

Cours !

Ivy.

Qu'était-ce... ? Je me levai d'un bond. Sur le point de me ruer à l'étage, je vis Cole se retourner.

Il laissa échapper un gémissement et m'attrapa le bras.

— Non.

— Alpha ! Tu dois te transformer, tu n'es pas guéri ! répliquai-je en lui prenant sa main tendue.

Il me la serra si fort que je fus surpris de constater qu'il avait de la force.

— Dante... M'a tiré dessus, parvint-il à dire entre ses dents serrées.

Ses yeux se fermèrent sous la douleur.

— C'est l'alpha maintenant.

— Quoi ?

Je criai presque.

— Cole ?

Je lui tapai légèrement la joue, alors qu'il semblait à nouveau s'évanouir.

— Qu'est-ce que je dois faire ?

Tandis que ses paupières s'entrouvrirent, je perçus dans ses yeux un regard qui fit vaciller mon cœur.

— Cours. Ivy a dit de... courir.

Il reprit sa forme de loup et s'effondra mollement sur la table. Je compris alors qu'il avait probablement dû user de ses dernières forces pour parvenir à se transformer et me prévenir de la situation.

Merde.

Et Ivy ? Et Xander ?

Je cherchai mon téléphone, mais réalisai tout à coup que je ne l'avais pas récupéré à l'étage après avoir ramené Cole. Je fermai la porte de la chambre et attrapai une couverture. Je l'enroulai autour de lui et le soulevai dans mes bras. Hors de question que je le laisse.

Dante attendait probablement le moment opportun pour en finir et l'achever. Je ne pouvais en aucun cas laisser une telle chose arriver.

Priant pour qu'une embuscade ne m'attendît pas dans le repaire, je marchai aussi vite que possible dans le tunnel et ouvris la porte, jetant un coup d'œil dehors. Personne. Mais ça ne voulait pas dire que quiconque travaillant pour Dante ne m'attendait pas au tournant. Il avait dû s'entourer pour réussir un tel coup d'État.

Je les tuerais tous un à un. Le mot trahison résonna dans ma tête.

J'ouvris la porte en grand et m'efforçai de ne pas paniquer. Je pouvais me rendre jusqu'au camion et nous sortir de cette situation. Pour ça, il ne fallait pas qu'on se fasse repérer.

Je m'arrêtai quelques secondes devant la porte menant à

l'avant de la maison. J'aurais tant souhaité que ce soit une porte vitrée pour pouvoir voir dehors. Je m'imaginais une vingtaine d'hommes munis d'armes automatiques gardant un périmètre autour de la demeure.

Dans un grincement, la porte métallique s'ouvrit. Je marquai une pause et attendis de voir si un ennemi me sautait dessus. Rien ne se produisit. Je passai la tête dehors, aux aguets. Nos sens sous forme humaine étaient loin d'être aussi développés que ceux de nos loups.

Dès que j'eus passé la porte, l'odeur d'Ivy me frappa si fort que je faillis laisser tomber Cole et chuter à genoux.

Ivy avait peur.

Je réprimai un grognement, alors que mes canines s'allongèrent en pensant à ma compagne terrifiée. *Mets Cole dans le camion, cache-le, puis va la chercher.*

M'entendre me rassurer me donna de l'aplomb. Je renforçai mon étreinte sur Cole et me précipitai à travers la pelouse jusqu'à l'allée où se tenait le pick-up.

La main sur la porte du véhicule, je sentis alors quelque chose de dur et de métallique se poser contre l'arrière de ma tête.

— On peut savoir où tu vas ?

Mon agresseur se déplaça pour m'affronter de face, et je reconnus Brian, un des complices de Dante, tenant vraisemblablement un pistolet.

— Mets-le par terre.

Je n'osai pas répliquer, mais à l'instant où le canon de son arme se planta dans mon cuir chevelu, je sortis les crocs. Il comptait me tuer. Je ne serais plus en mesure de venir en aide à Cole ou à Ivy. Mon Dieu. Où était Xander ? Il devait être pétrifié.

Je m'accroupis avec précaution, posai Cole sur le gravier, et me relevai, les mains levées en signe de capitulation. Mon cerveau tournait à mille à l'heure, il me fallait un plan B, et vite.

J'entendis le bruit d'un moteur de moto dans le garage, et quelques instants plus tard, Dante en sortit avec Ivy attachée à l'arrière, les pattes ligotées, une muselière sur la tête. Sans réfléchir une seconde, je me précipitai en avant pour la secourir, mais Brian m'attrapa au même moment par-derrière et me jeta au sol.

Bien que l'envie de me transformer devint de plus en plus pressante, je fis mon possible pour me retenir. Ils n'hésiteraient pas à me tirer dessus sous ma forme animale, tandis que sous ma forme humaine, ils y penseraient sûrement à deux fois.

Je me relevai lentement, le corps brûlant après avoir heurté le gravier rugueux.

— Qu'est-ce que tu fais ?

Dante rit à gorge déployée. Avait-il perdu la tête ?

— Je vais simplement faire une petite balade nocturne avec ma copine, Ivy.

Soudain, des grognements grondèrent, puis trois loups surgirent du coin de la maison. Brian et Dante n'hésitèrent pas une seconde et les abattirent. Je tombai à genoux, réalisant qu'il s'agissait de trois des mâles les plus forts de notre meute, en plus de nos bêtas.

Brian braqua son arme à nouveau contre ma tête, le canon encore chaud. Je sentis l'odeur du sang emplir l'air, et détournai les yeux du massacre.

— Maintenant, voici tes choix, Oméga.

Dante descendit de la moto, laissant le moteur en marche.

— Tu peux soit obtempérer, soit finir par peindre cette allée en ma nouvelle couleur préférée. Cet endroit aurait bien besoin d'un petit coup de fraîcheur.

Je ne répondis pas. Ce à quoi, il m'assena un violent coup de pistolet qui me blessa au visage et remplit ma bouche de sang. Je tentai de lui cracher sur les pieds, mais ne parvint qu'à envoyer une dent pleine de sang.

Il éclata d'un rire sinistre et s'accroupit à ma hauteur, un rictus mauvais déformant son visage.

— En fait, je *devrais* peut-être te tuer, et m'occuper ensuite de ton adorable petite sœur. Elle pourra prendre la place qu'elle mérite, c'est-à-dire à genoux devant moi... Et puis, sous moi.

Une sensation de nausée m'envahit à l'idée qu'il pût mettre la main sur Sara.

— Va te faire foutre.

Il enfonça son arme sous mon menton et le souleva jusqu'à ce que mes yeux rencontrent les siens.

— Je pense même que je vais te faire regarder.

Je ne pus m'empêcher de lâcher un gémissement et me pris un nouveau un coup en pleine tête. Cette fois, le choc fut si brutal que je m'effondrai par terre et me roulai en boule.

— Enferme Cole et l'autre clébard dans la cave.

Il se leva, puis remit son arme dans son étui.

— Attachez celui-là à une chaise dans la cuisine, et s'il vous plaît, pour l'amour du ciel, faites en sorte de trouver sa putain de sœur.

Alors que j'essayai désespérément de ramper vers Dante, une botte vint m'achever au sol en m'appuyant sur la tête. Je regardai impuissant mon ancien ami partir avec ma compagne gisant mollement derrière lui, attachée comme un animal à l'arrière de la moto.

CHAPITRE 29

Silas

Alpha !

À mon grand dam, la voix agaçante de Bone me tira brutalement hors de mon sommeil. Cet enfoiré avait la sale manie de toujours me réveiller après une nuit difficile. J'étais sur le point de l'étriper. En tant que bêta supérieur, Bone était parfaitement capable de gérer n'importe quelle situation, alors que lui prenait-il ?

Quoi ?

Parfois je me demandais pourquoi je ne coupais pas simplement la connexion. Quelle plaie.

Tu dois aller à la rivière.

Il semblait paniqué. Je gémis et rejetai le drap.

Dans une tentative de m'extirper du lit avec difficulté, je réussis à atterrir sur mes mains et mes genoux malgré ma gueule de bois évidente. Je me relevai cahin-caha et attrapai mon pantalon par terre, puis faillis tomber en l'enfilant.

Bien que les loups assimilent l'alcool différemment, descendre une bouteille entière de Jack en très peu de temps n'était pas une bonne idée.

Quel est le problème ?

Il devait probablement s'agir d'un truc barbant, comme un animal mort ou une colonie de castors qui avait installé son barrage.

On a trouvé une femelle loup. Elle a la même odeur que celle de la meute de Cole. La rousse.

Eh bien, que je sois maudit. Mon lapin avait enfin daigné revenir auprès de son loup.

Ne la touchez pas ! Je suis en route !

Après avoir retiré mon pantalon, j'ouvris la porte de ma chambre et me traînai sur le palier donnant sur le grand salon où toute la meute passait le plus clair de son temps. À cette heure-ci, un jour en semaine, la pièce était relativement calme. Tout le monde travaillait.

Je dévalai les marches jusqu'à la porte d'entrée, puis m'élançai en avant pour me transformer. Dans la précipitation pour arriver auprès d'elle, je manquai presque de renverser Bone. Putain, je savais que j'aurais dû la mettre de force à l'arrière de ma moto lors de notre première rencontre.

On doit la ramener au repaire. Elle est en mauvais état, m'informa Rover, mon second bêta.

Qu'est-ce que tu veux dire ? Je serai là dans une minute.

La rivière n'était loin. Je sprintai dans la cour, puis à travers les arbres.

Ils l'ont attachée et muselée.

Je ne pus me retenir de grogner et me surpris d'émettre un tel grondement. Si elle mourait, je me chargerai personnellement d'arracher la bite de Cole, de lui enfoncer dans la gorge, puis d'arracher sa tête et de la lui enfoncer dans le cul.

À l'instant où je jaillis des arbres, je la vis.

Ma compagne.

Je me transformai et tombai à genoux à côté de son corps sans vie.

— Mon lapin, murmurai-je en repérant son pouls bien trop faible. Putain ! Donne-moi ta chemise !

Rover arracha sa chemise en flanelle, faisant éclater les boutons, et me la tendit. Je n'appréciais pas que son odeur soit sur elle, mais Ivy était gelée et trempée de la tête aux pieds.

Enroulant la chemise autour d'elle, je la ramassai aussi soigneusement que possible, puis courus en direction du repaire.

Pourquoi lui avaient-ils fait ça ?

— Comment l'as-tu trouvée ?

Je pus à peine parler tant mes canines ressortaient sous l'effet de la colère. J'allais les tuer. Jusqu'au dernier.

— On l'a trouvée emmêlée dans des débris sur le rivage. Elle était attachée avec des cordes et une muselière. On t'a appelé dès qu'on l'a vue.

Bone paraissait plus inquiet que je ne le souhaitais. J'émis un grondement à son égard, il recula.

Quand j'avais rencontré Ivy pour la première fois, j'avais su qu'elle était ma compagne. J'aurais dû la prendre et l'emmener. Comment pouvais-je imaginer que Cole pût être si cruel ? Soi-disant, lui le saint, et moi le voyou. Une chose était sûre, il ne mettrait plus jamais ses pattes sur elle ou une autre femme.

— Prépare-toi à monter.

Une fois arrivé, je l'emmenai directement au salon, puis en haut des escaliers. Elle avait besoin d'un lit chaud et de beaucoup de repos.

— Alpha ? appela Bone d'en bas.

Je m'arrêtai sur le palier.

— Combien de renforts veux-tu que je prévienne ?

— Tous. On est en guerre.

Je baissai les yeux sur la louve rousse assoupie dans mes bras. Avec son poil moucheté de nuances rouges et dorées, elle était magnifique.

— Personne ne s'en prend à ma compagne.

Printed by Amazon Italia Logistica S.r.l.
Torrazza Piemonte (TO), Italy

27978606R00165